和樂農農 3

完

文創風 1050

舒奕 著

目錄

第六十一章

林氏問林伊。「這怎麼吃，像熬藥切碎了在藥罐裡熬？」

林伊也不知道，她從沒有吃過人參，對這方面沒有研究。不過她知道這東西大補，有句話叫「虛不勝補」，林氏和林奶奶的身體這麼弱，如果不小心一點，肯定吃不消。她以前見過有人用參鬚泡水喝，似乎很溫和，沒啥副作用。至於主幹就保存好，小說裡不常有生命垂危的人口含參片就能續命的情節嗎？留著以後說不定能有大用。

「身子就別吃了，留著，能救命呢。每天扯一根腳泡水喝，到晚上泡淡了妳們一人一半嚼著吃。」林伊對林氏道。

林氏連聲答應，這準又是徐郎中跟小伊說的。

「小伊，妳跟我們一起喝，妳身子也弱。」林氏對林伊道。

「我身子弱？妳見過哪個身子弱的能舉起大石頭？我不過是看著弱。」林伊驕傲揚頭。

林氏忍不住笑了。「妳這丫頭！」

討論好人參怎麼處置，林氏到廚房做飯，林伊把草藥倒出來在院中處理，正忙著，東子叔一家走了進來。

東子見到林伊，快步走到她面前，激動地問：「小伊，快來跟我說說竹筐怎麼編花紋，妳娘跟我一提，我就覺得能行。」

林伊忙起身對東子叔道：「我拿樣東西一比劃你就知道了。」她走到裡屋，把一件袖口是菱格圖案的衣服拿出來，又拿了一個竹籮，讓東子叔對比著看。

都不用她費勁解說，東子叔一下就明白了，他接過竹籮，用目光描畫著篾片的走勢，腦子裡已經編織開了。

他放下竹籮，吁口氣。「我大致曉得了，不過還得回家多試試。」他看向良子叔。「這會兒種子都播完了，事情不多，我們一起琢磨琢磨。」

「行，就算不成也不打緊，虧不了的。」良子叔爽快答應。

「能成，肯定能成。」丫丫著急了，小臉皺成一團，拉著良子叔的手直搖晃，她是個樂觀的性子，在她的認知裡就沒啥做不成，也不許別人說洩氣話。

「哈哈，咱們丫丫的話最準了，那就肯定能成，你們只管放心做吧。」何氏樂了，仰著臉哈哈大笑。

何氏的笑聲清脆悅耳，很有感染力，大家忍不住也跟著笑起來。

因為急著上山找陸然退錢，何氏一家走後，林伊幫著林氏把午飯做好，急匆匆地吃完，又兩三下將碗洗淨。洗碗水則留著給小豬煮豬食，現在牠們還小，吃得不算多，等再過一段時間，就要為牠們的食物傷腦筋了。

她揹起背筐跟林氏打了個招呼，就急忙往山上跑，因為心裡有事，她無心看風景，直奔初次見到陸然的林子。

遠遠地她看到陸然和虎子正在林子裡轉悠，林伊心裡大喜，真巧啊，過來就遇上他，自己還擔心找不到呢。

虎子最先發現她，可能昨天一起和野豬拚過命，虎子已經把林伊列為朋友的範圍，一見到她立刻親熱地跑過來，不住地搖著尾巴，還蹭她的手。林伊受寵若驚地撫摸著牠的後背，回應牠的熱情，心裡卻打定主意，虎子有了小崽崽一定要讓陸然分她一隻。

陸然也發現了林伊的到來，轉過頭和她打招呼。

林伊覺得陸然和平常有點不同，神采飛揚、意氣風發的，彷彿多了點人間煙火氣，親切許多。

她馬上就找到了根源，陸然穿了身新衣服，月白色的短衫在四周碧草綠樹的映襯下，顯得特別清爽明亮，應該是去鎮上穿的沒有來得及換下。

果然人靠衣裳，佛靠金裝啊，這麼一看，陸然更有種富家公子的氣派。

林伊快速瞟了眼，不錯，這件衣服上倒沒有青籐補丁，只是右手臂怎麼好像有一大團血漬？

林伊嚇住了，指著那處血跡結結巴巴地道：「血……血……陸然，你的手流血了！」

陸然看了眼，臉上波瀾不興。「哦，昨天劃了道口子，剛才搬重物可能裂開了。」

「是打野豬時傷的吧，你搽藥了嗎？那麼大一團呢！」林伊看著那血跡直發暈。
「不用管它，過兩天自己會好。」陸然早已習慣了掛彩，對這點小傷毫不在意。
「這怎麼行，你得搽藥，這可大意不得。你有藥嗎？沒有我回家給你拿。」
林伊見他完全不把這傷放在心上，頓時急了，萬一感染發炎怎麼辦？引發敗血症就更麻煩了。
陸然看到林伊皺巴著小臉，眉頭緊鎖地盯著自己的傷處，烏黑晶亮的大眼裡是毫不作偽的關切，心裡湧起一股莫名喜悅。他抿抿唇，推辭道：「不用，我有治傷的草藥，回去就敷上。」
林伊這才放心，她拍拍虎子的腦袋。「虎子乖，你回家就盯著你然哥哥搽藥！」
虎子呼呼直搖尾巴，也不曉得聽懂沒有。
林伊把懷裡的錢袋拿出來，遞給陸然。「我們不是說好賣野豬的錢一人一半嗎？你怎麼全給我了，我不能要，你拿一半回去。」
陸然不接，他認真地對林伊道：「這就是一半的錢，我也留了這麼多。」
林伊懷疑地掂了下錢袋。「這裡面得有十多兩吧，那頭野豬能賣二十多兩？」
「賣了二十六兩，我們一人分了十三兩。」陸然把事情的來龍去脈解釋給林伊聽。
陸然給林伊解了惑，原來值錢的是這隻野豬的豬肚，光豬肚就賣了二十兩銀子，比野豬本身值錢多了。

野豬肚是一味名貴的藥材，能治胃病補腎虛，越大的野豬，牠的豬肚藥效就越強越珍貴。

他們打的野豬有四百多斤，這麼大的野豬並不多見，所以牠的豬肚也更值錢。

「還有這個說法，我從來都沒聽說過。」林伊嘖嘖稱奇，自己還是見識少了啊。

「我也沒聽說過，是飄香樓的陳掌櫃跟我說的。以前打的野豬太小，豬肚不值錢，這隻夠大，豬肚上還長了很多疔才特別值錢。」

陸然打的野物都是送到飄香樓，給的價格比鎮上肉鋪高點。

「疔？是什麼東西？」林伊驚異地問。

該不會是淋巴？這可不是啥好東西。

「野豬吃得雜，只要吃不死啥都敢下肚。陳掌櫃說牠吃了草藥和毒蛇後，豬肚裡就會長這個東西，長得越多藥效越好，越值錢。」陸然詳細地解說。

「原來如此。」林伊做恍然狀，心裡卻暗暗嘀咕，說得這麼懸，也不曉得是不是真的。

「陳掌櫃人很好啊，要是他不說，私下吞了你也不知道。」林伊讚道。

「嗯。」陸然點頭同意。「妳打到野物可以去飄香樓賣，他不會壓價，妳跟他說妳是我朋友就行。」

陸然一邊帶著林伊在林子裡轉悠，一邊建議。

「好！」林伊欣然同意。

陸然把我當成朋友了！林伊心裡美滋滋的。

「這裡沒東西，咱們換個地方吧。」陸然徵求林伊的意見。

林伊完全同意，她是跟定陸然了，陸然走哪裡她就去哪裡。

他叮囑道：「妳以後一個人只能走到這裡，再往前就有大野物出沒，很容易遇到危險。」

林伊連連點頭，她已經親身經歷過了，不想再去嘗試。

「咱們給這裡取個名字吧？嗯，這裡比較安全，就叫安樂林如何？」林伊有了新的想法。

「安樂林？」陸然重複一遍，低頭悶笑起來。

林伊有點不好意思，笑什麼啊，這名字有問題嗎？不是很貼切嗎？

半晌，陸然抬起頭，嚴肅地看著林伊。「行，就叫安樂林。走吧。」

於是兩人在樹林裡前行，這條路打野豬時林伊曾走過，當時膽戰心驚，似乎到處都暗藏著危險，天都是陰沈沈的。

今天有陸然在前面開路，林伊卻覺得很安心，整個人非常放鬆。

「謝謝你送給我祖祖的人參。」她突然想起今天來找他的第二個目的。「我只想著給祖祖買雞買魚補身子，都沒想到要買人參。」

陸然低頭察看著地上的痕跡，順口答道：「這沒什麼，那人參不好，年分太短。」

林伊看他提起人參很隨意自然的樣子，心裡暗想，這小子果然見過好東西，看來的確是大戶人家出來的。

「那也是人參啊，花了不少錢吧，我娘和我祖祖都不好意思收，說太讓你破費了，一定要我好好感謝你。」

陸然停下腳步，低低道：「只要能讓林奶奶身體好起來，花點錢沒什麼。」說完快速向前走去。

林伊敏銳地察覺到他的情緒變化，望著他瘦削的背影有點發愣。

陸然是想到了陸爺爺嗎？只要能讓陸爺爺恢復健康，讓他做什麼他肯定都願意。可惜在有些事面前，人們根本無能為力，只能眼睜睜地看著最珍貴的東西消逝……

林伊追上他的腳步，找了個話題想分散他的注意力。「你今天去了我家，修整得怎樣？還行吧？」

「很好，謝謝妳們。」陸然正色道。

這是陸然發自內心的感謝，山腳下的那間屋子對他來說有很特別的意義。

在他經歷過困苦艱難的生活後，是屋子的主人陸爺爺接納了他，是他溫暖的避風港，是他長大的地方，有他和爺爺生活的足跡，有很多快樂的故事，美好的回憶。

當初離開時，他就戀戀不捨，只是不願讓村長為難才狠心離開。

這幾年天黑後，他曾悄悄回去過幾次，看到小屋越來越破敗，越來越蕭瑟，心裡就難受不已。他很擔心，有一天這間屋子會轟然倒塌，他心裡溫暖的一角也不復存在。

林伊一家讓陸宅重新恢復活力，變得溫馨，他走進去就感受到安寧和幸福，彷彿又回到了陸爺爺還在的時光。

現在只要一想到那棟屋子完好無損，他就很滿足。

林伊不知他心中所想，對他的感謝有點莫名。

謝謝我們？這有何可謝的？我們是自己住，修得好不是理所當然嗎？不過能得到他的誇獎，林伊還是很高興。

看著四周茂盛挺拔的樹木和被各色植被覆蓋的地面，林伊提出困擾她許久的問題。「這裡是山腰嗎？」

「也算吧。」陸然有點頭疼，好像也沒有明確的界定從哪裡開始就是山腰。「村裡人很少翻過斜坡，嗯……通常都在安樂林下面，只偶爾會有人上來打點野物。」陸然解釋道，又忍不住低頭悶笑。

林伊跟在他身後，聽著他壓抑的笑聲有點抓狂了，這名字有這麼好笑嗎？笑點在哪裡啊？

穿過一片山林後，陸然停住了腳步。這裡的樹木略微稀疏，但是更粗壯，地面的植被也更豐富，林伊在其中發現了不少草藥和野菜，比下面的品相好得多。

他們運氣不錯，剛走近就聽到草裡有動靜。

「是隻兔子！」陸然制止住激動的虎子，悄聲對林伊道。

林伊一看，果見一隻肥實的兔子正在啃草，可能因為這裡少有人來，這隻兔子沒有危機意識，啃得很專心，沒有發現危險來臨。

陸然把弓舉起，示意林伊先用彈弓射擊，如果林伊搞不定他再補射。

林伊吞了口水，平復激動的心情，擺好姿勢準備射擊。這時兔子也察覺到情況不對，猛地竄了出去。

林伊的石子應聲射出，這兩天她都射到了兔子，眼下信心十足，覺得拿下這隻兔子不在話下。

誰知道天不從人願，這隻兔子可能吃得太撐，跑得比林伊預想的慢多了，兔子還沒有跑到，石子已經飛射而過。

沒打中！

林伊正看著那蹦跳的小身影遺憾不已。

嗖——身旁射出一枝竹箭準確地釘在那顆灰色的小腦袋上，兔子往前竄了幾步倒在地上。

林伊歡呼一聲衝上去，虎子也朝著兔子撲過去。兩人一通賽跑，虎子最後飛身一縱，率先躍到兔子身旁。

虎子叼著兔子，得意地瞟了林伊一眼，歡天喜地將那隻兔子獻給了陸然。

「跑得真快。」林伊無奈地看著圍著陸然繞圈圈、尾巴都快搖斷的虎子。

看到林伊吃癟的神情，陸然忍不住笑起來。

他這次沒有低頭，薄唇勾起一抹弧度，使得原本就精緻的眉眼更加柔和，好似天地都變得更明亮了。

接下來兩人運氣不錯，又打了四隻野雞和一隻兔子，那隻兔子是林伊打到的，只是昏過去了，還有呼吸。

在四處轉悠找尋下一個獵物時，林伊被一棵樹下的盾狀葉片驚住了，這是芋頭的葉子嗎？

她驚喜地撲上去一看，果然是芋頭！它的葉片形狀太特別了，林伊絕對不會看錯。

而且此時的葉片已經枯黃，應該已經成熟，可以收穫了。

簡直是太好了！

自從來到這裡以後，林伊發現菜蔬水果基本都有，卻沒有見過番茄和芋頭，也不知道是這個時代沒有，還是只有他們這裡沒有。

她原本覺得沒什麼，可是在打到野雞後，她就開始失落了。

因為她特別喜歡吃芋頭燒雞，那麻辣鮮香的滋味和芋頭粉糯綿軟的口感，都讓她回味無比，作夢都想著能再吃一次。現在找到了芋頭，豈不是想吃就吃了！

可惜這裡的芋頭實在太少，只有三株，必須全部收回來做種，芋頭燒雞明年才有希望吃到了。

陸然見她對著那株植物又是高興又是嘆息，好奇地問：「怎麼了？」

林伊告訴他這叫芋頭，不僅能作為菜蔬，還頗具飽腹感，沒糧食的時候能替代主食，又將它的味道形容了一番。

陸然立刻明白了。「和馬鈴薯差不多。」

「有點區別，口感不一樣，馬鈴薯可以炒著吃，芋頭就不行。看各人喜歡吧，我是兩個都喜歡吃。」

林伊拿著陸然的鋤頭，一邊小心挖土一邊給他分析馬鈴薯和芋頭的區別，又口水滴答地描述了芋頭燒雞的美味。「可惜只有三株，不能吃，得留著播種。等明年收穫了我做給你嚐。」

「前面山上有一塊地，長的都是這種植物。」陸然道。

「真的？」林伊欣喜地看著陸然，眼睛在閃閃發光。

「長在一大片草裡。」陸然別過臉，很肯定地道。

林伊騰地站起來，這三株芋頭不打算要了。「走，我們現在就去挖！」

陸然看了看日頭，搖搖頭。「現在來不及，那裡有點遠，來回得大半天，明天一早去吧。」

「這樣啊。」林伊失望地蹲下身，繼續挖掘工作。

不過一想到明天就能收穫一大片芋頭，她又高興起來。「行，就這麼說定了，明天一早去。咱們在哪裡碰面？」

「就在安樂林吧，那裡比較安全。」陸然笑著定下了集合地點。

第六十二章

林伊和陸然約好明天何時見面後，芋頭也全挖出來了。

其間陸然不止一次想幫她挖，都被她堅決制止。「你手臂上有傷口呢，不能用力，萬一再崩裂了怎麼辦？你不能掉以輕心，要是傷口惡化就糟了。」

陸然爭不過林伊，只得蹲在一旁看她挖。

林伊有雙好似玉石雕琢而成的小手，漂亮得讓人挪不開眼。

因為膚色白，手背上的淡淡青筋隱約可見，十指纖細，柔若無骨。指甲雖然不夠光滑透亮，卻呈淡粉色，就像是片片花瓣鑲嵌在指尖。

可惜常年做粗活，她的手掌很粗糙，指腹和掌心有層薄薄的繭子，掌紋也縱橫交錯，即便這段日子林伊非常精心護理了，還是粗粗的。

這雙小手異常的靈巧，像兩隻小粉蝶在根鬚間穿梭，很快就將芋頭全取了下來。

這次一共得了二十多顆芋頭，陸然看著那深褐色的小圓球，很是新奇。

他發現有顆芋頭被林伊不小心鋤破了，露出白色果肉，伸手想拿起來看看。

林伊見了，急忙抓住他的手。「不能碰，手會癢！」

陸然猝不及防間被林伊捉住手指，頓時覺得林伊的手像是炭火一樣灼人。他不及細想，倏地抽回手，臉卻不受控制地燒起來，彷彿林伊剛才碰到的不是他的手，而是他的臉。他忙低下頭，想掩飾窘態。

林伊一時情急沒有多想，見他這樣，猛地反應過來自己的舉動太過孟浪，這是個很少和人打交道的純樸少年，她肯定嚇到他了。

她訕訕地放下手，收拾著地上的芋頭，裝作不在意地問道：「要不你拿幾個回去，這個水煮也好吃。」

陸然見她神態自然，似乎沒有發現自己的異樣，鬆口氣，臉上的溫度也慢慢降了下來。

「不用，都留著做種吧，等明年收穫了再吃也不遲。」

林伊也不堅持，小心地用一張大葉子把芋頭包起來。「行，明年讓你嚐嚐我的手藝，保證你一吃就忘不掉，作夢都想要再吃。」

陸然有點疑惑。「真那麼好吃？」

林伊肯定地點點頭。「真的，你到時候就知道了。」

陸然心裡有了期待。「好，我等著。」

他看了看天色，對林伊道：「時間差不多了，我們回去吧。」

按照一人一半的規矩，兩人各分了兩隻野雞、一隻野兔，林伊分的是還活著的那隻。陸然小時候養過兔子，他很確定地告訴林伊，這是隻公兔。

林伊頓時樂開了花，她彷彿已經看到了明年春天小兔子滿兔舍亂跑的畫面了。

回村的路上，林伊又扳著手指開始盤算了，既然陸然給的十三兩全是自己的，加上林家賠的銀子，共有二十多兩，那就再買十畝荒地。趁時間還來得及，在村裡雇幾個人工，把地翻了，趕快種上。

現在她沒有想到更好的賺錢法子，還是買地更妥當，而且現在買，可以買在自己那三畝地的旁邊，照顧起來也方便。

思及此，她加快步伐，決定和林氏商量，把這件事定下來。

當然，她只能說是用林家賠償金買的，賣野豬得的錢不能跟林氏說，要不然她肯定嚇到，再不許林伊上山了。

林氏聽了林伊的計劃，沒有一口答應。她不太樂意，原因很簡單，怕手上錢少了，萬一林奶奶有點病痛沒錢醫治，在林奶奶完全康復前，都不能安心。

林伊明白她的擔心，她把自己得的獵物拿給林氏炫耀。「娘，妳看我今天得的，要是每天都能打到，妳還擔心什麼。而且買十畝地只用花費三兩多銀子，還能有幾兩銀子剩餘。」

她又把芋頭拿出來給林氏看。「這是陸然發現的好東西，叫芋頭，又能當菜吃又能當飯吃，和馬鈴薯差不多。種好了一畝能有上千斤的產量，明年開春了我們就種。」

這事她不好再推在徐郎中身上，那就推到陸然身上吧，反正林氏也不可能去問他。

林氏好奇地打量著。「我從來沒有見過呢，怎麼長成這樣？這麼難看真的能吃？」

林伊好笑地看著林氏。娘親，沒想到妳還是外貌協會的成員，好不好吃能看外表嗎？咱們心裡美不行嗎？

「馬鈴薯也不好看啊，可人家就是好吃！」林伊用鐵一般的事實證明林氏的看法是錯誤的。

「那倒也是。」林氏點頭承認。

「陸然說山裡還有一大片呢，我們明天全去收回來，明年收穫了我做給妳吃。」林伊又開始許願。「再分點給良子叔、東子叔和娟秀姨他們種。」

「遠不遠？路上有沒有危險？要是有危險就別去了。」林氏擔心地勸。

「娘，放心吧，有陸然在呢。要是真的危險，他也不會帶我去。」

「好吧，你們兩個人行嗎？要不要叫上東子叔、良子叔一塊兒去挖。」

「不用了，我這把力氣妳還擔心我揹不回來嗎？絕對沒問題。怎麼樣，再買十畝地吧，咱們拿幾畝地種上芋頭，收穫了拿去賣，肯定能賣個好價錢。」

林氏還是拿不定主意，林奶奶在旁邊聽了半天，早就肯了，見林氏還在猶豫，急得不得了。「行，行！」

對於莊戶農家來說，還有什麼比買地更讓人快樂的事？那就是買更多的地！

林氏終於被說服了，只是聽說陸然要帶著林伊打獵，她不住感嘆。「這怎麼好，又麻煩他，還欠他人參的情呢。」

還有兩次救我命的情。林伊默默補充。以後想辦法慢慢還吧，反正人在那兒又不會跑。

她跟林氏說了一聲，就跑出去跟東子叔商量雇人的事，這十畝地她還是打算佃給良子叔兩兄弟種。

林氏看著她嬌小的背影，想起今天下午村裡一個大嬸來說的事。

今天下午林奶奶睡著後，林氏把手上的事做完，就坐到院子裡給林伊做鞋。林伊腳上那雙早爛得不能看，現在她常往山上跑，更得把腳護好，免得被樹枝石子劃傷了腳。

自打從小慧那兒買了鞋底，林氏做鞋的熱情空前高漲，只要有點空閒就拿著做。農家人對鞋面要求不高，不用繡個花草的，所以不過一天就已經做好了一隻，另一隻也在收尾。

這時候村裡的趙嬸子急匆匆地進了院子，也不多話，開門見山地告訴林氏，她弟媳昨天去鎮上，看到林伊和山上的然小子走在一起了。

「就他們兩個，說說笑笑的，不只我弟媳，村裡好多人都瞧見了。有些話說得可難聽了，我一聽就坐不住，趕過來給妳報信。」

「小伊昨天回來跟我說了，她沒趕上牛車，在路上遇到陸然，他們就一起走。兩個孩子都小，不礙事的。」林氏趕忙請趙嬸子坐下。

「妳怎麼不明白，然小子什麼都沒有，就光生生一個人，沾上他可不是好事。妳得小心，別壞了小伊的名聲，我可是稀罕她得很。」趙嬸子見林氏不在意，立刻急了。

這位嬸子以前就待林氏不錯，林氏心裡很尊敬她，見她是真心為林伊擔心，忙答應下來。「行，回來我跟她說說。」

趙嬸子把話帶到便放了心，和林氏聊了幾句又看了看林奶奶就告辭離開了。

其實林氏對趙嬸子的話頗不以為然，在她看來，一個人最重要的是人品，其他的都不重要。陸然的人品顯然沒話說，脾氣好，又有情義。

說句心裡話，她還真看上了陸然。

安定下來以後，林氏不止一次考慮過林伊的親事，她的閨女長得這麼好，懂得多又能幹，她放眼四望，根本就沒人配得上。而且一想到以後林伊要嫁人離開自己，她就心疼捨不得，只想林伊待在自己眼前，看著她好好的，她才放心。

可是林伊不嫁人是不可能的，於是這個問題一直糾纏她折磨她，讓她心裡難受得很。

陸然的出現讓她喜出望外，他不就是最好的夫婿人選嗎？

論模樣，陸然完全配得上林伊，想想這兩個漂亮的孩子站在一起，那畫面美得很。

而且沒有戶籍對於別人來說是個致命的缺點，可對林伊來說卻是天大的好處。陸然可以入贅自家，不用孤孤單單地在山上受苦，林伊也不用離開自己，受婆家人的折磨。

她甚至盤算好了，以後就讓他們在這間屋子成親，反正以前陸然就住在這裡，從這個角度來看，這兩個孩子簡直就是天作之合嘛。

林氏越想越覺得可行，決定找時間和何氏商量，再探探這兩個孩子的意思，如果大家都覺得不錯就定下來。陸然這麼好，說不定就會有人不在乎他的身分看上他，自己可得下手快點。

嗯，以後得讓小伊多請陸然過來坐坐，看早上他過來，對這裡還是很喜歡的。

林伊不知道林氏在替她打算未來，她找到荒地上正在忙碌的良子兄弟，把自己的想法告訴他們。

「還要買荒地？妳們的錢沒有問題吧？」東子叔先替林伊操心上了。

「林老頭給的賠償金放那兒也沒用，還不如買地，明年就能有收益了。」

林伊對外的說法是用林老頭賠的錢買荒地，東子叔一家人全信了。

她看著被東子叔、良子叔收拾得齊齊整整的田地，自信道：「這地多好啊，哪裡看得出來是荒地，明年豐收肯定沒問題。」

東子叔很高興，對林伊道：「等我們的籮筐編出來掙到錢了，我們也買。」

「現在趕時間，我想著這十畝地就在村裡雇十個人來做，這樣兩天就把事情做完。」

東子叔沒有意見，要是光靠自己兩兄弟做，至少得要七、八天才做得完。

「工錢不曉得要怎麼算，一個人一天十文錢，不包三餐，如何？兩天就是兩百文。」林伊估摸著出了個價。

「夠了夠了，現在地裡的事情不多，鎮上活計也不好找，村裡好多人都閒在家裡，別說十文，就是六、七文都有人願意。妳看著吧，這話一放出去，保證一堆人搶著來做。」

「那就煩勞東子叔、良子叔幫著找人了。」

「沒問題，村裡哪個勤快肯幹活我們都知道，這事交給我們了。」

雖然林伊說這筆工錢由她出，東子叔卻強烈反對，既然田佃給他們了，當然應該由他們來出。

林伊不爭執，數了兩百文給他。「行，我先墊著，等你們有錢了再給我。」

東子叔抓抓腦袋不好意思接，自己喊得那麼大聲，結果手裡沒錢。

良子叔走上前接過錢。「這兩百文先拿著，有錢了就還妳。」

林伊爽快答應。「行。」

於是在何氏和丫丫、小慧的陪同下，林伊又找到村長要求買地，東子叔兄弟則去村裡找人力，明天就開工。

村長聽了又開心又遺憾，開心的是今年自己的開荒任務戰果顯赫啊，遠遠超過衙門的要求。遺憾的是林伊不能過了年再買，不然明年的任務也能完成了。

不過林伊的一番話倒是寬了他的心。「村長爺爺，你看著吧，等我們的地有了收成，大家肯定會搶著開荒，只怕村裡的地都不夠開。」

村長聽得笑瞇了眼。「那好，村外還有一大片呢，肯定夠開的。」

要是村裡的人因此生活能過得更好，他也很高興。

這十畝地村長劃到了先開的那五畝地旁邊，方便以後耕種。

村裡人聽說林家又要買地，都跑過來看，知道是用林老頭賠的錢買的，都暗笑不已。

李氏得知這個消息，在家裡氣得坐立不安，不住地咒罵林伊是個活土匪，不會有好下場。

不過她只敢在背後罵，林伊也聽不到，她再罵也是白搭。

因為明天不能去集市，林伊請村長辦地契的時候，到種子店把菜種一起買回來，村長很爽快地答應。

「還有沒有要我辦的？我保證給妳辦得妥妥的。」村長的心情非常美好，主動提出要幫忙，而且神情特別期待，讓林伊覺得不拜託他過意不去。

「那幫我再買一斤五花肉吧。」林伊想了想，找了個最不可能出錯的事。

村長又問東子和良子有沒有要他幫著買的，然後笑呵呵地走了。

開荒的事林伊全權交給良子叔兄弟。她要為明天上山找芋頭做準備，陸然說那裡很遠，趕不及回來吃午飯。

第六十三章

第二天早上林伊起來時，林氏已經在廚房裡煎蔥油餅了，這是帶給林伊中午在路上吃的。

新做好的鞋子也擺在地上，很是小巧精緻。林伊拿起來看了半天，決定還是穿舊鞋，今天要在林子裡走動，來回一趟很可能就面目全非，她捨不得穿。

林氏急了。「這就是專門做給妳上山穿的，快穿上。」見林伊還是不肯，她直接蹲在地上要幫林伊穿。「妳這孩子怎麼糊塗了，是鞋要緊還是腳要緊？真穿壞了再做就是，我做鞋快得很。」

林伊拗不過她，只得穿上。

林氏做鞋確實有一套，穿在腳上軟軟的很舒服，林伊在地上跺了跺腳，很合適。

她笑著讚道：「娘真厲害，這才幾天就做好了。」

林氏突然有了個好主意。「妳量量陸然的尺寸，我給他也做幾雙。」

「不用，他都是去鋪子裡買現成的。」

自己去問陸然鞋碼再幫他做鞋，怎麼怪怪的？還是算了吧。

「怎麼不用，鋪子裡的哪有自己做的穿起來舒服。妳去問問，正好妳何嬸子有鞋底，做起來快得很，先做雙藏青色的，耐髒。」林氏已經摩拳擦掌了。

「行行，我去問吧，至於他說不說我就不敢保證了。」林伊見她這樣，只得答應。

吃了早飯，林伊揹上林氏給她準備的一應裝備，飛快地上了山。

到達安樂林時可能時間還早，陸然竟然沒有到。

林伊一邊等待，一邊小心在四周搜尋，看能不能再獵上點什麼。她今天運氣不錯，遇到了一隻似乎還沒有睡醒就出來溜達的小兔子，牠發現林伊後也跑得慢吞吞的，林伊追了幾步就逮住了。

林伊把牠綁住放進背筐裡，還扯了點兔子愛吃的草一起扔進去。今天去爬山，要一直揹著牠，得幫牠準備點吃的。

做完這一切，陸然還沒有來，林伊心裡有點不安，陸然昨天說好了要早點出發，是有事耽擱了嗎？

她突然想起陸然手臂上的血跡，心裡一驚，難道是傷口惡化了？

她頓時慌張起來，不知道怎麼辦才好，只得頻頻向陸然出現的地方張望，盼著他的身影能早點出現。

就在她不知道第幾次張望時，遠處傳來嘩嘩的聲音，是某種動物踩著草葉往這邊飛奔。

林伊踮起腳尖仰起脖子往前方望去，保持高度警戒。這速度太快了，不太像是陸然的動靜，她準備情況不對撒腿就跑。

很快一個黑色的身影出現了，是虎子！
虎子似乎很著急，跑得飛快，轉瞬就來到林伊面前。
林伊大喜，向虎子身後張望，卻沒有看到陸然的身影。
「虎子，怎麼只有你一個？」林伊低下身問虎子。
虎子對林伊嗚嗚叫了幾聲，轉身往來處跑去。回頭見林伊還傻在原地，汪汪叫了兩聲，又往前跑。
林伊一下反應過來，這是要跟著牠走？是陸然出了事？林伊頓時急了。
林伊見到陸然時，他穿著那件天青色的短衫靠坐在一棵高樹下，看著異常虛弱。
他臉色蒼白如紙，兩頰呈現不正常的緋紅，嘴唇也是紅通通的。眼簾低垂，似乎連睜開眼睛的力氣也沒有，完全沒精神，卻有一種脆弱的，近乎妖豔的美。
「他病了嗎？怎麼病了都這麼好看？」林伊看得呆住了，不由自主感嘆，但馬上就唾棄自己。「人家都這樣了還瞎想。」
她兩步奔到陸然面前，蹲下身著急地問：「陸然，你怎麼了？病了嗎？」
陸然無力地抬起頭，啞著聲音道：「今天不能陪妳去山裡了。」
「不急，你發燒了嗎？臉燒得這麼紅？」
「好像是，渾身沒勁。」陸然扶著樹幹想要起身。
「你都這樣了怎麼還把虎子叫過來，遇到大野物怎麼辦？你這裡可危險多了。」林伊忙攙住他，後怕地看了眼陰暗幽深的樹林。

陸然果然在發燒，溫度還不低，隔著衣服林伊都能感受到他的熱度。

林伊嚇壞了，這得趕緊想辦法退燒呀，燒久了不是燒壞肺就是燒壞腦子，這可不得了。

陸然靠在林伊的身上，卻努力站直身體，還想推開她。「沒事，我自己走，別把病氣過給妳了。」

林伊沒理他，把他的手搭在自己肩上，扶著往前走。

陸然雙腳無力，走得偏偏倒倒。林伊左右看了看，乾脆彎下腰，一把將他揹在背上。

陸然大驚失色，拚命掙扎著想要下來。「不用，我能走。」

只是他的聲音嘶啞微弱，掙扎也軟弱無力。

林伊忙安慰。「你別動，我力氣大，揹你很輕鬆，你一直動我反而很難受。」

陸然這才停止掙扎。

林伊揹著他感覺很彆扭，雙手都不曉得該扶他的哪裡，只得抓住他的手臂，將他緊緊地固定在背上。

林伊又對虎子下命令。「虎子，前面帶路。」

虎子朝著陸然嗚嗚兩聲，似在徵求他的意見，見陸然點了頭，便當先跑在了前面。

林伊揹著陸然緊隨其後，輕聲道：「再忍耐一下，很快就能回家了。」

陸然很是窘迫，卻還是低低地嗯了一聲。

昨天晚上陸然就不太舒服，頭暈腦脹，全身無力。不過這種情形在他獨住的這些年發生過不少次，他都自己扛了過來，所以並不放在心上。

他覺得身上燥熱難當便去山溪洗了個澡，冰涼的溪水頓時讓他舒服了許多，忍不住多泡了一會兒。

孰料晚上根本沒法安穩入睡，換了無數個睡姿都不對，不是肩麻就是手痠，一身都在痛，翻來覆去地睡不著。無奈只得起來坐著發呆，待有了點睡意再重新睡下，就這樣反反覆覆折騰了一宿，直到快天亮了才朦朧睡去。

早上醒來情況更嚴重，四肢軟得像麵條，使不上勁，鼻子裡呼出的氣能把水燒開，喉嚨也像是被黏住了，發不出聲來。

他暗道不好，可能是昨天晚上在山溪裡泡久了，染上了風寒。以前他的解決方法是喝一大缸熱水，再在洞裡蒙頭大睡幾天就沒事了。

可今天不行，今天他和林伊約好在林子裡見面，林伊等不到他肯定會擔心，萬一走到老林子裡遇到危險怎麼辦。

於是他強打起精神掙扎著起了床，又燒了一壺熱水喝，感覺好點了，就帶著虎子來找林伊。

走沒幾步，他的雙腳就直打顫，邁不開步子。往日輕鬆走過的林子似有萬里長，怎麼走也走不出去，渾身也好似有把火在燒，燒得他口乾舌燥。

他堅持了幾步覺得實在艱難，走到安樂林天都黑了。他很擔心林伊等久了遇到危險，便讓虎子去尋林伊，跟她說聲今天去不了了，自己則慢慢地挪到一棵樹旁，坐在樹下等虎子回來。

沒想到虎子竟然把林伊叫來了，眼下陸然被林伊揹在背上，感覺很不好受。

林伊的個子不夠高，陸然的腿又太長，雙腳只得在地上拖行。林伊的後背太瘦小，身材太纖弱，陸然怕自己的重量會壓垮她。林伊的肩膀又太窄，陸然的頭靠在上面，稍不小心就會碰到她的臉，讓他很是緊張。

即便如此，他還是覺得莫名安心，隨著林伊走動的起伏，他竟然迷迷糊糊地睡著了。

在虎子的帶領下，順著山溪前行了一段距離，林伊很快到了陸然的山洞前。

洞口離地有一段距離，四周掛滿了青藤，洞口有道結實的木門，此時門正緊閉著。

洞外搭了個草棚，草棚裡是簡易的灶臺，旁邊還有水缸，這就是廚房吧？

林伊上前把門打開，揹著陸然走了進去。

山洞裡光線昏暗，卻收拾得很乾淨，地面一絲塵土也沒有，洞裡有股好聞的青草芳香。

右邊洞壁旁架了張床，說是床，其實就是在幾塊青石板上鋪了張木板，和林伊在吳家柴屋的床差不多。

床上鋪著張由兔皮拼成的褥子，一床淡藍色的被子摺成長條狀放在床的內側。

床邊有個大石頭，上面擱著幾個籮筐，籮筐裡裝著衣服和一些雜物。

最讓林伊吃驚的是，離床最近的籮筐上竟是一本書，成色雖然很新，但還是能看出翻看的痕跡。

這小子還識字呢。林伊暗自嘀咕。

床對面的洞壁下放著幾個大大小小的罈子，不曉得裡面裝的是什麼。

林伊兩步走到床前，輕輕把陸然放到床上。

陸然的身體剛挨到床板就醒了，他嘶啞著聲音向林伊道謝。「謝謝。」

「你發燒了，得吃藥，你這裡有藥嗎？」林伊問道。

「不用，我睡一會兒就好了。」

這小子還逞強！

「怎麼可以不吃藥？會越燒越厲害的，萬一燒成傻子怎麼辦？」林伊見他不放在心上，頓時急了，低聲威脅道。

「不會，我以前睡幾天就好了。」陸然並沒有被威脅住。

林伊聽得心裡難受，陸然生病都是自己扛過來的嗎？

眼下見他燒得厲害，身上卻一滴汗也沒有，知道必須讓他發汗，只要汗出了溫度就會降下來。

她想起徐郎中給她的那堆藥瓶裡面有治風寒和外傷的，決定下山去拿。

她轉過頭，對趴在一邊眼巴巴看著陸然的虎子道：「虎子，看著你然哥哥。」

虎子輕輕叫了幾聲，慢慢走到陸然床邊，坐了下來，眼都不眨地望著陸然。

林伊溫聲對陸然道：「那你先睡會兒吧。」說完起身走出山洞，小心地將門關上。

陸然見她匆匆離去，山洞由光明重回黑暗，心裡不由有幾分失落。

不知道為何，他現在特別希望林伊能留下來，只用坐在那兒，什麼不做都好。

可是他知道，林伊應該離開，他們兩個孤男寡女待在這個洞裡，要是被人知道，對林伊的名聲很不好。他自己不在乎，可他不願意林伊因此受到影響。

他頹然地閉上眼，很快陷入沈沈的昏睡中。

林伊出了山洞就沒命地往山下趕，路上有村民見她慌裡慌張的模樣，感覺很奇怪，關心地詢問她是不是遇到了麻煩，她隨口敷衍幾句就衝回家。

這會兒林奶奶還在睡，林氏正在雜物間照顧小雞仔，聽到腳步聲探頭一看，怎麼是小伊回來了？

她忙出了屋子，小跑著跟在林伊身邊，低聲問：「出什麼事了，不是說要下午才回來嗎？」

林伊簡單說明了情況，林氏頓時嚇住了。

「徐郎中的藥裡有治風寒退熱的，我拿過去試試，我記得還有一瓶外傷藥，也一起拿過去。」

林伊把藥找出來正準備上山，林氏裝了一小袋米遞給她。「給他熬點粥吧，發燒嗓子痛肯定不想吃東西，喝粥最好。」

林伊覺得她說得有道理，便接過來衝了出去。

林氏望著她的背影不住唸叨，希望陸然不要有事快點好起來，這孩子太苦了。

林伊回到山洞的時候，陸然正睡得人事不醒，虎子瞪大雙眼嚴肅地盯著他，見林伊進來委屈地對她叫了兩聲，牠也知道自己的主人病了吧？

林伊看著躺在床上的陸然，見他如畫般精緻的臉燒得通紅，蹙著眉頭，雙眼緊閉。長長的睫毛急促顫動，薄唇也在微微翕動，好像在喃喃說著什麼，神情很是不安。

林伊見他這樣心裡很難受，不知道陸然是不是作了惡夢。

林伊猜對了，昏睡中的陸然正置身於一片火海之中，灼熱的火焰炙烤著他，讓他很難受，他拚盡全力想逃離，卻怎麼也邁不開腳步。掙扎中前面突然出現一個熟悉的身影，纖細柔弱，是他記憶深處，令他眷戀無比的身影，淚水頓時滿溢，他大聲喚道：「娘！娘！」可張開嘴，卻發不出聲音。

他急了，哽咽著想奔向她，腳步仍然不能挪動半分。

火光中那個身影似乎聽到他的呼喚，轉頭看向他，口裡說著什麼，他凝神細聽，卻完全聽不清楚。

陸然睜大雙眼想看清，她的面容竟是一片模糊。陸然回想著娘親的模樣，卻怎麼也想不起來。

他頓時慌了，更加用力掙扎，想靠近她，想再看看她的臉龐，想聽聽她在說什麼，可是眼前人影卻越來越淡，竟漸漸消失了。陸然絕望地伸出雙手，想要阻止她的消失，卻根本無濟於事，那身影最終在火光中化為烏有。

撕心裂肺的痛楚久違地席捲了他，他傷心地低下頭，放棄掙扎，想任由這漫天大火將他燒為灰燼，和娘親一起消失。

就在這時，陸然感覺似有涼風吹過，火焰竟奇蹟般的消失了，額頭也一陣清涼，恍惚中有個聲音在低低喚他。「陸然，陸然！」

這輕柔的呼喚讓陸然猛地清醒過來，他勉力睜開眼，看向聲音的來源。

是林伊，她回來了！陸然已經乾涸的眼眶又不由自主地濕潤了，心也莫名安定下來。

「陸然，我餵你喝藥，喝完藥發出汗來就沒事了。」林伊手裡端著碗，對陸然道。

她把陸然扶坐起來靠在自己身上，將碗舉到他的唇邊，餵他喝下。頓時一股清涼苦澀的液體順著喉嚨流進陸然的身體裡，乾裂的喉嚨得到滋潤，心裡也沒有那麼燥熱，感覺舒服多了，很快一碗藥他就全喝下去了。

不曉得這藥是不是有安眠的成分，還沒有完全清醒過來的陸然喝完藥又沈沈睡去。

第六十四章

林伊懷疑陸然的發燒和手上的傷口有關，她收好藥碗，把陸然的袖子捲起來。果然發現他手臂上的傷口發炎紅腫，甚至開始流膿，她連忙清理乾淨後，給他敷上了徐郎中的傷藥。

做完這一切，陸然的體溫仍然沒有降下去，也沒有出一滴汗。

林伊慌了，焦急地守在陸然床邊，過一會兒就查看他有沒有出汗，可惜還是沒有變化。

情急之下，她忙想打來溪水替他冷敷額頭和雙手手心。

她在心裡打定主意，如果還不出汗，就把他的衣服都脫掉，自己抱著他降溫。男女大防她顧不上了，在生命面前，一切都是浮雲。

林伊越等越心慌，就在她忍無可忍準備動手的時候，卻突然發現陸然鬢邊似有水珠滲出，額頭也冒出一層薄汗。

她急忙用手一摸，手下一片濕潤。

林伊頓時大喜，汗發出來了，應該沒大礙了！

眼見陸然身上的汗越出越多，林伊徹底放了心，趕快去灶上熬米粥，等陸然醒過來就能吃上。

她邊在洞外熬粥，邊不時探頭查看昏睡的陸然有何動靜。

待粥開滾了，她退了柴出來，將火轉小慢慢熬，自己回到洞內查看陸然的狀況。

虎子一直坐在陸然身邊，見她進來了，嗚咽了一聲，又搖了搖尾巴，似乎在向林伊詢問主人的病情。

「應該沒事了，你看，出了那麼多汗。」林伊指著陸然，對虎子解釋。「只要出了汗，燒就會退下來。」

虎子瞪大眼睛順著林伊手指的方向看過去，又擺了擺尾巴，也不曉得牠聽懂沒有。

徐郎中的藥非常有效，陸然這場大汗出得酣暢淋漓，就這麼一會兒功夫衣服竟全濕透了，體溫似乎也在下降。

林伊皺皺眉頭，這可不行，得把濕衣服換下來，要不再著涼了怎麼好。她從陸然床頭的籮筐裡挑了一套衣服想給他換上。

可是面對著沈睡中的陸然，她手指伸了幾伸就是鼓不起勇氣脫他衣服。

雖然只是個小小少年，可林伊一想到要給他寬衣解帶就臉紅心虛，做了半天心理建設還是不行。

她不禁暗暗鄙視自己，不曉得在害羞什麼，游泳池裡光著上身只穿泳褲的男人見少了嗎？怎麼穿越了竟然也變得古板保守？

再說了，這不是為了給他治病嗎？又不是故意想揩油，她可是很有節操的！

沒錯，心懷坦蕩就好！

林伊蹲下身試圖解開陸然的衣襟，可是手剛碰到衣服她又退縮了。

她咬咬牙做了決定。「算了，用布巾把他身上的汗擦擦就行了。真要是換了，陸然醒過來看到肯定會不自在。」

林伊馬上接受這個理由，並不住慶幸自己沒有貿然行事，要不然以後還怎麼相處，太尷尬了。

她去籮筐裡找了件快爛成抹布的舊衣，重新回到陸然身邊，邊替他擦汗，邊觀察他的情況。隨著汗不斷發出來，體溫漸漸降了下來，摸著已經不燙手了。

林伊鬆了口氣，燒退下來就沒事了。

快午飯時，陸然終於醒了。看著他黑漆漆的眼睛，林伊特別高興，忙跑到廚房把熬好的米粥盛了讓他吃。

「太好了，你總算醒了，我給你熬了粥，已經晾涼了，你喝點。喝了身子就有力氣，病很快就好了。」林伊不由自主地用上了哄小孩的語氣。

陸然定定地看著她，沒有回答。

他這一覺睡得特別沈，醒來整個人都是暈的，見到林伊吃了一驚，這是自己的家啊，怎麼林伊在這兒？

他很快反應過來，自己病了，是林伊守在身邊照顧自己。他的心裡頓時湧起一股熱流，這熱流直衝到他的眼裡，鼻腔也酸酸的。他忙仰起臉，輕咳一聲，將眼裡的熱流壓了下去。

林伊以為他喉嚨不舒服，忙過去扶他坐起來，要餵他喝粥。「這粥我熬得稀，你喝了可以潤嗓子，待會兒再吃一劑藥。」

陸然連忙拒絕，他感覺輕鬆多了，雖然還是頭昏腦脹，身上卻已經有了力氣，自己喝粥完全沒有問題。

「我自己來吧。」他微紅著臉，啞聲道。

林伊沒堅持，她也覺得餵陸然喝粥挺不自在的。

待陸然端過粥碗，林伊又到洞外給自己舀了碗粥，忙累了一上午，她也餓了。

她從灶臺上拿了一張今天帶來的蔥油餅，準備和著稀粥一起吃。

走回洞裡，她想問陸然，虎子中午吃什麼。還沒開口，就見那一人一狗眼巴巴地盯著自己手上的餅子。

顯而易見，虎子和陸然都看上了自己的餅子。

林伊沒辦法抗拒虎子那期盼的眼神，將手中的餅子撕了一大半下來，撕成小塊放在地上讓虎子來吃。

虎子立刻跑上來，搖著尾巴啊嗚啊嗚地吃起來。

至於陸然的目光，林伊選擇無視，可看到他一直怨念地盯著虎子，還是忍不住解釋。「你還在生病，暫時喝粥吧。我在灶臺上給你留了幾個，晚上沒事了就熱來吃。」

陸然不自在地收回目光，嗯了一聲便低下頭，雙手捧碗專心喝粥。那乖巧的模樣就像是幼兒園大班的小朋友，讓林伊覺得自己拒絕他太不厚道，差點忍不住要把餅子拿給他吃。

喝完粥，林伊把那套衣衫遞給陸然，讓他換上，自己收拾碗筷出去洗。

陸然忙制止。「不用不用，我來洗。」

林伊照顧了他半天，他真的不好意思再麻煩林伊了。

「你把衣服換了吧，都濕透了，小心再受涼。就這幾個碗，又不麻煩，我兩三下就洗完了。」

林伊不和他多說，直接端著碗走出山洞。

林伊邊洗碗邊觀賞著洞外的景致，不得不說，陸然挺會選地方，這裡的景色真的很美。

參差的高樹間夾著一片綠草如茵，星星點點的野菊花散落其中，清涼的山風搖曳著草葉花瓣，將淡淡的菊花苦香傳送開去。草坪邊是一條清澈寬闊的山溪，在陽光下歡快地流淌著，這應該就是陸然上次處理野豬的山溪。

抬起頭，對面高高的山頭籠罩在一片雲霧之中，只露出一點墨綠的山頂，很有點神仙洞府的感覺。

林伊不由想到，到了冬天，山頂上會覆滿皚皚的白雪吧？這裡也會比山下冷很多，獵物肯定全藏起來了，陸然又怎麼生活？天天待在洞裡嗎？

好幾個月呢，肯定很難熬吧。林伊皺起了眉頭，不過陸然已經在這兒生活了幾年，肯定有打發時間的法子，會不會關在洞裡看書？

如果真是這樣，這幾年下來看的書肯定不少，難怪氣質清冷俊雅，和普通農家孩子明顯不同。

林伊胡思亂想半天，碗也洗淨收好了。她敲了敲洞門，大聲問道：「換好了嗎？我要進來了。」

聽到陸然的回答後，林伊推開門走了進去。

陸然穿著乾爽的衣服垂頭靠坐在洞壁，看著比早上的狀況好了很多，不過還是無精打采。

林伊忙勸他再躺會兒，陸然歉然地望向林伊。「今天不能去挖芋頭了。」

「改天去一樣，讓它們多長幾天更好吃。」林伊忙寬慰他。

「明天去，明天我就沒事了。」

「明天趕集，我要去買點東西。後天吧，後天一早。」林伊推託道。

今天病得這麼厲害，明天怎麼可能就完好無事了，肯定得多休息一下。

她很自然地走到陸然的衣筐前把他的破衣服找出來，坐在洞口借著洞外的亮光縫補，和他聊起明天準備去集上買些什麼東西。

陸然這次沒有阻止她，而是坐在床上，垂下眼，靜靜地聽著。林伊清脆的聲音似有魔力，讓他特別安寧，心裡很充實，他捨不得讓林伊停下，只想她繼續說下去。

「我和東子叔商量編有圖案的籮筐拿到集市賣，看看會不會有人買。我還想著他再編點有字的，比如福啊、壽啊、雙喜之類的，肯定受歡迎，你覺得呢？」

林伊沒有聽到陸然的回應，忙抬起頭，發現他靠著床頭又睡著了。

她放下手中的衣服，把陸然輕輕放平在床上。

陸然這會兒神態很放鬆，眉頭舒展，眼睛輕閉，長長的睫毛又密又翹，在眼瞼處投下一片陰影。嘴唇向上彎起，顯然心情很好。

林伊看見他換下來的濕衣服團在床頭，忙收拾了去溪邊洗淨，晾曬在洞口的麻繩上。

她又找了個竹筐去洞外，想看看有沒有野菜草藥，陸然的洞裡一片菜葉也沒有，只有洞口掛著的一串雞肉、兔肉和地上的一堆馬鈴薯。難道這小子是個肉食動物，平時都不吃蔬菜？

這可不行，得讓他改改這個毛病。

這裡的野菜種類還挺多，林伊採了一筐，又摘了一籮筐的野菊花，它能疏散風熱、消腫解毒，可以讓陸然泡水喝。

陸然這一覺直睡到天快黑了才醒來。這次他仍睡得滿身是汗，中午換的衣服又濕透了，人卻更鬆快了些。除了手腳還有點無力，基本沒問題了，連聲音都清亮了幾分。

林伊很高興，忙把泡好的菊花水端來讓陸然喝。陸然出了很多汗，正覺得口乾舌燥，一大碗水接過去咕嚕咕嚕全喝完了。

林伊乘機教育。「你是不是不愛吃菜？我看你這裡都沒有菜，這可不行，你得多吃菜，光吃肉食火氣太大，全鬱積在身體裡，時間長了就容易生病。我給你摘些野菜洗淨了，你自己做飯吃的時候加進去。還有我採的菊花，用來泡水喝能清熱，你平時燒了開水泡著喝。」

「好。」陸然回答得很乾脆。

林伊愣了愣，這小子怎麼這麼好說話？他不是挺有主見的嗎？

林伊以為要多費口舌才能說服他，為此準備了很多知識，想好好給他上一課，現在居然用不上，她反而有點失落了。

不過她很快振奮起來，他這麼快接受是好事啊，真是個懂事的好孩子，不讓人多操心。

她把治風寒和治外傷的藥遞給他，囑咐他吃了晚飯再吃一次藥，身上的傷口明天也要換藥。

陸然只接過外傷藥，不肯接風寒藥，他的理由很充分。「我已經全好了，不用再吃藥。這藥很好，別浪費。」

林伊覺得他說得有道理，不過轉念一想，感冒發燒容易反覆，很多都是白天看著好了，到晚上又燒起來。

「留著吧，晚上不舒服就吃，沒事了就不吃。還有，你汗出得多，晚上最好洗洗澡，記得別用涼水洗，得燒熱水，千萬不要嫌麻煩。你明天在家多休息，別出去了。」林伊又囑咐道，她突然驚覺自己有點像老媽子，絮絮叨叨的，趕快住了嘴。

「好。」陸然不再堅持，伸手接過藥瓶，笑意從嘴角流瀉出來。

林伊忍不住又交代了他幾句，便向他告辭。陸然想開口留她吃了飯再走，終是忍住了，只向她確認道：「後天早上我們去挖芋頭。」

見林伊應了，他又招呼虎子護送林伊，林伊忙推辭。「不用，我跑得飛快不會有危險，就讓虎子休息吧，牠今天肯定也嚇壞了。」

陸然卻不肯，對虎子吹了聲口哨，虎子立刻竄出洞口，在門外等著林伊。

林伊只得上前摸摸牠的大腦袋，和牠一起朝山下跑去。

虎子一直把林伊送到斜坡下才回去。林伊走了段路回頭一看，牠還站在那兒目送林伊，見林伊回頭，尾巴又瘋狂搖動起來。

看著立在蒼翠山林間凝視著自己的虎子，林伊再次讚嘆。「這也太帥了吧，生了小狗狗我一定要讓陸然送我一隻。」

此時天色已經暗下來了，林伊怕林氏擔心，連跑帶跳地往家衝。

剛走上小道，就見林氏和娟秀站在院門口朝小道這邊張望。

見到林伊，娟秀笑著招呼。「小伊回來了，我就說妳不會有事嘛，妳娘就是不放心，在屋裡坐不住，非要在這裡等妳。」

林氏吁口氣，朝林伊抬抬眉，林伊知道她這是在問陸然的情況，忙微微點了點頭。林氏立刻露出笑容，她提心吊膽一下午終於可以安心了。

「地都翻完了嗎？」林伊見荒地上沒人了，好奇地問兩人。

「翻完了，明天就能播種了。」林氏笑道。「大家都很起勁，都說知道怎麼種了，開了春也要買荒地來種。」

林伊知道，村裡人是要看著自己家的地有了收成才肯出手，這是不見兔子不撒鷹啊。不過這對村長來說倒是好事。

林伊對娟秀姨笑道：「娟秀姨，我沒說錯吧，明年劉爺爺肯定更高興。」

「可不是嘛，大家都說妳們回來得太好了，只要荒地能開出來，咱們村的光景就會更好過。」

林伊默默地想，林家人就不這麼認為，他們肯定恨死了。

「行了，話已帶到，我回去了。」娟秀姨說著告辭離開。

林伊跟著林氏往屋裡走，問林氏娟秀姨帶了什麼話。

林氏朝她使個眼色，示意她進屋說，這讓林伊好奇得不得了，娟秀姨到底說了什麼？

第六十五章

一直走到廚房，林氏才附在林伊耳邊悄聲道：「林家要分家，請村長和村裡老人明天去見證。妳娟秀姨怕對我們家有影響，特別過來說一聲，讓我們心裡有個底。」

「也不曉得要怎麼分，東西都沒多少了。」林伊道。

她覺得自己替他們減少麻煩了，東西越少越好分嘛。

「那個老妖婆怎麼肯答應分家？」

不是說父母在不分家嗎？

「不肯不行，老大夫婦鬧騰得厲害。如果不分，就要到處去找人訴苦，說老人不賢，把他們教壞了。」

林大山夫婦可真豁得出去，竟敢說爹娘壞話，這是要撕破臉了啊。

這肯定是洪氏的主意，林大山人看著就挺憨厚的，應該想不出來。

說起來林伊不特別討厭林大山，可能是他長了張忠厚老實的臉，又不愛說話只悶頭做事。不過也沒有好感，但凡當初他對林奶奶稍微關心點，林奶奶也不至於受那麼多苦。

「明天小山也要回來。說不定會來看妳祖祖。」

「哦。」林伊不認識他，對他也不感興趣。

她不想討論這家人，便拿出一條麻繩遞給林氏。「娘，這長度是陸然的鞋碼。」

「行，我找妳何嬸買副鞋底就給他做。」林氏把麻繩收起來。「他怎麼樣了？燒退了？」

「退了，徐郎中的藥真的很管用，一下就出汗了。我給他留著，萬一晚上燒起來再吃。」

「那就好，也不曉得他平時吃什麼，這兩天可得好好補補。」林氏擔心道。

她已經把陸然當成自家人了，想到他病了還得一個人待在山洞裡，就心痛得不行。

「這兩天沒事妳就去看看他，他喜歡吃餅子就給他多做點。」林氏叮囑。

「行，我和他約好了後天去挖芋頭，明天他就在家裡好好休息。」

林伊不住誇讚徐郎中的藥。「徐郎中的藥太有效了，我們可得收好了，下次病了再用。」

林氏白她一眼。「妳這孩子說話沒有一點忌諱，好好的就想著下次生病，呸呸呸！」

林伊有點傻眼，這也要忌諱？人一輩子這麼長，肯定會生病啊，怎麼還不許說了？不過看到林氏緊張的模樣，只得對著旁邊啐道：「我瞎說的，呸呸呸，行了吧，這輩子都不會生病了。」

林氏這才綻開笑顏。「徐郎中的藥再有效，我希望這輩子都不會再用到。」

「陸然還識字呢，那裡有本講地方風土人情的書，他正在看。」

陸然睡覺時，林伊把他床頭的那本書拿來翻了翻，是本遊記。講的是作者在海邊遊歷的故事，用詞相當華麗優美，描寫卻又不失磅礴的氣勢，讓林伊不禁懷念起去海邊的日子。有機會真想再去一次，這個時代的大海肯定與後世的有所不同，想想還真是讓人嚮往。

陸然喜歡看這類書，說明也愛旅遊，可惜兩人沒在現代相遇，要不然倒是很好的遊伴。

「妳何嬸不是說他是大戶人家的孩子嗎？小時候肯定學過，不過這麼多年都沒忘，是個聰明的孩子。」林氏對陸然的喜愛又加深了。

這孩子還有缺點嗎？沒有，完美得不得了！

第二天天剛矇矇亮，林伊就揹著自己和小慧、丫丫採的草藥獨自上路了，她要找藥鋪問問收不收草藥。

這個時間村裡還沒人往鎮上去，山路上很是清靜。走過那處爛路的時候，林伊再一次立下誓願，有錢了要做的第一件事就是把這路修好，實在是太不方便了。

因為她速度快，到鎮上時間還早，街上沒幾個人行走，有些店鋪門都沒開。

林伊決定先去車馬行，她要給小雲去信報平安。

在這裡，大家寄信都是去車馬行，那裡設了專門的信局。

寄信處有幫忙寫信的書生，寫完了直接交給通往各地的馬車；收信處則接收各地的來信，分成一個村一個村的，村裡有人到鎮上都會去看看，把自己村裡的信件帶回來。

不僅如此，寄信處還可以幫著寄包裹和匯款，不過手續比寄信嚴格得多，寄件人和收件人都必須憑本人戶籍才能辦理。

寄了信她馬上趕往吉祥街，那裡的店鋪正在陸續卸下門板準備營業。

她打算先把草藥賣了。

藥鋪在這條街的盡頭，已經開門了，鋪裡除了一個小伙計，沒有別人。

他的態度挺和善，認真看了林伊帶來的草藥，給出了十文的報價。

其中小慧採的比較多，得了四文，林伊和丫丫各得三文。

林伊很高興，一早上隨便採採就能得這麼多，如果多花點精力，豈不是收益更好？

小伙計又說了幾樣藥材，讓她注意看山裡有沒有，她們有多少藥鋪收多少，又拿了這幾樣藥材給林伊看，並指點她挖到了要怎麼處理。

林伊一一記了下來，打算回去就和小慧、丫丫大展身手。

事情辦完，現在該購物了。

林伊首先進了布店，她要買布、棉花做冬衣。

因為逢集日，掌櫃和伙計都在，見林伊一個小女孩進來也不怠慢，伙計笑著就迎上來了。

「姑娘想買什麼？我們這裡各色布料都有，妳慢慢選、慢慢看，包管讓妳滿意。」

別的不說，光是這服務態度就讓人滿意，她立刻打算今天要多買點。她現在手上有了小金庫，花錢可以比較自由。

這會兒店裡沒有別的顧客，林伊享受了五星級的服務。伙計全程陪同，她看一樣，伙計就解說一樣，每樣布料都被他說得物美價廉，遠超所值，不買就吃大虧了。

林伊以前花錢屬於衝動型，經常一時興起買回很多不需要的東西。如今可不行，她一再提醒自己要冷靜理智，錢要花在刀口上，絕不能被這伙計忽悠得不知天南地北，買一堆不實用的布料。

最終，她買了一疋上次就想買的淡藍底碎白花布料，又買了一疋杏色的，給林氏做兩套衣服。

林氏習慣穿深色衣服，不知道能不能接受這兩種顏色。不過林伊就是想從改變她的著裝開始，讓她變得開朗。

給林奶奶買的則是石青和駝色。

「這兩種顏色不錯，老年人穿起來又穩重又和善，姑娘會選。」

林伊每選一樣，伙計就誇一聲，並且能準確判斷出林伊是給誰買的。

見林伊住了手，開始選內衣的布料，伙計急忙拿起一疋嫩黃色的布料。

「姑娘，妳怎麼不給自己也選一疋？妳看看這顏色多鮮亮，妳穿著肯定好看。真的，這個顏色我不會隨便推薦的，因為沒幾個人能穿得出去，配姑娘倒是正好，做出來包管比妳身上這件好看。」

今天林伊穿著翠嬸子的淡藍色衣衫，雖然也很鮮亮，但確實不如這疋布看著嬌豔亮眼。

林伊立刻心動了，腦海裡已經浮現自己穿著這件新衣服的漂亮模樣，特別是穿著在林間奔跑，會不會像隻小粉蝶飛舞在花間？

不過她立刻停止胡思亂想，翠嬸子給的衣服還有好幾件呢，而且自己正在發育，家裡現在伙食也好，說不定很快就能長個兒。這衣服今年做好，明年肯定就小了，太浪費了。

不能買，要克制！

林伊別開臉，艱難地拒絕。「不用了，我再買點別的。」

伙計失望地放下布，嘴裡卻誇獎道：「姑娘真孝順，自己捨不得買，盡想著家裡人。」

正在算帳的掌櫃聽了抬頭看了眼林伊。「不錯，小姑娘，妳只管買，大叔算便宜點。」

林伊抹把汗，這兩人也太會推銷了吧，照他們這樣一唱一和的，有幾個人招架得住啊。

接下來她又選了上好細布用來做內衣，這細布摸著很是柔軟服貼，貼身穿肯定很舒服。

林伊和林氏的內衣以前都是用粗布做的，洗多了發硬，穿著很不舒服。

她還買了兩床做被套的湖藍色布料，和一床暖黃色的床單，剛好能跟家裡的床上用品配成套，又買了兩床棉絮和三斤棉花做棉衣。

最後還買了一塊藏青色的面料，這是給陸然做鞋的。

伙計把她選好的東西堆在一邊，在櫃檯上竟是很大一堆。

伙計對她的購買力大加讚揚，掌櫃的三下五除二就把價格算出來了，還真的給林伊算便宜點，一共是三百五十文。

見有顧客進來，伙計還湊到林伊耳邊小聲道：「姑娘，這個價格只賣給妳，別人我們不會賣，妳可別聲張。」

林伊面上答應，心裡卻在暗笑，也不曉得他這話是不是對每個顧客都要說一遍。

伙計把林伊買的一堆東西打包好，問她要不要先放在這裡，一會兒再來拿。

林伊婉言謝絕了，這點重量對她來說根本就沒什麼，她懶得到時候再走一趟了。

接下來她照著昨天理的購物單一路買下去，吉祥街上要買的東西就齊了。

她快步來到集市，想看下有沒人賣籮筐。

這會兒天已大亮，集市上靠前的攤位全占滿了，只有最後幾個還是空的，顯然這裡的攤位是先來先得。

她看到有兩個攤子在賣籮筐，生意確實不太好，無人問津。不過人家攤主也不是專賣這個，都主賣別的東西，籮筐能賣就賣，不能賣也不在意。

林伊拿起他們的籮筐研究了下，只有單一顏色不說，做工還很粗糙，比東子叔做的差遠了，感覺誰都能編出來。

她對東子叔的籮筐生意一下有了信心，不過東子叔得早點來，最好占據市場最前面的攤位。

林伊還看到市場上有個攤主在賣手帕和花樣，還有些頭繩之類的小飾品，比林伊在長豐縣買的質感差多了，售價卻比她賣給縣城繡坊的要貴。

如果自己從長豐縣進了貨來集市賣，就按他們的價格賣也很有賺頭。只是來回路費太貴了，而且又費時間，不太划算。

她一下想起了小雲姊妹，對啊！可以讓她們在長豐縣把貨買了，再透過車馬行寄過來！手帕花樣都很輕，又不占空間，根本花不了多少運費，而自己賣了貨再把錢匯給她們，讓她們繼續在那邊買貨寄過來。來回一趟運費也不過二、三十文，每次都多買點，折下來很划算。

林伊越想越覺得大有可為，決定小雲來了就和她商量，到時候利潤大家平分。

回去的路上，林伊在心裡算了下，這次買了一大堆東西，才花了不到一兩銀子，真的很便宜啊。

想想幾天前她和林氏在鎮上購物，為了省一文錢要猶豫半天，米麵都只敢五斤、十斤的買，她由衷地感謝那頭大野豬，要不然她怎麼能這麼爽快地購物。

她甚至在想，要不要再獵一頭？當時的危險場面和陸然的傷口立刻浮現在她腦海，她馬上打消這個想法。

還是健康最重要，錢夠用就行了。

因為在集市上耽誤了點時間，回家時已快到午飯時間。

林氏做好飯在等她回來。林伊把她交代買的白菜、青菜和蘿蔔倒在院子裡，林氏要用它們做酸菜和鹹菜。

吃完飯，林伊和林氏剛把廚房收拾乾淨，就聽到有人在院外朗聲叫門。「奶奶，大姊！」

林氏聽了一喜，對林伊道：「這是妳小山舅舅。」說完想起兩家斷了親，忙補充道：「林家老二。」

林伊笑了笑，對這位林小山倒是挺有好感，院門敞開著，他沒有直接進屋，而是在外面打招呼，看樣子是個很懂禮的人。

這時候，林奶奶在堂屋裡叫道：「玉芝，小山來了，快去迎迎。」

林氏忙不迭地答應著，快步走了出去。

林伊跟在她身後進到堂屋，只見林奶奶已經從床上坐了起來，激動地盯著院子。很快，林氏和一個身材瘦削的年輕男子說著話走了進來。

這人和林大山的五官長得差不多，可林大山給人的感覺是憨直，他給人的感覺卻很精明，甚至有點奸詐。

林伊頓時對他沒了好感，她的直覺一向很靈，從來沒有出過錯。

第六十六章

林小山一見到林奶奶立刻撲到她床前，兩眼含淚地哭道：「奶奶，妳受苦了，小山來看妳了。」

站在旁邊的林伊聽了打了個寒顫，雞皮疙瘩頓時爬滿身，也不是說他做得不對，可林伊就是感覺不舒服。

林奶奶卻和林伊不一樣，她拉著林小山的手哭得老淚縱橫，口中不住喚著。「小山，小山。」

林氏也在旁邊抹眼淚，場面頓時無比感人，看來林小山和她們的感情很好。

林伊卻無法感同身受，她忙轉身進廚房，給林小山倒了杯水，放在桌上。

三人哭了一會兒，終於平靜下來。

林小山坐在林伊端來的凳子上，繼續向林奶奶訴說自己的不是。「奶奶，是我不好，我該多回來看看的。我要是早知道妳病了，就算鋪子裡再忙，我也要請假回來。」

林奶奶拍著他的手。「我沒事了，你不要擔心，好好在鋪子裡做事，現在你大姊把我照顧得可好了。」

林小山轉過頭感激地看向林氏。「大姊，辛苦妳了，妳這次回來我都不知道，怎麼不來找我。」又對著林伊誇道：「這是小伊吧，長得和妳真像，走在街上遇到了，我一眼都能認出來。」

林氏看著林伊滿臉是笑。「是啊，都說像我。」

這人可真會說話，幾句話就把大家說得又高興起來。

他把帶來的一個小紙包提出來，裡面裝著給林奶奶買的棗泥糕。「奶奶，我知道妳喜歡吃這家的棗泥糕，今天清早就去守著，一出爐就買了，可新鮮了，妳嚐嚐看。」

林奶奶笑得眼都瞇起來了，拉著林小山的手捨不得放，沒想到隨口提過一句，他就記在心上了。

不過自始至終，林小山隻字不提李氏虐待林奶奶的事。林伊想想也能理解，那畢竟是他的長輩，他不太方便評價。

聊了沒兩句，林小山就提起分家的事，他是專為這事從鎮上回來的。

「我爹娘以後跟著我過日子，我把他們帶回鎮上去住。這次分家，家裡的房屋和牲畜我一樣不要，都留給大哥，大哥主動提出分給我三畝地。」林小山告訴他們分家結果。「可是妳們知道，我去了鎮上不方便打理田地，所以我想著把地賣了，到鎮上讓我爹娘做個小買賣。」

林氏和林奶奶對望一眼。「賣地？」

見林家三人吃驚地望著自己，林小山苦澀地笑了笑。「是啊，我也沒法子。」

他用推心置腹的語氣對林奶奶道：「奶奶，我家的地拾掇得很好，每年收成都不錯，比別家的地強多了，所以我想著既然要賣，就先來問問看妳們要不要。妳們放心，我肯定不會賣貴了，只是想著這麼好的地幹麼便宜別人，肥水不落外人田嘛。」他張開手指比了個數。「八兩銀子一畝，怎麼樣？這價格是不是很便宜？外面的行情可是十兩銀子一畝。」

林氏遺憾地看著他。「我們倒是願意買，可我們沒錢啊。」

「怎麼會，爹娘不是賠了錢給妳們嗎？要是錢不夠妳們看著買吧，只買一畝也行。」林小山顯然不相信。

「是真的，我們剛用那錢買了豬仔，又買了十畝荒地，還雇人幹活，現在手上只有不到三兩銀子。如果找人借，說不定能湊到三兩，三兩你賣不賣？」林伊接過話頭。

她才不要買，她一點也不想和這家人有來往。

林小山不著痕跡地翻了個白眼，三兩銀子，倒想得美！

「既然這樣就算了吧，也不能讓妳們為難，我再找找別人吧。」他立刻轉變了態度，表現得非常善解人意。

然後他聲淚俱下地訴說現在的處境有多艱難。

他沒有一點積蓄，鋪子裡工錢給得少，活計重。林老頭夫婦住過去了還要租房子，鎮上的房子又貴又不好找，他的工錢不曉得能不能維持生活。如果田地一時半刻賣不出去，小買賣做不了又怎麼辦？

總而言之，就是非常缺錢，如果銀錢多點就好了，哪怕二、三兩銀子都行。

林伊覺得他暗示得很明顯了，就等著林氏、林奶奶主動說要把那三兩銀子借給他，他可能還會推脫一番，最後才勉為其難收下。

可惜林氏和林奶奶根本沒有領會到他的用意，只心疼地看著他，不住幫他出主意。

她們的苦心顯然都不能讓他滿意，他皺著眉長吁短嘆，欲言又止。

林氏卻沒有發現，以為他在憂心以後的生活，便和他一塊兒嘆氣，眉頭皺得比他還緊。

林小山瞟了林氏好幾眼，發現暗示她不管用，再也忍耐不住，很為難地開口，能不能先借一點錢給他？有了這筆資金，就算田地暫時沒有賣出去，他的小買賣也能做起來。今年是個豐收年，大家的景況都好，賺錢比較容易，而且一再保證，只要有了錢，第一時間就還給林氏。

又看向林奶奶道：「奶奶可以給我作證，我說話從來都算話，是不是，奶奶？」

林奶奶為難地望望林氏，又望望林小山，沒回答。

她是希望林小山能過得好，可自己家確實沒有能力幫助他，這一點她看得很清楚。

林伊低著頭不吭聲，她想看看林氏怎麼回？

林氏很想幫林小山，這個弟弟是她從小帶大的，對她還算親近，雖然離家這麼多年，斷了來往，可往日的情分還在。

但是現實不允許她這麼做，家裡就這麼點銀錢，要用來過生活，還要備著林奶奶萬一病了看診吃藥。現在林伊每天那麼辛苦到山上打獵，想補貼家用，讓她把這點錢借給林小山，她做不到。可讓她說出拒絕的話，她又說不出口。

她頻頻看向林伊，想林伊給點暗示，可林伊根本不看她，她不知道怎麼辦才好了。

躊躇半晌，她終於鼓起勇氣，不好意思地說道：「我真的不能借你，現在家裡沒有進項，就只有這點錢，如果借給你就沒法生活了。」

林小山大失所望，身子都垮了下來，眼裡甚至有淚花在閃。「只借一小段時間也不行嗎？只要賺到錢我就還給妳。」

林氏不敢再看他，學著林伊低下頭不吭聲。

林小山看了屋裡三人一眼，明白他的意願不可能達成，馬上轉了口風，他強笑著道：「大姊，是我不好，是我考慮得不周到，妳千萬別為難，我再想想別的法子。」

他的態度很是誠懇，更讓林氏覺得沒幫他實在太不好了。

林小山的目的一個都沒達成，不甘地掃視著屋裡，看看能不能拿走什麼。可惜這個家實在太窮，連張木頭桌子都沒有，就連奶奶的木床還是自家的。

他暗啐一口，他以為訴訴苦掉幾滴眼淚，怎麼樣也能讓奶奶給他點東西，現在看來是白跑一趟了。

他頓時沒了興致，心不在焉地說了兩句話，就向林家人告辭。

林氏奉林奶奶之命，一直把他送到了村道上才抹著眼淚回來。

然後她和林奶奶就坐在堂屋裡妳一言我一語，感嘆林小山多懂事多體貼，可恨自己沒能幫上他。

「多好的孩子啊，希望能在鎮上把日子過好，早點娶個好媳婦，我就心安了。」林奶奶跟林氏唸叨。「唉，他也是被逼得沒法子了，走到了賣地這一步。」

林氏也連聲附和，還對林伊道：「妳小山舅舅小時候就懂事，對妳祖祖特別孝順，如果他在家裡，肯定不會看著妳祖祖受苦。」

林伊和她們的看法不同，她覺得林小山這個人太虛偽，跟林大山比起來差多了。

不過她沒有跟她們爭辯，她有很強烈的直覺，林小山在這裡得不到好處後，肯定不會再出現，為了一個以後不會再來往的人起爭執沒必要。

而且她打心眼裡感謝林小山把李氏那個老妖婆帶到鎮上去，李氏在村裡，無異於一個定時炸彈，不曉得啥時就要爆發，林伊實在不想為了這種人浪費精力。

林氏和林奶奶正在憶往昔，何氏急匆匆地走了進來，她把林氏拉到一邊問道：「我看見小山來了，是來說什麼嗎？」

「沒什麼，就來看看我奶奶和我。」

「找妳借錢妳可別借，這人不是個好的，滑頭得很。」何氏說話直截了當，一點也不含糊。

林伊暗地裡給何氏豎了個大拇指，嬸子目光如炬，厲害！

林氏哽了下，想問何氏怎麼知道的，不過忍住了，只讓何氏放心。「我想借也沒有錢啊，妳放心吧。」

何氏臨走時叮囑道：「我也不怕妳生氣。妳得防著小山，他可比林老頭、李妖婆難纏多了，這話我不方便跟奶奶說，妳可記住了。」

林伊送何氏出去的時候，悄悄在她耳邊道：「嬸子，有我在呢，不會上他當的。」

何氏噗哧一笑，拍著她的肩膀笑道：「妳個鬼精靈，有妳在，嬸子就放心了。」

她看著林伊那張嬌俏靈慧的臉，心裡忍不住遺憾，可惜啊，和她家小柱年歲差得多了點，要不然就要搶回家去做媳婦。又想到林氏跟她說的事，覺得這點林氏看得清，放眼十里八鄉，還真是只有陸然才配得上小伊這丫頭。

林氏卻對何氏的話有點不以為然，覺得她對小山有偏見。在自己的印象中，林小山還是十多年前那個天真單純的小小少年。

做酸菜時，她低聲跟林伊嘀咕。「我總覺得小山不像妳何嬸子說的，他才多大，怎麼會有那麼多心眼，妳看他對妳祖祖多好。」

林伊不置可否，現在跟她說什麼她都不會信，只有慢慢讓時間來證明了。

沒想到這次的證明來得很快，沒一會兒娟秀姨就給她們報信，說林小山把他家的三畝地，以七兩一畝的價格全賣給村長。

「七兩？怎麼賣這麼便宜？」林家的三個女人全都呆住了。

「哪裡便宜？現在不都是這個價嗎？」娟秀姨疑惑地看著她們。「他賣得急，一般這種情況還可以殺價，我爹想著這麼多年的情分，就沒有講價，直接買下了。」

林氏傻愣愣地望向林奶奶，喃喃問道：「怎麼會這樣？」

林奶奶低下頭，沒說話。

林伊見娟秀姨擰著眉一臉迷茫，怕她誤會，忙把實情告訴她。「林小山剛才到我家來了，要我們買他的地，一畝報價是八兩，還說算得便宜，外面都要十兩一畝。」

「十兩一畝？他去搶吧？妳讓他到外面去賣，看有誰理他。」娟秀姨聽了，氣得直罵。「這是什麼人啊，也太狠了吧，這是欺負妳們不懂行情啊。我和我娘就說他不是好人，讓我爹別買他的地，我爹還說住一個村這麼多年了，能幫一把是一把。我現在可得當心了，別幫出禍事來。」

「肯定不會，你們不是要去衙門辦書契嗎？白紙黑字蓋個官印，找不了你們麻煩。」林伊忙安慰。

娟秀姨倒不是真擔心，只是表達憤怒。她也不避著林奶奶，直接對林氏道：「以後少和他來往吧，這人心太壞了，可別一個不小心著了他的道。」

林氏臉色很不好看，吶吶應了。林奶奶則盯著床頭發呆。

「娟秀姨，林小山分了三畝地，那林大山不是只得了一畝，他願意嗎？」林伊好奇地問。

娟秀姨撇撇嘴道：「林小山說他奉養兩個老人，除了地什麼都不要，分三畝地還虧了，硬是讓林大山再補二兩銀子給他。大山媳婦不肯，鬧了半天，最後我爹和村裡的老人在中間說和，讓大山夫婦補了他們一兩銀子，他們拿不出錢，還是大山媳婦的娘家人幫著給的。那老妖婆偏心小山，什麼都想搬走，可惜小山看不上，只要銀錢。不過大山的老丈人倒是想得通透，說離了那不賢的兩公婆，這錢花得值。」

看看這個林小山，嘴裡就沒一句真話！還好意思說三畝地是大山主動給他的。

林氏擔心地道：「大山夫婦慘了，一文錢都沒有，地也只有一畝，以後的日子怎麼過？」

林伊不以為然地反駁。「有啥慘的，東子叔和良子叔還一畝地都沒有呢，人家可是過得高高興興。」

娟秀姨也道：「再慘也是那老妖婆和林小山造成的，輪不到咱們來同情，妳就別瞎操心了。」

自從林伊管李氏叫老妖婆後，娟秀姨和何氏也跟著叫了。

林伊連聲誇讚。「娟秀姨說得對，妳看得清！」

娟秀姨被她誇得呵呵直笑，繼續道：「那老妖婆得意得很，站在門外大聲嚷嚷她兒子孝順，要帶她去鎮上享福，以後再也不用下地做農活了。不過依林小山的德行，我看還有戲呢！」又對林氏道：「林家和妳們斷了親，以後他們打死打活妳都別管。」

林氏苦笑著道：「我知道了，我想管也管不了。」

第六十七章

娟秀姨走後，林伊把林小山買的棗泥糕拿出來查看。憑他今天的行事，會大清早等著鋪子開門給林奶奶買糕點？林伊根本不相信。

她把紙包打開，果然，林小山帶的棗泥糕又乾又陳，一看就是過了夜的。

這家糕點鋪為了新鮮，點心從不會放過夜，天色晚了就全部低價售出，林小山肯定是昨天晚上買的。

林小山是篤定林奶奶幾十年沒有吃過棗泥糕，早已忘了味道，所以才敢拿這陳糕點來糊弄吧。

幸好自己這兩次去集市給林奶奶買的都是新鮮出爐的，兩下一對比，非常明顯。

林伊把棗泥糕遞給林奶奶，不加掩飾地告訴她。「祖祖，林小山撒謊呢，這絕對是昨天的陳糕點，才不是今天早上出爐的，這點小事都要撒謊，在他嘴裡還能有真話嗎？他還說他的三畝地是林大山主動給他的，這個也撒謊！」

她就是要刺激林奶奶和林氏，讓她們認清林小山，萬一哪天自家日子過好了，林小山上門來忽悠幾句她們又上當怎麼辦。今天林氏一看就很想幫林小山，只不過確實沒錢才作罷，沒看她還萬般遺憾嗎？

想到這兒，她又非常慶幸自己沒有把賣野豬的錢告訴她，要不然她肯定腦袋一熱全借出去了。

林氏和林奶奶沈默無語，半晌，林奶奶長嘆一聲，對林氏道：「咱們和他們家斷了親的，以後就別來往了。」

一再被親人傷害，林奶奶也寒心了。

林氏還在嘀咕呢。「小山怎麼變這樣了，以前挺好的。」

林伊挺無語，妳管他以前啥樣幹麼，妳得看他現在！

第二天，林伊又是起了個大早。昨天晚上林氏發好了麵團，她今天早上要做蔥油餅，陸然不是喜歡吃嗎？她天天給他做，吃得他以後見著蔥油餅就繞道。

林氏聽到她起身，也趕快起來了，林伊忙推她回去。「娘，妳起那麼早幹麼？一天那麼多事，妳再多睡會兒。」

「習慣了，到時候就醒了，我來做餅子，妳洗漱了就吃飯。」

林伊見她很堅持，而且雖然這個餅子是自己首創，可林氏的手藝更好，色香味都遠超林伊做的。

有了林氏的幫助，林伊很快就收拾妥當，準備出發了。

出門時，天邊才微微發白，山林間飄浮著淡淡的霧氣。林伊做了個深呼吸，清冷濕潤的空氣立刻順著鼻腔進到肺裡，整個人頓時精神起來。

她到安樂林時，時間還早，陸然竟然已經來了。

他今天穿了身深藍色的短衫，更顯出他四肢修長，身形矯健，看著幹練而挺拔。

陸然見到林伊來了，臉上立刻浮現出笑容。只是因為剛病癒，臉色有些許蒼白，一雙俊目越發烏黑清亮，有種銳利的帥氣。

林伊走到他面前仔細打量。「好像瘦了，你沒事了嗎？完全好了？」

陸然點點頭。

林伊忍不住誇獎道：「你穿這個顏色真好看！」

陸然沒想到林伊會這麼說，臉一下紅了，下意識地扯了下衣角，沒吭聲。

林伊恨不得咬掉自己的舌頭。妳這豬腦袋，怎把心裡話說出來了。

就算在現代，對著一個男生誇好看，人家也很有可能誤會她別有用心，何況是這個民風保守的時代！

她忙轉過頭，假裝看風景以緩解尷尬，並真誠希望陸然別多想。

她突然覺得好像少了點什麼，是虎子！

「虎子呢？沒看到牠？」

「在家看門呢，今天不帶牠去。」陸然說著，把兩個藥瓶遞給她。「妳拿回去吧，我用不著了。」

林伊只收回了治風寒的藥瓶，外傷藥讓他收著。「你留著，下次受傷了用得上。」

話一說完，林伊就想起林氏的忌諱，這可是大清早的，說這話也太不吉利了！

她忙對陸然抱歉道：「我是烏鴉嘴，別聽我的，你不會受傷，永遠用不著，呸呸呸！」

陸然睜大眼睛看著她，好像明白了什麼，低下頭拚命忍笑。

林伊見他這樣忍不住噘起嘴，自己今天早上吃錯藥了嗎？怎麼一二再、再而三犯傻！

陸然收起了笑，從兜裡拿出一個藥包，遞給林伊。「這是避蛇蟲的，妳帶上吧。」

林伊接過來仔細研究，藥包裡散發出一股刺鼻的味道，她不由皺了皺鼻子。「味道好衝，蛇蟲聞到就不敢靠近了嗎？」

「嗯。」

「這麼神奇！這是你做的還是買的？」

「飄香樓陳掌櫃給的，走吧。」陸然當先帶路。

「他對你可真好。」林伊邊把藥包帶上，邊嘀咕。這算得上關懷備至了，該不會是看上了陸然想招他做女婿？

林伊跟在陸然身後，看見他揹著的竹筒又好奇了。「你竹筒裡裝什麼？」

「菊花茶，還挺好喝的。」

「沒錯，你肉食吃得多，容易上火，喝這個最合適。還能曬乾了做枕頭，清肝明目，好得很。我專門帶了個袋子，打算採一大袋。」

「我家門口有。」

「我看到了，路上有我也採，越多越好。我們家裡一人做一個枕頭，你也可以做一個，想想看，身邊全是菊花的香氣，肯定覺都睡得好點。」

「再說吧。」陸然顯然對菊花枕頭不太感興趣。

兩人邊說邊往山裡走，這裡的山可不像後世的山修得有階梯，路上覆蓋著野草粗藤，很多地方還沒有路。陸然在前面揮著砍刀劈荊斬刺，硬是砍出一條小路，兩人前進得甚是艱難。

「你怎麼找到那片芋頭地的？」林伊跟在陸然後面走得磕磕絆絆，不由得奇怪。

「我沒事喜歡在山裡到處轉，那芋頭是夏天的時候看到的，它的葉子很特別，我還折了一片回來。」

不錯喔，這座山不就相當於他的私人花園嗎？想去哪兒就去哪兒，想要啥就直接去拿。

兩人邊走邊聊，林伊不停提問，陸然耐心回答。不過他的神情很緊張，持著弓很機警地看著四周，稍有風吹草動就會把林伊護在身後。

「這裡已經很危險了，咱們得儘量快點。」他提醒林伊。

快速穿過一座叢林後，前面一大片陡峭的山石擋住了去路。

「得翻過去。」陸然指著那片山石對林伊道：「過去有條小溪，芋頭就在小溪邊上。」

他的身姿非常靈巧，抓著石頭兩三下就爬了上去。林伊自認為爬這麼座小山沒問題，正摩拳擦掌，卻見陸然在前方回過頭，把右手伸過來。「我拉妳。」

陸然的手非常好看，手的皮膚比臉上的要白皙很多。一雙手洗得乾乾淨淨，指甲也修剪得很整齊，手指修長有力，骨節均勻，讓人忍不住多看兩眼。

林伊盯著這手猶豫片刻，還是牽住了他的手。

陸然的掌心溫熱乾燥，令林伊感到心安。只是手掌皮膚太粗，指腹上還有著厚厚的繭，許是常年握弓打獵的緣故。

林伊感受著他手心的溫度，忍不住將手握得更緊些，想多感受一下這份溫暖。

她的臉卻不受控地燃燒起來，心咚咚直跳。她抬頭看看面前的陸然，又看了看他身後的太陽，恍惚間竟覺得，世間萬物都不如眼前的少年耀眼。

陸然沒有發現她的異常，拉她上來後，便放開她的手。自己往上爬了一段又伸出手來拉林伊，林伊只得又牽住他的手，裝作沒有他的幫助，就不能上去的樣子。

好在這片山石並不高，陸然又拉了她一次便到了頂。

前面又是一片叢林，山路上荊棘密佈，怪石參差。現在林伊明白了，其實這段路不是遠，而是難走，所以花費的時間多。

她緊跟在陸然身後，屬於陸然的溫度還在她指尖縈繞，不免心裡有點慌亂。

林伊前世沒有交過男朋友，被男孩子牢牢牽住手還是第一次。臉上的熱度一直降不下來，根本不敢抬頭，生怕陸然回頭看見自己的一張大紅臉。

真沒出息，瞧瞧人家多淡定，一點也沒放在心上。

林伊低頭偷偷想著，卻沒發現故作鎮定的陸然整個耳朵已經紅透了。

林伊和陸然很有默契地不再說話，只專心看著腳下的路往前走。

這片山林雖然陰暗潮濕，野物卻不少，草叢裡窸窣之聲不斷，顯然有東西埋伏在裡面。

林伊摸出彈弓，想要獵幾隻野物，被陸然制止了。「這林子裡很危險，咱們不要在這裡逗留，抓緊時間快點走出去。」

林伊忙跟上，心裡有點惶恐，照他的說法到處都危險啊。這次得把芋頭全挖回來，以後再也不來冒險了。

差不多一個時辰後，他們終於出了這片山林。

林伊對著明媚的陽光張開雙臂，深深地吸了口氣，對著陸然歡笑道：「還是在太陽下行走暢快啊，在林子裡都快悶死我了。」

陸然含笑望著她，並不答話。

接下來的路要好走一些，都是山石路，樹木也沒有那麼茂密。

兩人爬坡上坎地又走了一段，林伊突然聽到潺潺的流水聲，她頓時一喜。「有水聲，是你說的小溪到了？」

「對，順著小溪走過去一段就能看到芋頭了。」

陸然加快腳步朝著水聲走去。

林伊緊隨其後下了坡，只見一條小溪順著山石流淌而下，在陽光下熠熠發光。山溪不算很寬，溪水清澈，也看不出有多深。水底佈滿了大大小小的石頭，水裡時不時能見到魚兒在游動，水面還有水草隨著水流擺動。

陸然走到溪邊，逆著溪流往上走。

「沒幾步了。」他笑著對林伊道。

因為長時間行走，陸然蒼白的臉上有了紅暈，更顯得神采飛揚，意氣風發。

目標在望，兩人勁頭十足，朝著前方飛奔。

沿著山溪走了沒多久，前面出現一大片坡地，坡地上雜草叢生，在山風的吹拂下款擺腰肢，蕩起陣陣綠浪。

陸然指著那片坡地。「就是那裡了，我們過去吧。」

林伊走近一看，在野草中果然夾雜著不少的芋頭葉，攏在一起能有一百株左右。

兩人也不多言，埋頭將芋頭全挖了出來。

可能是這裡土地比較肥沃，芋頭比上次挖的要大，體形也很勻稱，很適合用來做種。

林伊把芋頭全裝進自己和陸然的背筐裡，站起身不住捶打著痠軟的腰腿。

「這些芋頭夠不夠？」陸然問道。

「夠了。」

不夠也沒辦法，只有這麼多。

陸然聽了很高興，招呼林伊趕快收拾東西回去。

「咱們別多耽擱，這裡太危險。」

林伊答應一聲，和陸然快速離開這裡。

回去的時候因為原路返回，輕鬆許多，只在陡峭的山石處耽擱了一會兒，速度比來的時候快了很多。

直到走進陸然山洞所處的那片山林時，陸然才吁了口氣，緊繃的身體也放鬆下來。

「安全了，幸好沒遇到猛物。」陸然抹了把頭上的汗。

跟林伊在一起，陸然不由得就特別擔心，生怕出了意外害她受傷。

走到那天處理野豬的小溪時，林伊看著水裡的魚兒很是心動。

「你會抓魚嗎？」

「會，妳要吃嗎？刺太多了，不好吃。」陸然回答得毫不猶豫。

「刺多可以熬湯啊，魚湯最養人了，你可以多喝一點，還可以烤魚，好吃得很。」

「我給妳叉吧。」陸然也不多話，放下背筐，在岸邊找了一根樹枝削尖。脫了鞋挽起褲腿蹚進小溪裡，舉起樹枝對著水裡的魚準備下手。

水不深，還沒到他膝蓋，水光映照在他的臉上，臉也熠熠生輝。

林伊不敢看他的臉，一直盯著水裡的魚，不時指點道：「這裡有一條，這裡這裡！」

陸然的技術不是蓋的，下手又快姿勢又帥，很快就叉了五條扔到岸上。

林伊覺得差不多了，忙叫他上岸，自己在溪邊就地處理那五條魚。

等陸然把腳洗了，鞋穿好，林伊的魚也清理乾淨了。

她把兩條魚用青藤串起來，遞給陸然道：「你回去燒鍋水煮進去，再切塊薑，水開了小火多熬一會兒。有香氣出來了，洗點蘑菇一起熬，保證好吃得你天天都想來叉魚。」

陸然伸手接過。「行。」

林伊拿出早上做的蔥油餅，自己取了一個出來，其他的都遞給他。「拿回家熱熱就能吃了，都這個時候，你肯定餓了。」

不說還不覺得，一說陸然頓時饑腸轆轆。

他也不推辭，欣然接過。「謝謝。」

又遲疑地看向林伊。「妳要不去我家吃了飯再走？」

「不用了，我得趕快回家，我娘肯定擔心呢。」

「妳不是要摘菊花嗎？」陸然又問道。

對呀，本來想著一路走一路摘的，結果路上氣氛太緊張把這事給忘了。

林伊糾結了一下，還是決定先回家。林氏從知道她要進深山就忐忑不安，不住唸叨著要她小心，見事不對就快跑，千萬不要逞強。自己得快點回去寬她的心。

「下次吧，免得我娘擔心。」

於是兩人把芋頭全倒在林伊的背筐裡，林伊便提著幾隻魚向他揮手告別。

第六十八章

林伊剛踏進林家院門，正在院子裡做針線活的林氏就看見她了，她忙把手上的活計放到凳子上，起身來迎林伊。

她做的是陸然的鞋子，她的手很快，已經做好了一隻，手上那隻也做了一半，今天就能完工。

「這麼快就回來了，我還以為妳得下午才回來呢，怎麼還抓了魚？」林氏伸手接過林伊手上的魚，小聲道。

「我怕妳擔心，挖了芋頭就回來了。」看到林氏如釋重負的神情，林伊心裡不好受。以後一切上了軌道就在山腳下活動吧，免得林氏提心吊膽的，現在她完全理解為什麼村裡人都不願意上山打獵了。

「跑那麼遠累壞了，瞧這滿頭的汗。」林氏摸出手帕心疼地給林伊擦汗。「快進屋洗洗手。」

「妳祖祖不放心，總唸叨妳，午飯都沒吃多少，一直望著外面，才剛睡著，妳輕點。」林氏輕聲道。

林伊點點頭，兩人躡手躡腳走進堂屋，林伊看到林奶奶雖然睡著了，可還微皺著眉，顯然有事掛在心上。

是知道自己去深山一直沒回來，放心不下吧。林伊心裡無比感動。

進到廚房林伊就說：「等咱們的兔子養起來我就不進山了，只跟著小慧、丫丫在山腳下打豬草。」

至於獵人夢，還是就此打住吧，憑她的射擊準頭和一把彈弓，想靠此為生根本不可能。

「太好了，妳一進山我的心裡就慌得很，生怕出事，我寧願窮苦點也不想妳進山去。」林氏頓時喜出望外，說著說著又淚眼婆娑了。

「行！陸然給我找了片地方，有點野物，又不危險，我們還給那兒取了個名字叫安樂林。以後我就趕集前一天在那兒轉轉，看看能不能打點東西，絕不再進山了，我發誓！」林伊把芋頭倒出來，認真地向林氏保證。

「行了，娘信妳，再吃點飯吧。我把飯菜都溫在灶上，怕妳回來了會餓。」林氏把鍋裡熱著的飯菜端到案板上。

林伊探頭看了下，案板上放了三個碗。她們買來裝菜的中號碗裡裝了一碗米飯，米飯是大米和玉米渣混著煮的，又好吃又有營養，還省米。

另兩個是用來盛飯的小碗，一個碗裡裝了滿滿的馬鈴薯燒肉，是昨天林氏燒的，她故意燒得多，想著今天還能吃一頓。另一個碗裡則是涼拌青筍絲，紅紅綠綠的，因為放了醋，酸香撲鼻，讓人食慾大開。

「妳們沒有吃燒肉嗎？全給我留著了？」林伊見那碗燒肉和昨天留下的量差不多，轉頭問。

「怎麼沒吃？吃了。」林氏隨口答道，又拿了個碗盛湯。「湯是熱的，妳先喝點湯。」

這湯是玉米山藥排骨湯，是林伊告訴林氏這麼燉的，林氏還一直嘀咕不知道玉米也能燉湯。不過聽林伊說這麼燉不只清甜香鮮，肥而不膩，還開胃健脾，營養豐富，昨天她立刻就燉了一鍋。過了一晚上，湯更加濃稠，喝著特別美味。

「這湯味真是不錯，甜滋滋的，妳祖祖愛喝。山藥軟和，她吃得順口，中午吃了好幾塊呢。」林氏把湯碗遞到林伊手上，就去堂屋給林伊端凳子。「就在這裡吃吧。」

林伊在山上吃了個餅子並不餓，可看到林氏的忙碌樣，拒絕的話怎麼也說不出來。

她看著湯碗，乳白色的湯汁裡有幾大塊排骨、一塊玉米、一塊山藥，滿滿當當的一碗。她心裡又溫暖又好笑，別說是吃了個餅子，就是空著肚子這一碗喝下去也啥都吃不了啊。

她趕忙把排骨挾回湯罐裡，只留了一塊。

林氏正好回來看到，壓低聲音急著制止。「妳怎麼又挾回去了？」

「我吃了餅子不太餓，要不娘妳吃吧。」

林氏搖頭。「我中午吃了，那就留著晚上給妳吃。」

林伊端著碗坐到案板前正要開吃，突然看到靠牆放著盆，裡面有三條魚在游動，和陸然叉的長得一個樣。

「這魚是哪來的，怎麼還是活的？」她好奇地問林氏。

林氏看了眼在水盆裡優哉游哉的魚，臉上飛起了一片紅霞。「妳良子叔下簍子抓的，早上送過來的。」

林伊偷笑道：「真是麻煩他了，這幾天累壞了，該多歇息嘛。」

「我也是這麼說，他說就下個簍子又不累人。」林氏坐在旁邊，低著頭做鞋子，陪林伊吃飯。

林伊喝口湯，舒服地長嘆一聲，真香啊。林氏在旁邊看了，高興得笑眯了眼。「喝兩口就行了，剩下的吃了飯再喝。」

「飯太多了，吃不了。」林伊拿個小碗盛了半碗飯，一口飯一口菜吃得很是香甜。餅子雖然好吃，可是比起有肉有菜有湯來說，幸福感還是差了點。

現在自己還能挑三揀四，想想前不久飯都吃不飽，要在山上掏鳥蛋吃，真是今非昔比。

「也不曉得這魚好不好吃。」林伊看著自己提回來的魚。

這魚和她以前見過的魚都不太一樣，只有巴掌大小，有點像鯽魚，但是身子更細長。

「肉挺嫩的，就是刺太多，腥味也重，我們都不愛吃。」林氏不太感興趣。

「那還是熬湯吧，今天晚上排骨湯就能吃完，明天吃魚湯。湯湯水水的最養人了，娘，妳發現沒有，我都胖了。」

「哪有那麼快，瞧著氣色倒是好多了。」林氏仔細端詳著林伊的臉。「不過要是再這麼吃一段時間，肯定能長胖。」

「那就這麼吃唄。想要魚沒有腥味很簡單，魚肚裡面有層黑膜，撕掉就行了。燉湯的時候再用油煎一下，切幾片薑，就一點腥味也沒有了。上次我買的鯽魚就是這麼弄的。」

「我說呢，妳熬的鯽魚湯怎麼那麼鮮，一點腥味也沒有，湯也白，原來是這樣。我待會兒去跟妳何嬸子說，也這麼弄。」

「良子叔提來的魚就先養著，等這鍋魚湯吃完了再做。」林伊看著在盆子裡閒適自在的魚有了主意。

「行。」林氏應了。

她覺得很滿足，這頓還沒吃完，下頓的菜已經準備好了，這樣的日子怎麼不讓人高興。

兩人說說笑笑間，林伊的飯也吃完了。

下午林伊沒有出去，幫著林氏做事，娟秀姨提了兩大捆青筍過來。林氏打算曬成筍乾，想吃的時候洗乾淨拌了吃，又脆又有嚼勁。

快吃晚飯時，小慧和丫丫提來了一籃野梨。

她們剛從山上採了草藥回來。在一個山坡上發現了一棵梨樹，上面結滿了梨子，已經完全成熟，她們全給摘了回來。

梨子不算大，黃澄澄的，但是皮薄汁多，味甜肉嫩，非常好吃，林奶奶一個人能吃兩顆。

不過林伊對她們的行動範圍有了疑問。這兩人拿到賣草藥的錢後，熱情高漲，以前只是早上上山挖野菜，現在她們下午也上山採草藥了。

林伊很擔心，她們為了採到更多草藥，走到危險的地方去。

「妳們在哪裡找到的？怎麼村裡人沒發現？」林伊問道。「妳們兩個人千萬別走到山腰那裡。」

她現在林氏附身了。

「沒有，就在山腳，是我哥帶我們去的一個地方，平時都沒人去。妳放心吧，我們不會瞎跑。」小慧忙保證。

知道草藥能賣錢，小柱也要跟著一起採，正好現在荒地的種子播完了，他沒事。

「我哥比我們手腳快多了，他採的肯定賣錢賣得多。」

「那不錯，讓他攢著娶媳婦。」林氏笑道，大家都笑起來。

「妳爹的籮筐編得怎樣了？」林伊問小慧。

「編出來了，只是不太好看，他還在試，這兩天從荒地回去後，他也不歇著，一直在編。」

「我爹也在幫著編。」丫丫在一旁插話。

「他們那麼聰明，肯定能編出來。」

林伊的判斷很準確，吃完晚飯不久，東子叔和良子叔兩家人拿著幾個籮筐興沖沖地跑來了。

「小伊，妳瞧瞧怎麼樣？我覺得還挺好看的。」東子叔拿起一個格子花紋的問道。

林伊看了看，確實不錯，東子叔編的籮筐本就精巧漂亮，加上花紋更是錦上添花。

東子叔見林伊一臉愛不釋手，又拿起另外三個編了字樣的圓匾。

「小伊，看看，字是不是這樣的，有沒有錯？」

那三個字分別是「囍、福、壽」，是林伊在一個匾上寫好了讓東子叔照著編。這裡的人大多不識字，但對文字非常崇敬，林伊覺得把字編上去肯定受歡迎。

特別是遇到有成親、做壽的，說不定人家專門會來買。

林伊仔細查看，一筆一畫都沒有問題，她高興地對東子叔道：「沒錯，一點都沒錯。東子叔，你明天多編一點，下個集市我們就拿去試試看。」

東子叔連聲答應，於是說好了，明天小柱不上山，在家裡幫著東子叔編籮筐，多做點去賣。

到趕集前天的晚上，東子叔趕出了十多個籮筐，準備拿到集市去試試看。

丫丫和小慧還是今年過年時去過鎮上，這次也要求跟著去，東子叔被她們纏得不行，便答應了。

良子叔不放心丫丫走那麼遠的路，也要一起去。

於是趕集那天，為了能占個集市前面的位置，林伊和東子叔、良子叔，還有小慧、丫丫天還沒亮就出發了。

丫丫昨晚因為被批准去集市，激動得不得了，一晚上都沒睡好，走了一段路就呵欠連天，良子叔便揹著她一直到了鎮上。

小慧本就是走慣山路，很能吃苦，她和林伊在後面嘰嘰咕咕地聊天，又說又笑，倒沒覺得疲累，一個沒留神就已經到了鎮上。

到集市時，市場上冷冷清清地沒幾個人，交了兩文管理費，很順利地占了前排的位置。東西擺好後，林伊和小慧、丫丫揹著草藥去了藥鋪。

藥鋪才開門，仍然是那個小伙計，正在下門板。看見林伊他居然還記得，忙招呼她們等一下，他馬上就好。

待把藥鋪收拾整齊後，他便上前查看她們帶來的藥材。

見這次草藥的數量更多，品種更齊，收拾得更乾淨，小伙計很高興。

他翻揀著草藥，讚道：「不錯不錯，比妳上次帶來的強多了，上次那些，嘖嘖嘖⋯⋯」

他一臉嫌棄，毫不留情地將上次的草藥批評了一番。

三人被他說得羞愧難當，全都低下了頭。

小伙計把草藥全部收了，繼續對她們道：「這段時間換季，生病的人不少，妳們能挖就多挖點。還有我上次說的那幾味，妳們在山上多留意一下，有多少我們收多少。」

三個小姑娘立刻精神百倍，抬起頭滿口答應。

這次成績比較好，小慧和小柱採得最多，賣了二十五文，丫丫賣了十五文，林伊只有十文，連丫丫都比不過。誰讓她蹺了幾次工呢。

不過林伊也不沮喪，她可是打了大野豬、挖了芋頭的！

走出藥鋪，小慧激動得兩眼發光，捧著裝了銅錢的手帕，笑個不停。「我從沒拿過這麼多錢，比我做鞋底掙得多，我以後不做鞋底了，就挖草藥。」

丫丫兩隻大眼睛左瞟右看，警惕地注視著街上的行人，右手緊按住胸口，那裡裝著她的草藥錢。

她鄭重地告訴林伊。「小伊姊，我還要挖更多，回去我就上山。」

她已經是大人了，能夠賺錢幫襯家裡，不能再瞎玩了。

林伊看著她的嚴肅樣，又心酸又好笑。「丫丫真厲害，妳今天賺的錢能買一斤糙米，省著能吃兩、三天了。」

丫丫板著小臉點頭。「嗯！我們快點走，我要拿給爹爹幫我收著。」

她覺得自己拿著，放哪裡都不安全，得交給爹爹才行。

於是三人加快腳步朝著集市趕去。

此時集市上還沒有顧客上門，東子叔的攤位卻圍了不少人，都是旁邊賣貨的攤主。

他們拿著東子的籮筐圓匾議論紛紛，大部分人很不以為然，覺得用來盛東西，哪裡有必要做這麼多花樣。

不過也有人喜歡編了字的圓匾，拿著左看右看，捨不得放手。這裡的人雖然不識字，但因為囍、壽、福字用得多，所以大家都認得。

東子叔能說會道的特質這時發揮了作用。他不理會別人的風言風語，一手拿了個素色的籮筐，一手拿了個有「福」字的籮筐高高舉著。

「我也不說啥，大家直接看實物對比，兩個籮筐編得都差不多，你們說哪個好看？」他把兩個籮筐遞給大家，讓他們仔細看。

「肯定是有字的好看是不是？」他見大家都在比對端詳，先下了結論。「這有字的可是費了我很多心思才做出來的，價格不多收一文，買到就是賺到了。」

「說句實在話，這盛東西的器具好看一點，心裡都要舒坦些，用來裝瓜果點心，待客也有面子是不是？這個『囍』字的，辦親事裝聘禮嫁妝再喜慶不過了。家裡老人做壽，這個有『壽』字的就最合適，瞧瞧多別緻。這個『福』字就更好了，哪家哪戶都可以用，拿來裝東西肯定帶來好運氣，誰要是運氣不好可以試試啊，說不定用了就能轉運。」

有人譏笑。「用個籮筐就能轉運，你可真敢說。」

「花不了多少錢，可以試試看嘛，說不定拿回家，福就到了。」良子叔舉著福字的籮筐幫腔道。

「沒錯，又不是要花你幾金幾銀，不過是幾文錢，圖個好意頭嘛是不是？」東子連說帶笑。

還真有人動了心，一個大娘當即讓東子叔拿一個編了福字的給她。「這段時間背得很，看看是不是真能運氣好點。」

東子叔立刻樂呵呵地應了，又接連說了幾句祝福的話。說得大娘喜笑顏開，不為別的，就為這好口彩就值了！

東子叔接過銅錢，對著良子叔晃了晃。瞧瞧，這還沒有開市呢，就有生意上門，好兆頭啊！

第六十九章

眼看要開市了，林伊三姊妹跑了回來。

丫丫幾步偎到良子叔身邊，環顧下四周，見沒人注意，便把自己的銅錢珍而重之地拿出來交給他，悄聲道：「爹爹，我掙的，你快收起來，待會兒咱們去買米。」

良子叔拿著銅錢眼淚都要出來了，他撫著丫丫的頭，低聲回她。「不用，爹有錢買米，爹給妳攢起來買新衣服。」

「不要不要，給爹爹買。」丫丫見良子叔拿在手上不揣進兜裡，急了，一個勁兒催他。「快收起來。」

林伊在旁邊看了感動得不行，這小丫頭太懂事了。

小慧也要把自己的錢交給東子叔，東子叔沒要。「妳自己收著吧，待會兒讓妳看看妳爹的籮筐有多受歡迎。」

他把剛才的事一說，大家特別高興，搞不好今天真是福氣來了，籮筐全都能賣完。

眼見顧客開始上門，集市漸漸熱鬧，林伊三個丫頭立刻高聲吆喝。「有字的籮筐喲！不一般的籮筐喲！又喜慶又有福氣的籮筐喲！」

她們脆聲脆氣的嗓音在一眾吆喝聲中特別醒目，引起大家的關注。

「有字的籮筐？有啥不一般，我倒要看看！」不少人抱著這樣的想法，將攤子圍了起來。

鎮上的人大多不會編籮筐，都是在雜貨鋪買。現在一看確實做工精緻，圖案漂亮，還真的有字，價格也便宜，便都挑選起來。

畢竟在哪兒買不是買，誰說非得去雜貨鋪。

正所謂客走旺鋪，其他人見這裡人多也湊過來，再一見怎麼你一個我一個的，籮筐越來越少，不及細想也趕快下手。

很快東子叔的籮筐就一售而空，連素色的也被人買走了。

其中「福」字的最受歡迎，還有人因為沒買到，讓東子叔下次多做點。

最讓人欣喜的是，有個大娘下個月要嫁女，訂了一批帶「囍」字的籮筐圓匾，讓東子叔下個集帶上。

「過年的時候『福』字肯定更受歡迎，到時候咱們多編點。」東子叔和良子叔已經在暢想未來了。

東子叔的眼睛笑成了一條縫，嘴角都快咧到後腦勺了，有什麼比得上自己的努力被人認可，更讓人高興呢？

他掂了掂懷裡的銅錢，這次一共賣了五十多文，他非常滿意。

「走，買肉！」他大手一揮，帶著眾人浩浩蕩蕩地走向肉鋪。

接下來他們在集市上買了不少東西，他問了幾個孩子，要不要在鎮上逛逛，這可是大半年來第一次來鎮上。

小慧和丫丫都說不用，她們急著上山採草藥。東子叔和良子叔和她們的想法一樣，他們也想趕快回家繼續編籮筐。

於是大家達成共識，立刻回家。

在鎮口時，良子叔看了看幾個女孩，決定坐牛車回去。

此時天色還早，大部分的人還在往集市趕，回去的牛車只有一輛，車上很空。趕車的大爺見他們東西多，竟要加收兩文錢，東子叔當然不肯，從來沒聽說過要加兩文錢，這老頭子簡直是漫天要價。

幾人正在和大爺據理力爭，就聽見有人扯著嗓門。「小伊姊！小伊姊！」聲音清脆稚嫩，非常熟悉。

林伊應聲回頭，只見身後不遠處停著一輛馬車，車窗上探出一張俏臉，正是多日不見的小琴。

小琴見林伊聽見了自己的呼喚，更加激動，伸出手拚命向她揮動，叫得更大聲。「小伊姊！小伊姊！」

林伊喜出望外，對東子叔幾人嚷了句。「是小琴！」就朝著馬車跑過去。

那邊小琴已經迫不及待地跳下了馬車，衝上來抱住林伊，兩人高興得又笑又叫。

這時青布車簾一掀，小雲也從車上下來，對著林伊笑道：「小伊。」

她快步上前拉住林伊，滿臉喜色。「我還說找人打聽去你們村要怎麼走，小琴就說看到妳了。」

「這也太巧了吧，幸好我們講價錢多耽擱了。」林伊不住慶幸。「妳們過得好吧？」

「好著呢，妳看。」小琴舉起雙手轉著圈，讓林伊看。

林伊把兩人仔細打量了一下，發覺她們確實不錯。

小雲似乎胖了點，肌膚白皙嬌嫩，一襲竹青色羅裙讓她更顯清淡素雅。髮上插戴的首飾也很精巧，一看就是生活安樂、不愁吃穿的富足人家。

小琴則活潑開朗了很多，別緻亮麗的鵝黃衫褲為她的秀麗面龐增添了幾分豔色。

她拉著林伊的手不放，眼角眉梢都是笑意。雙丫髻上插著的兩枚蝴蝶髮簪，隨著她的行動，翅膀不住搖顫，在陽光照耀下閃動著光彩，整個人帶著喜氣，讓人一見便心生歡喜。

東子叔一行見林伊遇到了熟人，忙走了過來。

林伊把小雲姊妹介紹給他們，忙亂一陣後，小雲邀請他們上馬車，一起回南山村。

良子叔和東子叔不方便和一堆女眷坐在車廂裡，便和車夫坐在車轅上。

馬車重新啟動後，林伊打量著車廂，問小雲。「妳買的馬車？還挺寬敞。」

「是啊，邱家攢那麼多錢不花拿來幹麼，現在有了馬車去哪裡都方便。」

「難怪妳們這麼快就來了，我真是沒想到。剛才小琴叫我，我還以為是我幻聽了，不敢相信呢。」

「我們早就盼著妳的消息了，我姊每天都讓我去縣上車馬行看有沒有妳的來信，前天終於等到了。我和姊姊高興得不得了，一商量，馬上就收拾東西出發。」小琴解釋道。

「早知道我早點給妳們報信了，我是想著等一切安定下來再跟妳們說，哪曉得讓妳們擔心了。」

「沒事，見妳們過得好我們就放心了。」小雲上下打量著林伊。「小伊，妳離開吳家真是氣色大好啊，人也長胖了。」

林伊摸著自己的臉，深有同感。「我也這麼覺得，可我娘說沒有，她老是說我瘦得只剩骨頭了。」

小雲捂著嘴，呵呵直樂。「二嬸怎麼會說妳胖，妳就算再胖上一圈她也覺得妳瘦得不行。」

小慧附和道：「沒錯，我娘也是這樣，老覺得我和我哥瘦得不行，就聽不得我們說長胖了。」

「我爹爹也是，我爹爹也是，老是讓我吃東西，吃不下了也硬讓吃完。」在一旁聽了半晌的丫丫也忙插話。

「當爹娘的都這樣，總想著自己的孩子能身子骨結實，沒病沒災。」小雲總結道，眼神卻黯了下來，小琴也垂下眼，露出難過的表情。

林伊知道她們是想到了那不靠譜的爹娘，忙打趣丫丫，把話頭岔開。「妳爹爹可沒說錯，妳就是太瘦了，得多吃點，以後才能長得高。我們比賽看看，妳能不能超過我。」

小琴立刻舉手發言。「我能超過妳。」

林伊白了她一眼。「妳這不是欺負人嗎？不要說以後，妳現在就已經超過我了好不好？」

「那妳就多吃點，趕快超過我。」小琴得意地揚起頭。

林伊不無嫉妒地想，這可不是多吃點的事，這是基因的事！

幾個小丫頭在一起，能聊的話題太多，車廂裡熱熱鬧鬧的，不時響起歡快的笑聲。良子叔、東子叔聽了也忍不住心情大好。

今天出門雖然沒有看黃曆，但肯定是黃道吉日，諸事皆宜！

馬車進了南山村，引來村裡人的一片好奇，要知道，南山村可是絕少有馬車到來。待看到東子叔、良子叔下車，更是吃驚得不行，這兩人啥時有了門富親戚，竟從來沒有聽他們說過？

再一見馬車繼續朝荒地林家駛去，大家明白了，原來是林家的親戚！

這就更能理解了，人家是從大地方回來的，有門富親戚很正常嘛。

有些心思靈活的人頓時有了別的想法，從此以後，荒地的林家就變得熱鬧了不少。

正在院裡忙碌的林氏聽到馬車聲吃了一驚，她跑到門外，見到林伊姊妹次第下車。她不敢相信自己的眼睛，張大嘴半天合不攏，怎麼小伊去趟集市竟把這兩姊妹給迎回來了？

小雲和小琴下了車立刻衝上去親親熱熱地和她打招呼，林氏拉著兩姊妹的手淚眼盈盈。「真沒想到，真沒想到，難怪今天早上有鳥兒在樹上叫個不停，原來是應在這件事上。」

見過禮後，小雲吩咐車夫將帶給林伊母女的禮物搬下來，就打發他離開，並讓他下午來接自己。

林伊不解地問：「妳怎麼那麼快就走，大老遠來一趟不住幾天嗎？」

小雲眼睛閃了閃，輕聲道：「一會兒我再和妳詳說。」

進到堂屋，姊妹倆見到林奶奶又是一陣寒暄，林奶奶臥病在床，最喜歡有人來和她說話。見到小雲姊妹稀罕得不行，讓她們兩個坐在床邊讓她好好看看。

她瞇著眼仔細端詳。「妳們兩個是雙胞胎吧，怎麼長得一模一樣。」

「不是的，我是姊姊，比我妹妹大四歲呢，不過看到的人都說我們長得像一個人似的。」小雲笑著解釋。

「長得真好看！妳爹娘好福氣！」林奶奶不住讚嘆。

林伊見林奶奶踩到了雷點，忙把話題扯到一邊。「我祖祖六十多了，妳們看得出來嗎？」

「不會吧？我以為最多五十多歲呢，要是不說根本沒人猜得到。」小雲瞪大眼，一臉不可置信。

「我祖祖可厲害了，我娘繡東西繡得好吧，我祖祖教的。」林伊繼續誇道。

「真的啊？可惜我們這次不能多待，下次來了一定要讓祖祖也教教我們。」

三人妳一言我一語地誇上了林奶奶，把林奶奶誇得滿臉都是笑，又轉過來誇讚這三個孩子，堂屋裡一時間呵呵哈哈笑聲不斷。

正說得熱鬧，林伊見林氏在廚房裡忙碌，忙去幫忙。

小雲姊妹見狀也跑了進來，挽著袖子要加入，林氏不容分說全推了出來。「不用不用，這才多少點事，我一個人就行。小伊，妳帶著她們四處轉轉。」

林伊還想堅持，她見林氏今天準備的菜有點多，怕她忙不過來。

林氏掃了下那兩姊妹，給林伊遞了個眼色。

「快去吧，要不這兩丫頭不肯走。」

於是林伊只得連拖帶拽地把她們拉出來，帶著兩人在前院參觀。

「這就是我們林宅，妳們覺得怎麼樣？」林伊語帶驕傲。

兩姊妹轉著腦袋四處張望，對這屋子新奇得不得了。

小雲看中了這裡的環境，院外視野開闊，院後是連綿青山，空氣也特別清新，讓人的心情都不由得好起來。

「真大！真舒服！」她讚嘆。

「邱家也大啊，不是有兩進院落嗎？」

「不一樣，這裡不憋悶，看著就爽快。」小雲想想邱家的屋子，心裡沒來由地覺得煩躁。

小琴則特別喜歡竹子做的門窗。「門窗竟然能這麼做，我還是第一次見。」

到了後院，兩人見到兔舍裡養的兔子，喜歡得不行。林伊頗為自豪道：「全是我在山上打回來的。」

「妳還能打獵？太厲害了吧？妳會射箭嗎？」

「這倒不會。從村裡離開時，小虎送了我一把彈弓，就是用那個打的。」說著說著，林伊慨然長嘆。「唉！可惜我娘不想讓我上山打獵。」

兩姊妹堅決支持林氏。「二嬸這麼做沒錯，打獵多危險啊，妳何必冒這個險讓二嬸擔心呢？還是想點其他掙錢的法子吧。」

林伊點點頭，帶著兩人把後院全逛了一遍，看著又是豬又是雞，還有那麼大片菜園，小雲放心了。

「小琴還擔心妳們在這邊日子艱難，我說怎麼可能，憑妳的本事在哪裡都能過得很好！」

林伊雖然心裡喜孜孜的，嘴上卻不住謙虛。「瞧妳說的，我能有啥本事？」

小雲想到了一個問題，低聲問道：「怎麼只看到妳祖祖，沒見妳外公？」

「咱們回我屋說。」林伊忙拉著她們到臥房說悄悄話。

她把斷親的事詳細說了一遍，聽得小琴和小雲不住驚呼。

末了小雲嘆道：「這世間怎麼有這麼壞的人，我以為我婆婆就夠壞了，竟然還有和她不相上下的。」

林伊倒無所謂。「再壞又怎麼著，反正斷親了，以後沒來往了。現在又搬到鎮上去，更噁心不了我們。」

她奇怪地問小雲。「妳們幹麼不多玩幾天，那麼遠的路只待一會兒太不划算了。」

小雲神情複雜地道：「邱老三的娘情況不好，沒幾天了，萬一有個啥，我卻在外面逛，到時候會惹人說閒話。這也是為何我趕著來看妳，要是真斷氣了，我還得替她守孝，就不方便出來了。」

「沒幾天了？怎麼這麼快？」林伊大吃一驚地看著小雲。

第七十章

見林伊一臉吃驚地看著自己，小雲連忙申明。「別這麼看著我，我可啥都沒做，是她自己撞了邪，瘋瘋癲癲的，硬說前頭那個小媳婦天天來找她哭鬧，還拿針刺她，拿鞭子抽她，晚上也不敢睡覺，就睜著眼睛硬挺。有時候跟我們說著話，就指著房裡說又來了，她又來了。樣子嚇人得很，整個人都垮了。邱老三讓我請個道士來作法，鎮鎮惡靈。我不肯，萬一真是那個小媳婦來了，把她鎮住了怎辦，她生前受了那麼多苦，我不能讓她再受苦了，至於他娘……這是她造的孽，她就得受著。」

「邱老三願意？」

「怎麼不願意，我跟他說，如果我們真的請了道士來，不就是告訴人家，你的小媳婦是你娘害死的，可不能讓她老人家擔這個惡名，而且這世上哪裡有鬼怪嘛，真有鬼怪我們住在一起怎麼沒有看到？她就是自己嚇自己。他聽了覺得有道理，只讓何郎中來給她診治，沒提請道士的話了。」

「我都不敢在她面前露面，她看到我就說我是那個小媳婦，把我也說得毛毛的。」小琴說起來忍不住打個哆嗦。

小雲忙摟住小琴的肩膀，安慰道：「妳又沒做虧心事，有啥可怕的，別被她嚇住了。妳看我就不怕。」

「妳啥時把小琴接過去的？」林伊好奇地問小雲，她一直擔心小雲不能及時接走小琴，小琴會在吳家受苦。

「妳們一走，三叔就託人帶信了，我立刻就把小琴接回我家。」小雲答道。

「吳家人答應？妳娘答應？」

「奶奶根本沒心思管我們。至於我娘，她當然不肯，聽我說是接小琴過去照顧我婆婆，她說小琴不懂事，不會照顧人，她年紀大，懂得多，她去最好，被我拒絕了，從來沒聽說過讓親娘照顧婆婆的，算怎麼回事呢。外面人會怎麼說？我婆婆也不能答應啊。好說歹說，又拿了筆錢給她，她才肯讓小琴跟我走，我直接連小琴的戶籍一起帶走了，吳家就算想賣掉小琴也不可能。」小雲和小琴一想到親娘楊氏的嘴臉就心寒不已，不過也好，一次次的傷心後，對她已經徹底死心，以後隨便她怎樣也傷不到她們。

「三叔怎麼樣了？」這是林伊最關心的一件事情。

「妳們走的當天，三叔就在家裡說了他要做上門女婿的事。」小琴當時在家裡，目睹了全程，便詳細地講給林伊聽。

本來田氏的精力全放在對付劉寡婦上，吳老三把親事宣佈出來，田氏根本不相信，以為吳老三在說胡話。

待吳老三拿出婚書和信物，她才明白這是真的，吳老三已經和人定下親事，要做人上門女婿，而且這家人她惹不起，自己寶貝兒子不入贅不行。她頓時如遭雷擊，尖叫一聲，眼睛一翻暈了過去。

吳老三嚇壞了，忙撲上去救治田氏。

吳老頭氣急敗壞，拿了根棒子就要揍吳老三。

「你個不爭氣的東西，我養你這麼大就是去當上門女婿的？我打死你乾淨，免得你丟了我們家的臉。」

吳老三也硬氣，不避不讓，任憑他打，好在吳老頭的棒子是高高舉起，輕輕放下，和拍灰塵差不了多少，吳老三倒沒有受苦。

可是田氏卻嚇壞了，嚎了一聲就勢醒了過來，抱著吳老三心啊肝的哭個不停，想讓他改變主意。

楊氏很不以為然，壯起膽子勸說公婆，老三能給有錢人家做女婿，這是件好事啊，以後大家都能跟著沾光，說不定吳家從此就能發達起來。

吳老頭勃然大怒，平時根本不耐煩和兒媳說話的他，破天荒地痛罵楊氏，又罵吳老大不會管媳婦，眼裡只有錢，家裡的一切惡運都是這個蠢婦帶來的。

吳老大被吳老頭罵得頭都抬不起來，衝上去抬腳就要踢楊氏，楊氏怎能讓他踢到，拔腿就跑，兩人在院子裡你追我趕跑起來。

呆愣愣站在一旁的小寶哪裡見過這等場面，嚇得放聲大哭，他的聲音非常宏亮，哭得整個吳家村都能聽到。

正在床上養傷的吳老二從昏睡中被嚇醒，以為家裡出了禍事，迷糊間就要往外衝。結果剛走到院裡，扯到了傷口，沒有站穩摔了個大馬趴。吳老大正在追楊氏，躲閃不及，被他絆倒在地，把腳給扭了，坐在地上直叫喚。吳家又吵又鬧，又哭又叫，頓時亂成了一鍋粥。

「後來呢？妳奶奶答應了？」

「怎麼會，我奶奶撞牆尋死想要三叔改變主意，可三叔說如果奶奶不答應，他就收拾東西出家。他還說三嬸家在縣衙門有親戚，如果惹惱了他們，只怕自己家會攤上禍事。」

這話立刻嚇住吳家人，這段時間家裡的變故一樁接著一樁，他們已經焦頭爛額，再也經不起一點風吹草動。

吳老三又循循勸導他們，應了這樁親事，不只是這個兒子在，還多了個有錢有勢的媳婦。要是自己真去侍奉了佛祖，以後想見自己就只有去寺裡了。

吳家老兩口衡量再三，摟著吳老三傷心痛哭一陣後，只得無奈答應了這門親事。

吳老三得了他們的準話，一刻不肯耽擱，立刻去縣城和女方定下了婚期，兩天後成親。

吳老三前腳剛走，劉寡婦後腳就被娘家人送到吳家。於是三天之內，吳家竟辦了兩樁喜事。

村裡有刻薄的人還特意跟他們道喜，說他們又是嫁又是娶的，這運氣來了擋都擋不住，把吳老頭氣得胸口疼，卻只敢在家裡破口大罵，門都不敢出。

「三叔知道那寡婦進門了，就再也沒回過家，直接住在縣城裡，他說一眼都不想看見那個人。」小琴又道。

「妳奶奶沒有找三嬸麻煩？」林伊想到田氏那個德行，絕對會擺出長輩的款兒，為難吳三嬸。

「她倒是想，可惜三嬸根本不吃她那一套，辦親事那天奶奶還挺正常。三嬸陪三叔回來認親，她就開始作怪，三嬸沒給她留面子，直接說家裡有事，她必須趕著處理，告了罪就帶著三叔走了。還讓下人給奶奶放話，三叔是去做上門女婿，不是去當老爺，她要是安分，三叔的日子就好過；要是想興風作浪，讓她自己多想想三叔會怎麼樣。奶奶當時就嚇住了，一下老實了，還約束我們家的人以後不許上門去找三叔，就怕三叔在三嬸家日子難過。我娘氣得不行，跟我抱怨，還以為挖到了棵搖錢樹，哪曉得只能遠遠看著，連銀錢的味道都聞不到。」

小雲一臉佩服道：「三嬸真是個人才，三叔遇到她真是福氣。」

「怎麼這麼說？」林伊一下來了興趣。

「我私下和三嬸聊了聊，原來看上三叔的不是三嬸的爹，是三嬸自己。」小雲壓低聲音，一臉神秘道。「三嬸家的產業全是她自己在打理，她爹基本不管事。當初她一眼就看中了三叔，觀察了一段時間就拿定主意要和三叔成親，不過是託她爹的口說出來而已。」

「三嬸對三叔很好，處處為他著想，特別看重他。她還說，只要我爺爺、奶奶本本分分地待在吳家村，每個月孝敬他們幾百文根本不算個事，要是想在她面前作威作福，她就讓他們連三叔的面都見不到。」小雲一副星星眼，顯然三嬸已經成了她的偶像。

「三嬸長得特別好看，看著就很有派頭，可是偏偏說話又輕言細語的，聽得人心裡很舒服。」小琴也雙手捧心一臉花癡樣。

「真那麼厲害，說得我都想見見了。」林伊被她們說得心癢難耐，恨不能趕去長豐縣城見上一見。

「她也這麼說呢，說有機會一定要來看看妳。」

原來小琴把林伊的事跟三嬸說了，三嬸的感想和林伊的一模一樣。

知道三叔得到了幸福，林伊放下了心。那劉寡婦呢？

「聽我娘說，我奶奶天天找劉寡婦麻煩，逮著她就罵，兩人掐得跟烏眼雞似的。現在兩邊都想拉攏我娘，她還得了不少好處，巴不得她們一直這麼掐下去。有時候她們不吵了，我娘還要去煽風點火，不過她說劉寡婦就不像是有身孕的樣兒，看看到時她能生個啥出來。」

楊氏居然還挑撥田氏和劉寡婦吵架？看來她也不是百無一用嘛，知道為自己謀福利。

「那妳娘現在日子豈不是過得很好？」

「好啥啊，得點錢全讓我爹拿去打牌了。他現在手氣背得很，天天瘸著腿去打牌，天天輸錢，越輸就越想贏回來，結果就輸得更多，脾氣也越來越差，我娘只要敢說個『不』字，上手就打。我娘說他瘋魔了，她現在沒事就朝我這兒跑，想讓我接她過來，說保管把我婆婆照顧得好好的。」

小雲頗有點幸災樂禍。「奶奶現在老了一大截，精氣神都沒了，只有罵劉寡婦還有點勁，不過她隨便她罵，劉寡婦就是不做事，實在躲不過了，就拿錢讓我娘做。妳知道我娘那個人，錢要拿，事情是不會做的，家裡亂得一塌糊塗。我娘直跟我說，二嬸在家的時候多好，把家裡打理得清清爽爽，一點也不讓人操心。還說我奶奶也後悔得很，經常唸叨，當初拚了命都不該讓二嬸離開。」

林伊冷哼一聲，這些人作夢呢，活該遭報應。

「聽我娘說，劉寡婦一心想分家，可是二叔不答應，說她啥都不做，分家幹麼？兩人都是不肯吃虧的，為誰去端個碗都要鬧半天。家裡就沒消停過，過一段日子看看吧，要是劉寡婦生不出兒子就更熱鬧了。」

劉寡婦倒是戰鬥力強悍，一個人鬥了婆婆、鬥男人，可能她覺得這樣的生活才帶勁吧？

幾人又說起了以後的打算，林伊便和小琴商量，讓她在桃花街買了貨託車馬行運送到這邊，到時候賺了錢利潤均分。

小琴答應幫著買貨，卻不肯分錢。「二姊，我去買貨不過是順手的事，妳在這邊賣貨才要花心思，我怎能分錢？我不要。」

見林伊還要堅持，她直接道：「要不然我就不幫妳買，哼！」她對著天空哼了一聲，表示她的態度堅決。

林伊勸說了半天，最後兩人達成共識，每買一批貨，林伊付給她十文錢的跑腿費。

「就當我雇用妳吧，妳是我的小工。」林伊想了個新說辭。

「行，這樣好。我是妳的小工。」小琴立刻來了興趣，馬上答應下來。

「做得不好要扣工錢喔。」林伊威脅她。

「好的，東家！」小琴朗聲答應。

兩人商量著要買點什麼東西，林伊說就買點手帕針線。

「可以買點頭花，我看集市上那個擺攤的頭花比桃花街的差遠了，賣得還貴，那些姑娘、媳婦邊抱怨邊買。」她又覺得奇怪，問小雲。「他們是在府城進的貨呢，怎麼不如長豐縣的好看？」

安平鎮離府城要近些，所以這邊的人買東西都往府城去。

「府城講究的是大氣實用，我們縣城講究的是新穎漂亮，各有各的特點。妳沒發現這邊的人穿衣服都不如我們縣城那邊的花俏嗎？」小雲現在管著邱家的財務，對這些事情倒是有了點瞭解。

林伊想想覺得是這樣，穿著翠嬸子給她的幾件衣服走到鎮上，引來過不少人的指點，還有小媳婦上來拉著看身上的繡花，直誇獎說別緻好看。

看來從長豐縣批貨到這裡賣很有「錢」途呢。

「我們今天晚上回去，明天上午就能到縣城，我去買了就託車馬行運過來，妳後天就能拿到了。」小琴對自己的新工作非常有熱情，馬上做好了安排。

「行，我趕集那天去取了就可以在集市上賣。」

三人又計算著要買多少貨，要花多少錢，算好後，林伊把銀子取出來交給了小琴。

第一趟林伊決定買五兩銀子的貨，以後根據情況儘量多買點。正討論著，林氏招呼她們出去吃午飯。

為了招待姊妹倆，林氏使出渾身解數煮了滿桌的菜。

葷菜有林伊才教會她的芋頭燒雞，本來林伊不想吃全留著做種，今天這兩姊妹來，也貢獻了一點出來。還有排骨燒青筍、木耳肉片，素菜有清炒茼蒿、醋溜白菜、涼拌馬鈴薯絲，湯則是山溪魚燉蘑菇湯。

小雲眼睛都大了，不住咂舌。「二嬸，妳怎麼煮了這麼多菜，怎麼吃得完啊？」

林氏笑咪咪地看姊妹倆，不斷給她們挾菜。「多吃點，瞧妳們倆瘦得都一把骨頭了。」

林奶奶也附和道：「多吃點肉，那魚湯也好，多喝點，那個最養人了。」

姊妹三人想起在車上的閒聊，頓時放聲大笑。還真是沒有說錯啊，在關心自己的人眼裡，自己永遠都需要多吃點。

林氏被她們笑得莫名其妙，忍不住嗔道：「這三個小瘋子，瞎笑啥啊。」

小雲收了笑，很認真地對林氏道：「二嬸，我覺得妳現在像變了個人，以前可不會這樣說話，看著妳這樣真好！」

林伊突然想起來，應該改改稱呼，趕忙糾正她。「不能叫二嬸了，得叫林嬸子。」

小雲和小琴對視一眼，大聲對林氏叫道：「林嬸子！」

林氏朗聲應了。「嗯！」

第七十一章

吃完飯，林伊帶她們去荒地看了看，又去南山山腳轉了轉。兩姊妹對於南山的美景讚嘆不已，小琴還說一定要來這裡住上一段時間，過過神仙般的生活。

兩姊妹臨走時，林伊想送點禮物給她們，把家裡的東西想了想，似乎沒能拿得出手的。想到小琴看到兔子那心動的樣子，於是提了一公一母兩隻兔子送給她養。又裝了一小袋芋頭，並詳細告訴小雲要怎麼種，讓她明年試著種種看。

兩姊妹剛才已經品嚐過芋頭燒雞的美味，知道別處買不到，小心地將芋頭收好，就等著明年收穫了再大吃一頓。

小慧、丫丫聽說她們要走，送來東子叔趕出來的籮筐和圓匾，上面帶「福」字。小雲看了愛不釋手，對林伊道：「可以讓妳叔叔拿到我們縣城賣啊，肯定受歡迎，我們縣城的人就喜歡新鮮玩意兒。」

林伊有點為難。「太遠了，這東西又占空間，就算是讓車馬行運，賺的錢還不夠給運費。」

小雲卻不肯放棄。「我回去找翠嬸子問問，她娘家不是開雜貨鋪的嗎？如果她們願意買，可以再想辦法。」

林伊和小慧、丫丫聽了特別高興，連聲謝謝小雲，小雲擺擺手。「客氣什麼，咱們是什麼交情啊，說不定要不了多久我又來了。」

待小雲姊妹走後，林伊和小慧、丫丫跑到東子叔家，要把這個好消息告訴他們。

東子叔和良子叔家離村口很近，和村裡別的人家格局一樣，都是大院子土坯茅草房。

這會兒院子裡一片忙碌景象，良子叔和東子叔正在編籮筐，何氏和小柱在旁邊劃篾片。院子的一側堆著幾個完工的圓匾和籮筐。

見林伊來了，何氏忙放下手裡的活計，上前迎她。「小伊，快進屋坐，院裡亂糟糟的。」

「不用，我來傳個話。」林伊三言兩語把事情說了。

東子叔沒想到竟然還有這等好事，激動地對著良子叔道：「要是真能賣到長豐縣，那才是長臉了，咱們都沒走過那麼遠的地方。」

林伊見他高興得不知道如何是好，圍著篾片打轉，坐都坐不下來，忙給他潑冷水。「東子叔，現在只是有這個打算，你別抱太大希望，畢竟路途太遠了，怎麼運過去是個大問題。」

「沒事沒事，能成就成，不能成也沒損失。」東子叔雖然冷靜了點，還是一臉喜色。

受此啟發，林伊有了新的主意，她對東子叔道：「你幹麼不拿到昌永縣的雜貨店試試看，那裡是縣城，比我們鎮上的人有錢，見識的東西也多。說不定這種有圖案有字的籮筐、圓匾他們就喜歡，而且運費不貴，你們完全承擔得起。」

東子叔和良子叔一合計，覺得是這個理。安平鎮就這麼大，籮筐又是耐用品，賣一段時間很可能就沒人買了，如果能有新的銷售管道肯定更好。

不過東子叔又猶豫了。「萬一縣城要買，長豐縣也要買，我們哪裡做得過來？」

何氏嗤笑一聲，毫不客氣地糗他。「等你賣出去了再來操心這事吧，八字還沒一撇呢，倒先愁上了。」

林伊也直樂，東子叔很有憂患意識嘛，走一步看百步。

「怎麼會做不過來，你可以在村裡找人專門幫你劃篾片啊，你和良子叔、小柱哥只負責編，這樣豈不是就快了很多。如果到時候還做不過來，再想辦法唄，辦法總比問題多嘛，人還會被飯撐死？」林伊幫他出主意。

東子叔被何氏吐槽也不生氣，摸著腦袋嘿嘿傻笑。「小伊說得有道理，到底見過世面，不像我，遇到點事就亂了。」

良子叔撫著下巴，略一沈吟，找到了解決辦法。「可以把具體的尺寸顏色分出來，這個人負責這一堆，那個人負責那一堆，我們只需要拿著編就行，這樣還能讓幾個兄弟掙點閒錢。」

對啊，流水線作業嘛，良子叔別看話不多，卻總能說到點子上。

「行，把這個大娘嫁女的竹器做了，就做幾個樣品拿到縣上雜貨店試試看。」東子叔覺得可行，立刻躍躍欲試。
「最好做精緻點，價格可以貴點，縣上的人有錢，要求也高。」林伊提醒。
「有道理！我怎麼覺得這事肯定能成。」東子叔很有信心，又樂呵呵地跟良子叔商量。
「賺到錢我們再買幾畝荒地。」
何氏插話。「還要給小柱準備聘禮，給小慧攢嫁妝。」
「用錢的地方太多，咱們得拚了命編啊。」東子叔立刻捲起袖子，準備大幹一場。
小慧紅著臉道：「我和丫丫採草藥能掙到錢，爹娘不用管我，你們別太辛苦了。」
丫丫挺起小胸脯，肅著臉贊同小慧的話。「爹你也不用管我，我能掙到錢。」
何氏忍不住把丫丫摟進懷裡，誇個不停。「我們丫丫是大人了，了不起呢。」
丫丫雖然紅了臉，卻仍是一副這不算什麼的表情，還跟林伊約定明天一早去採藥，林伊想想明天沒事，便答應了。
於是林伊隔天早上和小慧幾人去採藥，下午留在家裡幫著林氏做衣服。
這兩天天氣不錯，陽光燦爛卻不灼人。林伊想著林奶奶天天待在屋裡應該出來透透氣，便把小床抬到屋簷下，讓她曬曬太陽。
她們今天做的是林奶奶的衣服，林氏裁剪好後，林伊主動擔下縫製的任務。
兩人坐在林奶奶床邊，林伊拿著布料縫製，林氏則在做林伊的新鞋。
院裡的空氣比堂屋裡清新很多，陣陣秋風毫無遮攔的吹拂在臉上，讓人感覺特別舒服。

林奶奶瞇眼聞著風中濃郁的桂花香氣，不住讚道：「真香，是荒地上那兩棵金桂吧。」

「嗯，開得可好了，我在想著要不要移栽回來。」林伊想到那兩棵綴滿了淡黃小花的桂樹，很是心動。「要是有人把那片荒地買了肯定得砍樹，還不如我們先移回來。」

「要想移明年開春再說吧，現在移怕活不了。」林奶奶不同意。

林伊想想也行，現在村民暫時不會買荒地，不急著這一時。

今天在家裡待了一下午，林伊發現林氏要做的事特別多，洗衣做飯，打掃屋子，照顧家裡的牲畜，給菜地澆水除草施肥。稍微有點空閒就曬菜乾，準備冬天的衣物，還要照顧林奶奶，忙得連喝口水都慌慌張張。

不過林氏不覺得累，倒很高興，見林伊心疼她，她邊穿針引線，邊安慰女兒。「這點活計算啥啊，我樂意做，要是沒事做傻待著才沒意思。妳儘管去忙妳的事，不用管我，每天按時回來吃飯，別讓我擔心就行了。」

林伊想了想，決定以後上午跟著小慧上山採草藥，下午再打一趟柴火，就待在家裡幫著做家事。

林氏聽她這麼盤算非常歡喜，她停住手對著林伊道：「這樣也行，妳也該學學做鞋子做衣服了，要不以後成了家怎麼辦？難不成都去成衣店買，且不說東西貴，還沒自己做的舒服。」

「我不成家，就賴著妳們。」林伊拖著聲音撒嬌。

林氏對林伊笑了笑，沒接她的話，便又埋頭繼續做活，那笑讓林伊覺得頗有深意，似乎隱藏著什麼。

不過林伊這會兒正被袖子弄得焦頭爛額，沒有精力深究別的。

腋窩處她老處理不好，已經拆了兩次，心裡煩躁起來，這種事剛開始還有點興趣，做一會兒她就沒耐心了。

她現在手軟脖子痠，就連眼睛都有點聚不了焦。她心裡真是佩服這些勤勞能幹的婦人，自己做一件就這樣，她們可是要管一家人的四季衣裳呢。

林奶奶乾脆把衣服拿過來自己縫，正所謂行家一出手，就知有沒有，困擾了林伊半天的難題，到了林奶奶手上瞬間就解決了。

林伊看那細密平整的針腳，不住讚嘆。「太厲害了！」這和用機器縫的有何區別嘛。

為了能完成這件衣服，下午到晚上林伊根本沒有離開過，連晚飯都只胡亂吃了幾口，一直到深夜才在林氏的幫助下趕製了出來。

第二天早上就起不了床，林氏見她睡得香也不忍心叫她，一直到早飯擺好了她才猛然驚醒。

「小慧和丫丫來過了，我讓她們先走，妳多睡會兒。」林氏對林伊道。

「行，那我今天去安樂林逛逛，看能不能打點野物，明天提到鎮上賣。」林伊想了想道。

「正好，把陸然的鞋子帶上，遇到了拿給他。」

林伊猶豫了下，道：「他不一定會到安樂林來。」

說實話，她現在有點怕見到陸然。

「遇到了就給吧。我把妳的這雙做好了，再給他做兩雙。」林氏又叮囑道。

「算了，何嬸子現在要幫東子叔做竹筐，肯定沒空做鞋底。」林伊忙阻止她。

「沒事，我找趙嬸子買，她的針線比妳何嬸子還好。」林氏不以為意。「妳記得告訴他別捨不得穿，鞋子做了就是用來穿的。」

「放心，我一定看著穿上腳，還要問下他有哪裡合不合腳，回來跟妳說。」望著林氏殷殷的眼神，林伊只得答應。

林氏這才滿意地笑了。「讓他沒事就到家裡來坐坐，我給他做好吃的，都是認識的人，只管來，別不好意思。」

林伊汗顏，娘親對陸然是不是有點太熱情了？

林伊到安樂林時，陸然已經帶著虎子在那裡轉悠了。

他今天穿了身藏藍色的新衣服，站在一棵高大的雪松下。柔和的晨光透過樹枝的縫隙灑在他的身上，看著朝氣蓬勃，特別精神，比那松樹還要挺拔幾分，顯然身體完全康復了。

陸然不住地對著山下的方向張望，見到林伊，他的眼一下亮了，臉上浮現出笑容。

他和虎子快步朝林伊奔來，清冷的山風將他的髮絲衣角吹得向後揚起，竟有種飄逸瀟脫之感。

林伊不由感嘆，這小子這麼好看，也不曉得他的爹娘是怎樣的神仙人物，要是知道他在這裡受苦，肯定會很傷心吧。

陸然走到林伊面前，眉眼含笑地問她。「妳這兩天怎麼沒來打獵？」

林伊看著陸然亮晶晶的眼睛，不好意思地低下頭。「忙著挖草藥呢，可以拿到鎮上藥鋪賣錢。」

「安樂林上面也有很多，妳可以在那裡挖。」陸然明白了，忙建議道。

「我怕影響你打獵，你要趁這個時候多囤點獵物，我在旁邊怕會干擾你。」林伊蹲下身抱住不停向她示好的虎子，悶聲道。

這是她能說出來的實話，陸然的收入全靠打獵所得，自己和陸然在一起，不僅使他效率下降，打到的獵物還要分自己一半，她感到很慚愧。

不能說出來的是，自從那天牽了陸然的手，林伊就不自在，一想到陸然便臉紅心虛，現在見到他更是羞答答，手心又開始發燙，完全沒有了以前的隨意自然。她很怕陸然會發現自己的異樣，下意識想躲避，畢竟自己的靈魂可是二十三歲的成年女性，現在對一個少年有了特殊的情緒，太丟人了！

於是她決定這段時間別見陸然，好好冷靜整理自己的感情。如果確實是鐵樹開花動了凡心，她也不會扭捏，畢竟不管身處哪個時代，遇到值得託付真心的人都是一樁幸事。

陸然聽了，失笑道：「這有什麼，離過冬還早呢，有的是時間囤貨。再說，我還攢著銀子，不礙事的，打野豬的錢還沒動呢。」

他頓了頓，垂下眼簾，低聲道：「我也樂意妳在一旁。」

陸然的聲音雖然輕，林伊卻聽得清清楚楚。這話彷彿一道天籟，將她那些紛紛擾擾的雜亂思緒蕩滌一空，心裡的喜悅就像那山間的清泉，咕嚕嚕直往外冒，止都止不住。

林伊立刻振奮起精神，想那麼多幹麼，只要兩人相處愉快就行了，以後的事就順其發展吧。再說了，這個身體的生理年齡還不到十三歲，不過是心態成熟點而已。

前世？早就是過眼雲煙，就讓它隨風散去吧。

陸然從腰間取了個大包，遞給林伊。「這是我摘的野菊，昨天曬了一天，妳看看夠不夠？」

林伊接過來聞了聞，鼻端頓時被微苦花香所包圍，她大展笑顏，真誠道謝。「謝謝你，我都忘了。」

當初她看到陸然屋前的野菊花，一時興起想採集來做枕頭，後來忙著採草藥就忘了，畢竟那些草藥更值錢。沒想到陸然卻記在了心上，不僅採了，還幫她晾曬，令她太感動了。

陸然抿抿唇，臉上溢滿了笑，現在只要看到林伊，他的心裡就很歡喜。

第七十二章

林伊收好菊花，把林氏做的鞋遞給陸然。「這是我娘給你做的鞋，你看看合不合適。」

陸然看著布包大吃一驚，他完全沒有想到林氏會給他做鞋。

他遲疑地接過來，不確定地問：「我的？嬸子給我做的？」

「是啊，我娘一直想著給你做鞋，那天你生病，我就拿你的鞋量了尺寸。你試試看，哪裡不合適我讓她改。」

陸然找了塊石頭坐下，把鞋子拿出來在手裡摩挲，仔細看了半晌才穿在腳上。

他站起身來，兩隻腳踩在鞋上，用力跺了跺，林伊緊張地問：「怎樣，緊不緊？有哪裡不舒服？」

「不緊，很好，很舒服，謝謝嬸子。」

陸然又前後踩了踩腳底，對林伊強調。「很好，很舒服。」說完，他坐到石頭上，小心地將鞋子脫下來。

林伊急了。「合適幹麼還脫掉？穿著啊。」

陸然低著頭不肯，兩三下把鞋子包上。「我回家裡穿，在山裡穿太浪費了，一會兒就穿壞了。」

他有種想哭的衝動，眼眶一陣陣發脹，他發現這段時間自己特別容易出現這種情緒，太丟人了！

他忙深吸口氣，將這情緒慢慢平復下來。

他愛惜地看著手裡的鞋子，捨不得收起來。

自從到南山村以後，就再也沒人替陸然做過鞋子。

他和陸爺爺的鞋都是在成衣店買的舊鞋，鞋子被前一個主人穿得定了形，穿起來很不舒服。可是沒辦法，他和陸爺爺都不會做鞋，新鞋又太貴，他們負擔不起。

陸爺爺去世後，陳掌櫃找到他，給他的獵物開出了好價錢，他的日子好過點了，才開始買新鞋子。

他卻總是懷念小時候娘親給他做的鞋子，穿在腳上很軟很暖，而娘親會在身旁關切地問他。「緊不緊？哪裡不舒服跟娘說。」

他就跺跺腳，大聲回答。「不緊，好舒服！」

如今，這久違的畫面又出現了，他心裡又幸福又惶恐，很怕這鞋一下就壞掉了。所以他根本不打算穿，就每天放那裡看著，知道有人真正關心他，願意為他費心費力，他就很滿足了。

林伊不知道他的想法，只暗讚林氏。娘親，妳真有先見之明，被妳猜中了，陸然果然不捨得穿。

她搶過陸然手中的布包，把鞋子抽出來，對陸然道：「我娘交代了，你必須穿，還得讓我看著你穿上不許脫。」她苦口婆心地勸道：「我娘做好了，就是給你穿的，要不然做來幹麼，你不穿她會不高興。快穿上吧，真壞了再做就是了，這世上哪有不壞的東西。」

陸然還是不肯。「做起來太麻煩，在山裡跑幾天就壞了，太可惜。」

「只要是做自己喜歡的事就不會麻煩，我娘就樂意給你做，你不肯穿嗎？要不我來替你穿。」林伊蹲下身，仰著臉威脅他。

陸然嚇了一跳，他怎好意思讓林伊替他穿鞋，忙接過鞋穿在腳上。

林伊眼疾手快一把將他換下的舊鞋抓在手上，遠遠地扔了出去，末了拍拍手得意笑道：「這下你不穿都不行了。」

陸然看著她孩子氣的模樣，忍俊不禁。

他抬起腳對著新鞋看了又看，還是很捨不得。「在林子裡穿太可惜了。」又對林伊道：「別讓嬸子做了，她事情那麼多，還要照顧林奶奶，不要再麻煩她了。」

林伊覺得他說得很有道理，脫口道：「她事情是挺多，要不我替你做。」

話一出口她就後悔了，她自己的鞋還是娘做的呢，說什麼大話呢？

陸然沒想到林伊會這麼說，一下愣在原地。他雙眼盯牢林伊，沒有吭聲。

林伊開始有點不好意思，見他這副神情以為不信自己會做鞋，心裡豪情頓生，不就是做鞋嗎？反正鞋底不用自己納，就是上個鞋面，學學肯定能行。

她對陸然頷首道：「就這麼定了，我再替你做兩雙，不過沒我娘做得好，你別嫌棄。」

陸然溫柔地望著她，眼裡滿是明媚的笑意。「不會，我不會嫌棄。」

林伊原以為他會推辭，正準備說服，沒想到他竟然答應了，不由得有點心虛，也不曉得自己做出來會是啥樣，可別差林氏這雙太多。

陸然喜孜孜帶著林伊往山林深處走，不時抬起腳打量下新鞋，正美著，他突然想起一件事，忙問林伊。「要不要給這幾處林子都取個名字？」

林伊立刻拒絕。「算了吧，我取名不太行，別辜負了這麼好的美景。」

取個安樂林你都笑了半天，要再取個平安林之類的你不得笑死，我還是不惹人發笑了吧。

不過走到那片野物和草藥頗多的林子時，林伊取名的心又蠢蠢欲動。

她眼珠一轉，對著陸然道：「我覺得還是取個名字比較好，要不然這個林子那個林子的半天扯不清。」

陸然點點頭，安樂林自從有了名字，說起來確實方便多了。

林伊沈吟道：「既然這裡草藥野物多，就叫豐收林，怎樣？希望我們每次來都能滿載而歸，也是有個美好的期盼在裡面。」

陸然看了眼光線陰暗、牽藤掛蔓、暗藏危機的林子，覺得豐收林雖然意頭很好，卻似乎和這裡的風格不太相符啊！

不過他還是笑道：「嗯，這名字好！」

於是兩人就帶著虎子在豐收林裡漫無目的地轉悠。林伊想起他看的那本遊記，便和他討論書裡描寫的大海景色。

陸然沒想到林伊竟然識字，還知道大海，驚得半天合不攏嘴，林伊自然又全部推到徐郎中父女身上。

陸然望著天邊，一臉嚮往。「好想去看看海是什麼樣，海天一色，無邊無際，想看看全是沙子的海灘，比宮殿還大的海船。」

「想去就去啊，多打點獵多攢點錢就去。大海真的是很值得一看，你絕對不會後悔，海納百川，你想想看，那是怎樣的氣勢。」

林伊正準備給陸然描繪大海的美景，猛地想起他沒有戶籍，出行肯定不容易，便改了口。「你沒戶籍不太方便，其實這座大山就很有看頭，美景也很多，我們挖芋頭的那條小溪景色就很漂亮。」

陸然笑了笑，對林伊的說法不置可否。

接下來兩人一路走一路聊，隨便什麼事都能討論半天，根本沒心思注意林中是否有野物，林伊也對面前的草藥視而不見。

說是聊天，主要是林伊在說，陸然在聽。

陸然不住誇獎林伊懂得多，隨便說啥都能搭上話，言語風趣，見解獨特，從她這裡能收穫很多知識。

「聽君一席話，勝讀十年書。」這話他深刻體會到了。心裡對那位徐郎中更有了深深的崇敬之心，有機會一定要拜訪他。

林伊心虛了，這些是自己在課本、網路上學到的知識，有些則是雲遊四方的所見所聞，徐郎中哪裡會知道。

於是她對陸然道：「可千萬別去問他，徐郎中從不在外面說這些，只是因為我和他的閨女關係親近才隨便跟我們聊聊。」

陸然立刻接受了她的說法，點點頭。「嗯，我知道。書上說有很多學識淵博的名士不願出世，都是隱於鄉野，徐郎中肯定就是這樣的人。」

林伊聽得直樂，行吧，徐郎中又多了一重身分，隱於鄉野的名士。

正說得高興，早不耐煩兩人瞎轉悠而獨自跑開的虎子與高采烈地跑了回來，嘴裡還叼了隻兔子。

虎子得意地把兔子放到地上，那兔子竟想起身逃走，原來是隻活兔子。

陸然想到林伊要養兔子，便將兔子綁了讓林伊提回去。

林伊接過兔子，驚覺兩人這一上午什麼都沒做，忙不好意思地對陸然道：「你打點野物吧，我也採點草藥。」

於是兩人打住話頭，分開行動，採藥的採藥，打獵的打獵。最後陸然打到了兩隻野雞，林伊也採了大半筐草藥和野菜。

陸然看了看天色，提了一隻野雞給林伊。「時間不早了，妳得回去吃午飯了，要不妳下午再來。」

林伊頓時苦了臉，都怪自己太能說，在豐收林裡才這點收穫，太對不起這個名字了。不過她挺喜歡和陸然這樣瞎轉悠海闊天空閒聊的感覺，只是不能老這樣。

於是她跟陸然商量。「下午我不上山，答應了我娘要幫她做事，以後我就趕集前一天上午來這裡打獵，平時得和小慧她們採草藥，你也多打點野物準備過冬。」

陸然點點頭。「行。」

害林伊一上午只採了那麼點草藥，陸然挺內疚。

分開時，林伊邀請陸然沒事就來家裡坐坐。「我娘和我祖祖想請你來我家吃飯，她們都特別喜歡你，反正那是你以前住過的地方，你不用客氣。」

林伊以為陸然會推辭，沒想到他竟慨然應允。「行，我明天晚上去。」

林伊盯著他，有點沒反應過來，自己今天怎麼老判斷失誤，讓她準備的一堆說辭總是用不上。

回到家，林伊把陸然明天要來吃晚飯的消息告訴林氏和林奶奶，兩人都激動得不得了。

林氏扳著手指和林伊商量要準備哪些菜，芋頭燒雞得要，林家人都特別喜歡那鮮香滑膩的味道。而且這是個稀奇菜，陸然一定要嚐嚐。

雖然說要留著做種，可做頓菜的量還是勻得出來。大不了少燒點，就讓陸然一個人吃，家裡的人都嚐過味兒了，不吃沒關係。

「青椒回鍋肉得來一個，妳不說我還不知道五花肉能這麼做，太好吃了，陸然肯定沒吃過，絕對會喜歡。」

回鍋肉也是林伊做給林氏吃過的，這次她沒假託到別人身上，直接說是自己瞎煮的，結果大受歡迎。林奶奶和林氏直誇林伊聰明，就沒她做不好的事，還讓她沒事多煮點菜出來。

「葷菜還得再來一個。」林奶奶插話道。「就青筍木耳肉片吧，清清爽爽的，看著就舒服，吃起來也脆口。」

「行，素菜就是醋溜白菜，炒個香蔥雞蛋，再燒個豆腐，還得弄個湯。嗯，就排骨玉米山藥湯。」林氏問林伊。「怎樣，妳看夠不夠？」

林伊哭笑不得，這是請一個人嗎？這都快和辦席差不多了吧，她遲疑道：「太多了吧，就來陸然一個人，吃不了。」

「怎麼吃不了，他現在正長身子，得多吃點。」林奶奶先著了急。「還有妳也得多吃點，瞧妳瘦的。」

「那也太多了。弄這麼多，聲勢這麼大，把他嚇住，以後都不敢來了，真沒必要，就簡簡單單來吃頓飯。」

意。

林氏聽了有點猶豫，是啊，說不定真會把陸然嚇到呢，可要是隨便弄幾個菜又太沒有誠

她有了決定，對林伊道：「第一次來還是要多做點，到時候跟他說，以後常常來，就跟到自己家一樣，就不會這樣了。」

林伊又勸了幾句，可惜林氏心意已決，加上林奶奶也在旁邊幫腔，這件事便定了下來。

「明天妳去集市記得買排骨和五花肉，多買點，到時候讓陸然提點回去，再買點果子糕點。」林氏叮囑道，她突然又有了新的想法。「瓜子花生要不要買點？沒事嗑著香。」

林伊腦海裡浮現出陸然嗑著瓜子吐著瓜子皮，蹺著二郎腿和林奶奶、林氏坐在堂屋裡聊天的情景，頓時打個寒顫，這也太違和了吧。

林伊忙搖頭拒絕。「不要，他一個男的吃這些幹麼。」

林氏想了想覺得不太合適，才打消了這個念頭。

第二天早上，林伊是和良子叔去的鎮上，因為東子叔要趕製送去昌永縣的竹器，去集市賣貨的事就交給了良子叔。

到了鎮上，林伊和良子叔在集市前先分開行動，她要前去車馬行取小琴寄來的東西。

此時車馬行人不多，信局的差役檢查過林伊的戶籍後，便把一個小包裹交給了林伊。運費已經付過了，她只需要拿東西走人。

照例賣掉草藥後，她回到了集市，良子叔已經把籮筐擺好了，還給林伊也占了個位置。

林伊把自己帶的一個小木檯子拿出來擺在地上，又鋪了塊白布在上面，便準備把包裹打開，擺設展檯。

一打開包裹，最上面赫然是個土黃色的信封，正中的紅框裡寫著「林伊親啟」四個大字。

林伊心裡一動，這是翠嫂子娘家的鋪子回話了吧。她忙拆開信封，將信紙展開細讀。

讀著讀著，她的嘴角越翹越高，臉上的喜意藏都藏不住。

半晌，她長吁一口氣，放下了信封。

見良子叔望過來，她壓低聲音對他道：「良子叔，好消息，天大的好消息！」

第七十三章

良子叔見林伊這樣已明白了八、九分，按捺住激動的心情，問道：「啥好消息？快跟叔說說。」

林伊便把信上的內容轉述給他聽，原來小雲姊妹回到長豐縣，直接找到了翠嬸子娘家開的鋪子。正好翠嬸子回去看望爹娘，見了小雲帶的籮筐，一家人都很喜歡，便決定訂購一批，先試著賣賣看。如果銷量好，後續還會繼續訂購，訂貨量也會加大。

「不過他們對竹器的大小、花紋有要求，得照著他們的來，你看，這下面就是圖案。」林伊把信紙下面的幾個圖形指給良子叔看。

良子叔斂了喜色，接過信紙仔細研究，很快抬頭，肯定地告訴林伊。「沒問題，和我們的花紋差不多，雖然有點變化，還是能做出來。只是……」他提出了個很現實的問題。「太遠了，怎麼運過去？幾天運一次？」

林伊收回信紙。「他們說了，每十天趕馬車來收一次貨，你們在這十天內把貨準備好就行。」

良子叔喜出望外。「還有這麼好的事？那豈不是不用我們操心了。只是會不會太麻煩他們？」

「這說明你們的籮筐編得好，他們有利可圖，才願意在這上面花費精力。」林伊向他介紹道：「他們不只來收貨，還來送貨，載著貨來，再載著貨走，不會跑空的。」

原來翠嬸子的爹聽小雲說起長豐縣的東西在這邊很受歡迎，立刻動了腦筋，決定趁過來拿貨之際，把這邊的小商品運到昌永縣，看看能不能銷給縣上的店鋪，不只是針頭線腦，只要這邊需要的都可以運過來。

他們鋪子貨走得快，需求大，有自己的進貨管道，價格比桃花街的批發價還便宜，只要能把這邊的店鋪供貨權拿下，也是一筆不錯的收入。

「翠嬸子還說以後我不用在桃花街買貨，他們進貨的時候就帶著我的一起了。馬車來拿貨的時候直接運過來，我只需付他們的進貨價，還不收我運費。」林伊小心地將信紙摺好，遞給良子叔。「你回去和東子叔看看這個圖案要怎麼製作吧。」

「行。」良子叔爽快應了。

不過小琴立刻就丟掉了工作，會不會心裡惆悵？

還有翠嬸子，真要多謝她。她現在有了身孕不能走遠路，等她有了小寶，一定邀請她們都來南山村玩玩。

嗯，這麼看來自家的房子就不夠大了，還得掙錢再建幾間，都蓋成村長家的青磚大瓦房。

她一邊憧憬，一邊手腳麻利地將手帕、頭花、絲線等一一擺好，又調整了擺設的品種和顏色，儘量擺得賞心悅目。

長豐縣的商品品質先不論，花色款式真是沒話說，特別是新穎精巧的頭花，各有各的特色。有些上面鑲的碎米小珠，在陽光照耀下，發出柔潤光澤，讓人一見便心生歡喜，就連林伊這個貨主本人都想每樣買上一個。

所以她先下手選了幾朵特別喜歡的頭花，打算給林氏、何氏、小慧等每人送一個。她自己也有，是一朵盛開的臘梅花，幾片淡黃纖小的花瓣簇擁著一顆和葡萄籽差不多大小的碎珠，看著素雅清淡，戴在頭上定然又低調又別緻。

良子叔這次帶來的籮筐不多，開市後不久就全賣出去了，待那名訂貨的大娘帶著個小子把她的貨取走後，良子叔就徹底沒事了。此時林伊的貨品只賣出了幾樣，因為消費主力——鎮上的大姑娘、小媳婦可能還在家裡梳妝打扮，晚點才會來集市。

林伊便讓良子叔先回去，自己繼續在集市賣貨。

良子叔正心潮澎湃，很想回去把小雲帶來的好消息告訴東子叔，交代了林伊幾句，便急匆匆離開了。

隨著日頭漸漸升高，集市越來越熱鬧，林伊的小攤子也顧客盈門。

那些愛美的女孩子們像發現了新大陸般，興奮地將她的攤位圍了起來，嘰嘰喳喳挑選心儀的物品，還不忘說幾句集市另一邊賣針線的商販。

「唉呀，這個手帕真軟和，面料真細，比那邊賣的強多了，價錢還一樣。」

「這頭花好看，漂亮又輕巧，那邊就沒這樣式，都笨重死了。」
「這針線包好，我要買一個送我姊姊。」
「我也要一個，我也要一個。」
不過她們誇歸誇，殺起價來卻毫不手軟。
林伊怕麻煩，直接定了一口價，概不講價。可惜她扯著嗓子一再聲明，她們卻像沒聽到，照樣講得不屈不撓，實在講不下來，就讓林伊送點小東西。
一堆姑娘媳婦聚在一起，說話的分貝高笑聲大，對著林伊七嘴八舌，非要林伊給優惠，怎麼解釋也不聽。
林伊的腦袋嗡嗡直響，跟她們打嘴仗打得口乾舌燥，煩不勝煩，真想捲起包裏走人，不賣了。
等集市人流慢慢散去，沒有新的生意上門後，林伊累得癱坐在地。就這麼一會兒，她的嗓子都說啞了，根本不想再動彈。
她努力振奮精神，認真算了下，不到二兩銀子的貨物淨賺了兩百多文，確實比批發給繡坊強多了。
她嘆口氣，雖然效益喜人，可太傷神了，長期下去不知道會不會搞得抑鬱。而且在這混亂嘈雜的環境裡一動不動待上半天，真是一樁折磨，還不如包圓了賣給繡坊爽利。
她心情複雜地收拾東西準備離開，一個年輕婦人走到她的面前，滿臉帶笑地問道：「姑娘，妳要走了嗎？」

林伊抬頭一看，頓時心生警覺，原來此人正是集市上賣針線的另一名攤主。婦人長得清秀乾淨，看著不像是潑辣不講理的人，只是她到這裡來幹麼，有什麼企圖？

那婦人見了林伊的神情，馬上輕聲解釋道：「我也是賣針頭線腦的，今天來晚了點，攤子擺得比較後面。我沒別的意思，就是剛才看了下妳的東西，覺得特別好看，我想打聽下妳這是在哪兒進的貨。」

林伊想了想，告訴她也沒關係，長豐縣那麼遠，她會去嗎？

「長豐縣。」

婦人低頭回憶了下。「沒聽說過呢，挺遠的吧。」

「嗯。」林伊手腳不停地繼續收拾。

那名婦人忙攔住她。「姑娘，我想跟妳商量，我能不能跟妳進貨？我男人是貨郎，在各個村子轉，不會搶妳這裡的生意。」

「跟我進貨？」林伊吃驚地望著她，這女的腦袋轉得還挺快呢。

「是啊，我們在鎮上繡坊進的貨，東西貴不說，而且也不好。不瞞妳說，今天妳一來，我什麼都沒賣出去。」婦人嘆口氣，拿出幾條手帕和幾朵頭花給林伊看。

原來他們本錢少，去府城進貨拿不到批發價，來回的路費也是一筆不小的支出。他們負擔不起，只能在鎮上買貨，利潤算下來很薄，還不太好賣，不過一個集好歹也能賣點出去。

今天她一樁生意也沒有，心裡覺得奇怪，正好聽到兩個小媳婦在說前面針線攤子的東西好，價錢又便宜，她趕快過來看了看，一看心就動了。

她是個心思活泛之人，馬上就想到讓她男人在林伊這裡拿貨，再到各個村子去賣，和林伊集上的生意沒有衝突，說不定林伊能夠答應。

至於有沒有利潤可賺，她並不擔心，價格都是談出來的，如果沒賺頭不做就是。

林伊心頭暗喜，這真是瞌睡來了就有人遞枕頭啊，只要價格合適，全批發給她林伊也願意。

婦人見林伊並沒生氣，覺得這事有門兒，兩人便妳一言我一語地討論起來。

最後商量的結果是，林伊以賣價七折把貨全批發給他們，集市她也不做了，寧願上山採草藥，雖然掙得不多，可是卻心情舒暢。

她心裡算了下，這就相當於，一兩銀子的貨自己啥都不用管，可以得到七十多文收益，婦人則收益三十多文。

如果自己每十天進一次貨，每次十兩銀子，那一個月就能有二兩多銀子的收益，很可觀的一筆啊，夠普通人家大半年開銷了。

而且這還是在桃花街進貨的利潤，如果以後是翠嬸子的娘家帶貨過來，她的利潤更高。

婦人也很高興，她在鎮上拿一兩銀子的貨能賺二十文就不錯了，生意還不好，差不多要賣兩個集。剛才她可是眼瞅著林伊一會兒就賣了好幾朵頭花，趕上她一天的銷量了。

最讓她喜出望外的是，林伊竟會把集市的生意讓給她，真是沒想到啊。

讓林伊煩心的和大姑娘、小媳婦講價錢的困擾，對她來說根本就不是個事，她可是在這個集市待了快一年，自有一套致勝法寶。

她掏出荷包，不好意思地對林伊道：「我身上只有一兩銀子，能不能先給我一點貨？回去籌了錢讓我男人送去妳家裡，今天晚上就能來。」

林伊自然沒有意見，解開包裹選了貨品給她。

婦人問清了林伊家的位址，又一再要求林伊把其他貨都給她留著，便樂顛顛地抱著東西離開了。

林伊小心地把錢和貨物收好，便心情很好地採購東西，全都是晚上做菜的材料，還有給陸然做鞋和做衣服的布料。

林氏聽說林伊要給陸然做鞋，便強烈要求她再給陸然做身衣服，並且表示會全程給予技術指導，林奶奶也要求參與，林伊無奈，只得答應。

她覺得陸然穿深色的衣服很帥，冷冽幹練，英姿颯爽，於是自作主張買了一疋墨色的布料。

做衣服剩下的布料可以用來做鞋，從頭到腳一身，穿起來肯定特別酷。

待回到家時，發現何氏和娟秀姨也在，正和林氏聊得熱火朝天。

原來良子叔回去把事情一說，又把信上的圖案拿出來給東子叔看，東子叔捧著信紙激動得不行，馬上讓小柱叫來成子叔和另外幾個好兄弟一起研究。

「一院子的人，我都沒地方站，說話聲音又大，一會兒笑一會兒吵的，鬧得我腦袋疼。乾脆出來叫上妳娟秀姨，來找妳娘說話。」何氏撇著嘴道，她雖然這麼說，臉上卻喜氣洋洋，聲音都宏亮了幾分。

「妳別管他們，人家那是高興。」林氏呵呵直樂。

「小伊啊，妳要好好替我們謝謝妳姊姊，要不是她幫忙，哪有這麼好的事啊？」何氏對林伊道。

「那也得你們的東西好，人家看得上啊。」

「就是不曉得這次做出來的東西合不合他們心意。」何氏緊鎖眉頭愁上了。

她現在患得患失的，覺得這個機會難得，又怕柬子他們把握不住，乾脆眼不見心不煩，躲出來任他們討論。

「哎呀，他們現在幹勁足得很，大家商量著來，肯定沒問題，妳別瞎犯愁。」娟秀姨倒是很樂觀。

幾人又問起林伊的商品賣得如何，林伊把自己的決定告訴了她們，大家都認為她做得很對。

「咱們就不是會做買賣的人，一堆人圍著我吵鬧，我就受不了。就讓那些喜歡做買賣的人去做，錢又賺不完，大家都賺點挺好的。」娟秀姨首先發表意見。

「妳一個小丫頭夾在那些爺們、大娘裡面做買賣，我心裡慌得很，生怕出事，這樣最好。」林氏一向是緊張派的，並不喜歡林伊去集市做生意，對林伊的決定最為讚同。

林奶奶和何氏也連聲附和，讓林伊心裡很溫暖。

這就是愛你的家人，不管你做什麼決定，她們都會支持你，能在這個世界遇到她們，她真的很幸運。

她把選好的頭花拿出來，分別遞給她們，她還給胡奶奶選了一個，讓娟秀姨帶回去。

林奶奶也有，林伊給她選的是水紅色的紫薇花，戴在她花白的頭髮上特別喜慶，一點也不顯俗豔。

「這個好看，奶奶戴這個好看。」何氏、娟秀姨不住口地讚道。

林奶奶撫著頭花有點遲疑。「這是不是太鮮豔了點？我這麼大把年紀戴著不合適吧？」

「哪裡會，合適得很，臉色都襯得紅潤潤的，就得您戴，我們還服不住這個色呢。」

幾人都誇好看，林奶奶撫摸著頭花笑得燦爛。「我年輕的時候也喜歡鮮亮的顏色，還買過比這顏色更豔的頭花。」

「那就再給祖祖做件這顏色的衣服，穿著肯定精神。」林伊笑道。

「不行不行，那不得成老妖怪了。」林奶奶忙拒絕。

大家都勸她試試看，穿得喜慶，精氣神都不一樣。

「要不就過年做一件，妳們祖孫三人都做，我們也做。」娟秀姨立刻建議道。

何氏呵呵哈哈笑個不停，說她不敢穿這麼紅，穿了肯定連路都不會走。

林奶奶馬上鼓勁。「穿，我們一起穿，我都不怕妳怕啥。」

何氏聽了，一副豁出去的神情。「行，奶奶，只要妳敢穿我就陪妳。」

「我們全都穿上一起走出去，看哪個會笑我？」娟秀姨扠腰道。

幾人商量要做哪些樣式，又說起過年要弄什麼好吃的，越聊越開心，聊天的大樓早就不曉得歪到哪兒去了。

眼看時間不早，娟秀姨和何氏忙忙告辭，她們要趕著回家做午飯。

第七十四章

吃過午飯後，林奶奶在屋裡睡午覺，林氏和林伊坐到院子裡做針線活。

林氏拿了幾雙鞋底給林伊看。「怎麼樣？不錯吧。」

「不錯不錯，這針腳平整又密實，比何嬸子的還要好。」林伊壓低聲音道，可不能讓何氏聽到。

「找趙嬸子買的，整個村子也就她的手藝能和妳祖祖比。」林氏翻看著手裡的鞋底很滿意。

今天林氏一大早就找趙大嬸買鞋底，林氏價錢給得比鎮上雜貨店高。趙大嬸非常樂意，把自己做好的女碼鞋底全拿出來讓林氏選，誰知道林氏竟然問她有沒有男式的。

這讓趙大嬸非常困惑，這一家三個女人，怎麼要男人的鞋底？轉念一想，她自認為明白了其中的緣由——何氏這兩天要幫著東子做竹筐，沒時間做鞋，良子沒鞋穿了唄。

她忙不迭地把手裡的男碼鞋底全抱出來，對林氏道：「有，有！我這幾天都沒去鎮上賣，還多著呢，什麼碼都有，妳看看有合適的嗎？」又意味深長地道：「該做，早就該做了，衣服也該做幾件。」

林氏心心念念全是給陸然做鞋，就以為趙大嬸肯定能夠瞭解她的想法，卻完全不曉得她猜到另一邊了，還非常贊同她。「我也是這麼說，已經讓小伊去鎮上買布了。」

趙大嬸笑咪咪地點頭，故作神秘地道：「嗯，妳放心，我不會往外說。」

林氏心想，我就是知道妳口風緊才找妳，嘴裡還是不住道：「謝謝嬸子，以後我需要還找妳買。」

「行，妳只管來。」

趙大嬸看著林氏的背影，老懷甚慰。「真好，看來很快就要辦喜事了。唉，這兩人也太不順，要不是李氏那惡婆娘，早就在一起了，希望兩人以後的日子就像那甘蔗蜜蜜甜。」

母女倆做了一會兒針線，待林奶奶睡醒午覺，就收拾東西，準備招待陸然的宴席。

忙碌一下午，終於把飯菜做好了。

每炒好一個菜，林氏就讓林伊端到案板上，偌大的案板竟然擺得滿滿當當，以前在吳家時的年夜飯都沒這麼豐富。

待炒好最後一個醋溜白菜，林氏端了菜碗過來，一看也嚇到了，她喃喃道：「好像是多了點。」不過她馬上安慰自己。「沒事，陸然肯定吃得了，他現在正是最能吃的時候。」

林伊看著幹勁十足的林氏哭笑不得，好心提醒。「還沒舀湯呢，堂屋的桌子肯定放不下。」

「這有啥難，把裡屋的桌子端出來，併起來就行了，上次小雲來不就這麼弄的嗎？」她邊往灶臺走，邊對林伊道：「妳去外面看看，陸然怎麼還沒來。我把湯舀出來，他一到就能擺桌吃飯。」

林伊嘴裡嘀咕著往外走。「不知道的還以為我們要請一屋子人，這滿桌的菜，太隆重了。」

林奶奶這會兒正精神抖擻地靠坐在床頭，不住朝院外張望，見林伊出來，問她。「妳去迎然小子？應該的，早點來了咱們早點吃飯，天晚了他回山上不安全。」

林伊正要出去，卻見一個修長瘦削的身影從荒地上朝這邊走。

林伊一喜，指著那身影，對林奶奶笑道：「陸然來了，這人還真是不能說。」

林奶奶仔細一瞧，還真是，忙催林伊。「快去迎迎，快去迎迎。」

林伊答應一聲，跑了出去。

陸然一拐上小道，腳步不由慢了下來，望著那熟悉的院落，難掩心頭激動。

這裡對於他來說，曾是溫暖的港灣，充滿溫情的所在，獨自在山上難以忍耐時，他就靠著和爺爺在這裡的溫馨回憶堅持下去。

現在爺爺雖然已經不在，他卻不再是孤單一個人，住在這裡面的人和爺爺一樣真心對待他，毫無保留關心他，他想想就覺得溫暖。

見到林伊在院外等著，陸然緊走幾步，他腳長步子大，轉眼就到了林伊面前，臉上滿滿的都是笑意，在陽光下特別燦爛。

林伊見陸然一個人來的，沒有帶上虎子，手裡卻提了一串兔子。

「你怎麼沒帶虎子來？」林伊朝陸然身後張望了下，確定沒有虎子的身影，便問道。

「牠不愛下山，喜歡待在山裡，我隨便牠了。」陸然答道。

林伊暗想，莫非虎子真有狼的血統，待在山林裡才自在？上次牠送自己下山，立在山坡上時的氣勢可足了，威風凜凜的，可有時候又憨憨的，有點哈士奇的感覺。

陸然將手上的活兔子遞給林伊。「妳不是要養兔子嗎？我昨天下套抓了幾隻，這四隻毛色不錯，有公有母，妳拿到兔舍養起來吧。」

「你還會下套子，太厲害了。」林伊打量著兔子，由衷地誇獎道。

陸然有點不好意思。「我的套子做得不好，經常被兔子跑掉。」

原來陸爺爺打獵是半路出家，技術不行，也不會下套子，這是陸然自己摸索出來的，效果自然不太好。

正說著話，林氏就奔出來招呼陸然快進屋坐，見到陸然還提了兔子來，微嗔道：「你這孩子，來就來吧，怎麼還提著兔子來，你留著去賣錢嘛。」

「沒事，我還有。」陸然答道，他很喜歡林氏，每次見到她都覺得很親切。

「我把兔子提去後院，小伊進屋給陸然倒杯水喝。」林氏從林伊手裡接過兔子，急急朝後院走去，還不忘吩咐她。

陸然忙叫住林伊。「不用不用，我帶著水。」

說著他把背上的竹筒給她看。「我現在都帶著菊花水，每天都喝。」

林伊笑了，這人做事倒有毅力，不論什麼都堅持得很好。自己卻是有一搭沒一搭，虎頭蛇尾的，看來得向他多學學。

進到屋裡，林奶奶見了陸然，滿臉是笑，拍著床前的凳子叫道：「然小子來了，快過來坐。」

陸然忙上前問候。「林奶奶，妳好點了嗎？」

「好多了，多謝你的人參，我這會兒身子有勁多了。託你的福，老婆子活了這麼大把年紀，竟然吃到了這矜貴物。」

陸然抿抿嘴，淡笑著沒有答話，在他看來，只要林奶奶身體能康復，這點人參根本不算什麼。

林氏安置好兔子走進來，聽到林奶奶的話，附和道：「是啊，真的得謝謝你，我們也長見識了，知道了人參是啥樣。你別說，還真有點像人，看來這名字不是瞎取的。」

林伊端了盤削皮切成片的梨出來，讓陸然吃。「走那麼一趟口渴了，你吃點梨吧。」

「快嚐嚐，這是小伊剛從鎮上買回來的，又大汁水又多，還便宜。」林奶奶笑咪咪地看著陸然，一臉慈愛。

林家人的熱情讓陸然無法拒絕，只得接過來拿了一塊吃起來。

林奶奶見他吃了一塊就停下來，忙催促道：「再吃點，再吃點，這梨甜，小伊會買東西。」

林奶奶還不忘誇誇林伊呢。

「你一會兒帶幾個回去，秋天吃梨最好了，潤肺！」林氏也笑道。

陸然胡亂地點著頭，眼裡亮晶晶的，他已經很久沒有感受過這樣的家庭氛圍，心裡暖烘烘的。

林奶奶又詢問陸然在山裡的生活，陸然認真地答著。林氏在旁邊看著他，越看越歡喜。今天陸然穿的是一套深灰色的衣服，襯得他面如冠玉，眉眼出眾，舉手投足間的大氣幹練，閒適淡泊，倒不像是這個年齡的孩子該有的。

林氏想起林伊告訴她陸然識字，看了很多書，她默默點頭，有學問的人就是不一樣。

林伊見陸然被她們的熱情搞得手足無措，忙上前提醒林氏。「擺飯了吧，要不就涼了。」

林氏恍然醒悟，拍著腦袋道：「對對，瞧我這人，一高興做事就沒譜。小伊，妳把裡屋的桌子端出來併一併。」

林伊忙進到裡屋，把桌上的東西收拾乾淨，提著桌子走了出來。

看著菜一碗一碗擺上桌，陸然的眼越瞪越大，這麼多，怎麼吃得了？

他悄聲對林伊道：「太多了，太辛苦嬸子了。」

林伊對他笑了笑。「湯沒有上呢。灶上還給你留了幾樣，待會兒帶回去吃。」

林氏出來，正好聽到陸然的話，朗聲道：「不辛苦，你嚐嚐，這些都是小伊新想出來的做法，好吃得很。」

說完好像想起什麼，驚道：「唉呀，小然，你喝酒嗎？我忘了這茬，沒買酒。」

現在稱呼都變了，直接成小然了。

陸然忙搖頭。「我不喝酒，謝謝嬸子。」

待菜全部上齊，併併移移，兩個桌子勉強放下。

林氏招呼陸然坐下。因為陸然的到來，林奶奶特別高興，專門讓林氏把自己扶起來坐著，也要上桌和他們一起吃飯。

經過這段時間的治療和休養，她的身子越來越有勁，再過不久，相信能站起來走路了。

今天林家做的是純大米飯，啥都沒加。林伊用中號碗給陸然盛了一碗，她故意盛得不多，因為她知道林氏和林奶奶肯定會在碗裡挾滿菜，如果盛多了，她們就沒地方挾了。

果然，陸然的碗上很快就堆起一座小山，陸然剛把山頭消滅掉，林氏又立刻補上，還不住地勸他。「不要客氣，就把這兒當自己家。你嚐嚐這芋頭，是你和小伊挖回來的，好吃吧，得虧你發現了，要不我們都不知道還有這麼好的東西。

「這是回鍋肉，也是小伊想出來的。我給你留了一碗，你待會兒帶回去，這個菜明天熱了更好吃。

「喝點湯，這湯甜滋滋的，我們都愛喝，你多喝點。」

林伊發現陸然吃飯雖然快，姿勢卻很優雅，很專注，就是素菜也吃得很香，看著就是種享受。

待林伊察覺到陸然的動作開始減緩，忙讓林氏別挾菜了。「娘，差不多了，晚上不能吃太多，要不停了食睡不著。」

林氏覺得林伊說得在理，便住了手，卻暗暗打定主意，以後時不時地要讓小伊給陸然送點吃食去。他現在正是長身體的時候，一個人在山上，會做啥好吃的，瞧瞧瘦成啥樣了，要是吃食煮好點，還能長個兒。

轉眼看到旁邊的林伊，兩個孩子坐在一起，一個嬌俏可愛，一個俊朗帥氣，真是天造的一對，地配的一雙，陸然就是老天爺送給她們家的好女婿啊。

吃完飯，林伊要幫著林氏收拾洗碗，被林氏制止。「妳帶小然去逛逛，上次他只來了前院，妳帶他各處看看。」

林伊見她態度堅決不容辯駁，只得答應。

林伊準備帶陸然去荒地看看，她指著圍牆，告訴陸然。「等開春了，我想在院牆外種點七里香，長成了爬滿圍牆，整個院牆都是綠色的，肯定很漂亮。等花開了，白色的一小朵一小朵夾在綠牆裡，風吹過，滿院子都香噴噴的。」

陸然抬頭想了想那景象，心裡滿是期待。「到時候我來幫妳種。」

「行，咱們先說好。」林伊也不客氣。

來到荒地上，林伊把自家的地指給陸然。「那裡是我家的，旁邊那兩畝是東子叔和良子叔的，這十畝是我用賣野豬肉的錢買的，這錢我都沒敢跟我娘說，就怕嚇著她。我種的全是油菜，明年春天油菜花開了，這裡會是一片金黃，美得很，太陽光一照，就跟金子似的閃閃發光，你一定要來看。」

林氏洗完碗，站在院外看著有說有笑的兩人，大感欣慰。「瞧這兩孩子相處得多好，親事準能成，只是得多攢點錢再起幾間屋，真在這裡成親，屋子還不太夠呢。」

林伊接下來的生活很規律，每天一大早跟著小慧、丫丫去山裡挖草藥、打豬草，下午砍一大筐柴火囤著過冬，回家後幫著林氏做家事，隔幾天去安樂林和陸然打打獵，聊聊人生和對未來的憧憬。小商品生意也進行得很順利，每個月能有三兩左右銀子入帳，不缺吃不缺穿，過得優哉游哉，日子就這麼一天天飛速而過，轉眼就要過年了。

這段時間發生了不少的事，第一件就是東子叔的籮筐事業獲得巨大成功。

長豐縣雜貨店對他的籮筐很滿意，已經定下了合同，每十天來收一次貨，還加大了訂貨量。

東子叔拿著樣品，親自跑了一趟昌永縣，那裡的雜貨店得知時尚講究的長豐縣都在東子叔這裡訂貨，毫不猶豫下了訂單。

長豐縣能看上那肯定沒有問題！

最讓人想不到的是，安平鎮的雜貨店老闆主動找到東子叔，也要訂貨。還開玩笑地責怪東子叔不夠意思，有這麼好的貨不先來找他，害得他到昌永縣去進貨，才知道這有花紋有字的籮筐，竟是自己鎮裡出去的。

所以不管在哪個年代、哪個地方，只要你的產品有特色、品質好，總能脫穎而出，贏得市場。

東子叔一家拿到這些訂單欣喜若狂，同時又壓力山大，這麼大的量，他們一家人肯定搞不定，立刻決定召集村裡人一起合作。

林伊給他提了建議，把這件事告訴村長，由村長出面組織。

一來這件事規模較大，越過村長進行，就是不給他面子。

如果村長肯加入，以他在村裡的威望，事情會好辦不少。況且涉及的人太多，難免會有紛爭，村長處理這些事情最在行。

二來村長出面就是代表官方，萬一以後合同訂單方面出了問題，有村長鎮著，對方不敢小瞧。

還有一點，如果東子叔只是小打小鬧沒關係，可一旦生意做大，就怕有人眼紅，仗著權勢為難他們。東子叔一家毫無背景，完全沒能力抗衡，說不定還會招來禍事。

可村長不一樣，他長期和衙門的人打交道，有自己的人脈和處世之道，有他在中間周旋，想必會穩妥很多。

這就相當於東子叔只負責技術，而最繁雜最耗精力的管理和人事問題就交由村長處理。而且真做大做強了，村裡得到發展，也是村長的業績。村長可以去衙門為村裡爭取更多的福利，以後東子叔一家在村裡肯定也能被另眼相看。

「不過有一點，村長若是出面，村裡肯定會收取一定的費用，你們願意嗎？」林伊看向東子叔兩兄弟。

第七十五章

東子叔良子叔一聽，馬上接受林伊的建議，如果只是召集幾個人，他倆也能應付。可真要把全村會編竹器的人都組織起來，他們確實沒有辦法，而且村長出了力，他拿辛苦費是理所應當的。

「那還等什麼，快走吧！咱們得和村長好好討論。」東子叔搓著手興奮難耐，拉起良子叔就往村長家跑。

能做自己最喜歡的事，還能靠此贏得財富，怎不讓他激動！

村長正好在家，聽了他們的說明，果然非常高興。

而且他意識到這是改變南山村的大好機會，他定要把這事辦好了，讓村裡人過上更好的生活。

他頓時心生豪氣，拍著胸脯保證，人事雜務交給他，東子叔兄弟只管保證貨品品質。他要把南山村打造成「竹器之村」，以後別人一提到竹器，就會想到南山村。

於是村長出面，召集自願的村裡男丁，先考試，再根據成績分發。

手藝好的由東子叔帶著給長豐縣供貨，因為他們的要求最嚴，價格也給得高。

手藝弱點的跟著良子叔，他們負責昌永縣雜貨店的供貨。再差點的則歸成子叔管，給鎮上雜貨店供貨，因為他們要求不高，有圖案就行，價錢給得也很一般，畢竟鎮上的人對品質要求不是很高。

至於技術很差的，就負責砍竹子和最後的成品擺放。

東子叔對村長的能力大為嘆服，不住慶幸當初的決定，為他減少很多困擾。

因為分組的時候，他帶的這個組最受歡迎，花費同樣的精力，做同樣的數量，售價卻最高，收益也最好。所有人都想到他的組來，不斷有人來找他說和，讓他看在往日情分上行個方便，這讓他很是為難，都是一個村的，他能拒絕哪個？

村長幫他解決了這個難題，讓他告訴村裡這些人，分組安排東子叔一家作不了主，有事直接找村長。

此外，村長還找了一間空置的房屋，收拾打掃乾淨，作為編織工廠。

這間工廠專門劃分了區域，三撥人在相應的區域編織，互不干涉。

村長特意制訂了規章制度，要求大家嚴格執行，若有人違反，輕則扣錢，重則開除。

村長還安排了人手養護竹子，不允許再有人挖竹筍，這可是村裡的聚寶盆啊！

於是在村長的帶領下，南山村的籮筐編織業蓬勃地開展起來。

現在村裡人的家境大為好轉，都說今年能過個富裕年了。大家的臉上滿是笑意，對林家人非常友善，他們都知道，籮筐生意是林伊想出來的，還是她家的富貴親戚幫忙拉線！

就連林大山和洪氏看見林伊都主動示好，因為林大山也加入了編織團隊。別看他人長得憨厚，手卻很巧，經過考核被分在東子叔一組。這段時間以來，收入很是不錯，大大改善了分家後的窮苦生活。

林伊沒有因為林奶奶的事故意為難林大山，不讓他加入，令他們一家很感動。

拿到工錢的第一件事，就是讓洪氏跑了趟鎮上，給林奶奶買新出爐的棗泥糕，親自送去。他們不敢奢求林家人的原諒，只是誠心感謝林伊，而且是真正知道以前做錯了。

林伊對他們表現得很冷淡，她不想和林老頭有關的人再來往，至於林大山能待在編織團隊，那是憑他自己的本事，林伊不會干涉。

而其中最高興的要數何氏，不僅家裡收入增加，日子好過，兒子小柱的婚事也有了著落。

何氏娘家村子的一戶人家主動找到她娘，透露想要結親的意願。那家人何氏認識，為人老實厚道，姑娘模樣長得不錯，孝順能幹，又不多言不多語，何氏很滿意。而且小柱也認識這姑娘，知道後沒有反對，於是何氏便應了這門親，特意請了媒人去提親，並且定好開春後就成親。

村裡有些碎嘴的媳婦知道這事，還在她面前嘮叨，說這家人太奸滑，以前怎麼沒想到結親，眼下見你們家日子好過了，就傍上來，讓何氏小心點。

何氏倒是看得開，自己家以前那狀況，誰家敢把姑娘嫁過來啊？真要是心疼女兒的人家肯定不願意。就像自家小慧，她也不能眼看著女兒嫁過去貧苦人家受苦，將心比心，她很能理解。

眼下掙了錢，除了要給小柱攢錢辦親事，他家最想的還是再買些地。於是便請村長行個方便，把林伊家門口的那片荒地都給東子兩兄弟留著，攢夠了錢就要買下，為此還先預付訂金，村長自然滿口答應。

而林伊那幾畝荒地種的苜蓿已經收穫了一茬，家裡的牲畜很愛吃，吃不了的曬乾儲在雜物間，加上買的米糠，這個冬天都夠吃了。

隨著天氣越來越冷，山上變得不安全，村人都不再往山上跑，林伊也待在家裡。

林家人心疼陸然一個人在山上太難熬，邀請他沒事就來家裡吃飯坐坐，陸然竟慨然應允。

現在他經常來林家，每次總會提點野物來，到了林家自己找事做，不會閒坐著，跟林家人越來越親近。林奶奶和林氏把他當成了自家人，還特別告訴他，過年的時候到家裡來吃年夜飯，陸然也答應了。

這裡的冬天雖然很少下大雪，卻經常下雨，雨裡時不時夾著雪粒，濕冷濕冷的，直冷到人骨頭縫裡，非常難熬。

林家在荒地上，周圍沒有建築遮蔽，寒風從門縫窗縫擠進來，發出怪聲怪氣的尖嘯，屋裡也跟冰窖差不多。幸好陸然在鎮上提前給林家買了烤火爐和木炭，天冷後在堂屋裡生起火，屋裡溫暖如春，一點也不覺得冷。

林伊讓陸然也買一個，他在洞裡肯定更冷。結果陸然告訴她，自己早買了，在這方面，陸然是不會委屈自己的。

林伊本來打算在雜物間做溫室，可想想只是自家吃點菜葉，沒必要擺出那麼大陣仗。而且堂屋這麼大，又這麼暖和，還不如做幾個木架養在屋裡，長出來後還可以當綠植欣賞，一舉數得。

於是她在陸然的幫助下，做了兩個三層的木架，每層板子上都堆上了林土，種了點青蔥蒜苗、白菜菠菜，這些易打理的菜蔬。遇到天氣好出太陽，還能提出去曬曬太陽，做做日光浴，現在都冒出了頭，相信在年夜飯上就能看到它們的身影。

到了冬至這天，村裡家家戶戶都在殺豬，何氏和娟秀姨各給林家提了一塊豬肉，林氏又到趙嬸子家買了後腿的肉用來做醃肉。這也是南山村的風俗，冬至殺豬做醃肉，據說這天醃製的肉不僅肉質鮮美，而且不容易變質，放上一個冬天都不會壞。

眼看離年關越來越近，林氏打算做湯圓。過年吃湯圓，取全家團圓之意。

湯圓是用糯米粉做的，先用水泡上一天，再用小磨盤磨成米漿。林家沒有磨盤，林氏想著這東西很實用，以後會經常用到，便去村裡的石匠家訂做了一個。

這天石匠把磨盤送過來，林氏清洗乾淨後，安在專門用來放磨盤的長條凳上。把泡好的糯米端來，正準備和林伊一起磨成粉時，就聽見有人使勁拍打院門。

「好像是娟秀姨！」林伊對林氏道，起身開門將她迎了進來。

娟秀姨神色慌張地衝進來，對林氏道：「不好，林小山犯事了，衙役到村裡來了！」

屋裡的人事先毫無心理準備，乍聽此消息，都大吃一驚，不約而同地問道：「犯什麼事了？」

娟秀姨撫了撫胸口，略歇息，片刻道：「我也不知道，好像是殺死人了，那人以前還是他們鋪子的伙計。衙役剛才到我家裡了，讓我爹陪著到村裡人家訪訪，說是要瞭解他在村裡的情況，最先訪的就是大山家和你們家。」

「殺人？」林家三人全都瞪大了眼睛，完全不敢相信。

娟秀姨也很困惑。「衙役是這麼說的，我也不敢信，他哪像是敢殺人的，真遇到事跑得比兔子還快。」

林伊完全贊同娟秀姨，以林小山的精明奸滑，你說他詐騙還有可能，真要殺人恐怕沒這個膽量。

「多半是為了錢，別的肯定不能讓他拚命。」娟秀姨猜測道，又轉頭對林氏道：「管他呢，反正他是犯下事了，我爹讓我過來跟妳們說一下，讓妳們心裡有個底。妳們的斷親書呢？衙役來了就拿出來，可得把關係撇清了，別連累妳們。」

「收著呢，收得好好的，我這就去拿出來備著。」林氏慌得手都抖了，衝進裡屋找斷親書。

林奶奶嘴裡嘟囔著，眼淚忍不住往下流。

林伊咬著唇，在心裡盤算這件事對自家的影響。

自家和林家斷了親，在律法上沒有一點關係，而且衙役真要捉拿自家，不會找上村長，直接就會打上門來，不問青紅皂白鎖走再說。現在這樣，明顯只是例行調查，村長和鎮上的衙役關係不錯，定會為自家周旋，問題應該不大。

思及此，她鬆了口氣，安慰亂了方寸的林氏和林奶奶。

「別怕，我們和林小山斷了親的，他和我們沒關係。村長讓娟秀姨過來打招呼，只是讓我們有個準備，可別自己嚇自己。」

娟秀姨也反應過來，自己跑來一嚷倒製造了緊張，忙順著林伊的話道：「沒錯，沒錯，我看我爹也不是很慌張的樣子。再說若真有事，林大山和他們更親近，要是他們都沒事，妳們更不可能有事。」

林氏和林奶奶想了想是這個理，漸漸平靜下來。

不過這會兒沒心情做湯圓了，而且衙役來了，凳子橫在中間不方便。林伊便把東西收拾到廚房裡，把水燒上，等衙役上門給他們泡杯熱茶，祛祛寒氣。

接下來一屋子人沒心思說話，尖著耳朵聽院外的動靜。

過沒一會兒，院門再次被拍響，村長在門外大著嗓門吼。「小伊，開門。」

林伊對著屋裡幾人輕聲道：「他們來了，我去開門。」說完衝出去把院門打開。

院外除了村長還有兩個穿著制服的男人，其中一個年長點，看著很和善，一個年紀輕點，神情嚴肅，應該就是娟秀所說的衙役。

遠遠地還跟著一堆自願跟上來的熱心村民，一旦需要他們作證發言，他們就要挺身而出。

村長沒和林伊說什麼，直接把兩人請進堂屋坐下。林氏趕快奉上熱茶，惴惴不安地請他們喝茶，直說他們辛苦，這麼冷的天還要出來辦公。

那位年長的顯然明白是怎麼回事，掃了林氏一眼，笑著接過。「嫂子客氣了，妳們和林小山是一家人，我們只是例行公事來詢問情況。我聽劉村長說妳們和林家已經斷了親，沒來往了，那肯定牽連不到妳們，別怕。」

從他的嘴裡林伊知道了大致的經過。

事情的起因，就是賣地的那二十多兩銀子。

第七十六章

原來林小山待的那家鋪子有個伙計叫毛七，和林小山關係不錯。毛七有親戚在南邊跑海運，帶回來的貨又便宜又漂亮，全是內陸見不到的稀罕物。如果從他那兒拿貨回昌永縣賣，利潤起碼能翻十倍，簡直是暴利。毛七很想做這個買賣，可惜手頭沒錢。

林小山拿了錢一直想著做生意，和李氏商量來商量去，就是拿不定主意，不是嫌這個太辛苦，就是嫌那個利太薄，真能看上眼的本錢又不夠。毛七知道了就邀他入股，自己進了貨回來正好趕上過年，大賺一筆。

林小山為人謹慎，總覺得這麼高的利潤不靠譜，不願加入。

李氏聽說天下竟有這麼好的生意，二十兩銀子轉眼就變成二百兩，自家立時就變成了富貴人家，林小山居然不願意，也不曉得他是怎麼想的，哭著鬧著定要做這個買賣。

林小山被她唸叨得動了心，於是找到毛七提出和他合夥。

當初毛七找他的時候姿態放得很低，還許下各種承諾，現在風水輪流轉，林小山求上門去，他倒拿起架子，說了些酸話。但是林小山想到豐厚的利潤，都咬牙忍了。

哪曉得這樁生意根本就是騙局，毛七血本無歸，要不是臨時起意留了點錢，連家都沒法回。

林小山知道毛七回來後，立刻找上門。毛七將實情跟他說了，但林小山根本不信毛七的說法，認為毛七故意騙他錢財。

毛七將兩人之前寫的協議書拿出來，上面明明白白寫了，如果生意失敗，損失各擔。

林小山堅決不願意，自己什麼都沒做，平白無故二十兩銀子就沒了，要到衙門去告毛七。

毛七有苦難言，但的確是自己行事不慎，被人所騙，便向林小山求饒，答應想辦法籌措銀子，過年前定會還他二十兩本錢。

林小山發財夢碎，雖然恨極卻沒有辦法，只得無奈答應。

回到家後，林小山越想越不甘心，總覺得毛七故意坑他，難免長吁短嘆。他娘李氏知道了，立刻就要上門找毛七還錢。

林小山對於親娘的戰鬥力很有信心，覺得由她上陣不錯，就算要不到錢，鬧鬧毛七也能讓心裡舒服點。

於是一家三口重新殺回毛家，李氏從巷口就開始破口大罵，一直罵到毛家，引得左鄰右舍全都出來看熱鬧。

毛七自知理虧，不住求饒，並表示已經在籌措銀兩，會盡快還錢。

李氏覺得占了上風，更加咄咄逼人，不只要二十兩本錢，還要毛七承諾的十倍利潤。

啊。

毛七當然不肯，這二十兩他都不曉得要去哪裡籌措，還要他還二百兩，殺了他也沒有

毛七家人見狀跑出來求情，李氏見毛七妹子長得不錯，竟鬧著要把人家拉去賣掉抵債。那姑娘性烈，被人這麼羞辱當即就要自盡。毛七一怒之下拿出菜刀要跟李氏拚命，林小山和他拉扯間，竟失手將毛七砍成重傷，現在生死未卜。

而衙役上門，就是為了瞭解林家人在村裡的情況，看看他們平時為人如何，這也是日後量刑的一個依據。

眾人聽衙役說完，都嘆息不已。林小山拿了錢，不想著好好工作賺錢，只想走捷徑，又不肯承擔風險，最後惹來了這麼一大樁禍事。

「說穿了就是為利。」年長的衙役最後總結道。「人不能太貪，否則遲早出事。」

至於李氏這樣的人，那就不用說了，不鬧出事都不正常。

衙役問起兩家關係，林伊忙拿出斷親書給他看，並說和林家早沒了來往，在官府也備了案，林家人貧窮富貴和自家沒有關係。

那年輕的衙役接過斷親書，見上面寫著林家人虐待林奶奶，並有村人按手印作證，當即詢問是什麼情況。

林伊把事情經過一說，那衙役面露不快，責備道：「當初妳們為什麼不報官？這麼嚴重的惡行竟然私下和解，如果不是妳們對這種作奸犯科之人姑息縱容，也不會有現在這樣的後

果，說起來妳們也有責任！」

林伊聽得腦袋嗡的一聲，這是什麼邏輯？他們犯法傷人，竟要扯到自家頭上，沒這個道理吧？

林奶奶和林氏嚇得直哆嗦，她們當初沒有告官也有責任？是要把她們抓起來嗎？

村長立刻上前哈哈笑著打圓場。

「話不能這麼說，法律不外乎人情嘛，做人父母的又有幾個願意兒女坐牢受苦。再說當時他們的態度很好，發現自己錯了，我們也得給他們改過自新的機會是不是，誰會想到竟然糊塗到這個地步，犯下這等大事。」

年長的衙役感嘆道：「可憐天下父母心，心裡只希望兒女好，哪裡捨得他們受苦。」他轉向年輕那位說道：「這件事情，他們也是受害者，你看看這位婆婆，現在還不能起身吧？你就別嚇著人家了。」

年輕的衙役看著坐在床上蒼老瘦削的林奶奶，頓時不好意思道：「我一時氣憤說話重了點，妳們不要放在心上。不過以後不能這樣濫好心，縱容這等惡行。」

林氏和林奶奶連連點頭，表示絕不會再犯。

兩人又詢問了一些林老頭家的情況，便告辭離開。年長的衙役還安慰林家人。「妳們只管把心放肚子裡，這事牽涉不到妳們。」

林伊一時好奇沒忍住，脫口問他。「林小山會怎麼判？」

衙役道：「這得看毛七能不能活。毛七能活，林小山就能活；毛七死了，林小山就得殺頭，最好的結果也是流放。我們這次到他鋪裡調查，才發現惡行還不少，不只偷拿鋪裡的東西，還以次充好蒙混東家，現在他爹娘竟虐待親娘，這報上去了，他們一家輕鬆不了。」

林伊見衙役要離開，悄悄問村長用不用給他們好處。她被那個年輕衙役的話嚇到了，萬一他熱血澎湃，回到衙門裡把這事捅出來，衙門追究自家責任可不得了，她可沒本事和官府鬥。

村長掃了那兩人一眼，搖頭低聲道：「不用，我有分寸。」見她擔心，便安撫道：「沒事，我和老吳關係很熟，他說妳們沒事就沒事。」

老吳便是那位年長的衙役。

林伊見村長如此肯定，心裡也安穩下來。

林氏和林奶奶一直眼巴巴地看著他們說話，林伊忙做了個口形，告訴她們沒事了，僵直的兩人才放鬆下來。

村長一行人走後，林氏和林奶奶心有餘悸地坐在屋裡半天回不過神，最後林奶奶長嘆一聲。「是我的錯，當初如果報了官，這樁禍事就不會發生，小山不會殺人，也不會害毛七受傷。是我的錯。」

林伊不同意她的說法。「祖祖，妳怎麼能這麼說？妳這是給他們改過自新的機會，是他們不懂得珍惜，不知悔改，才會害人害己。是他們自己的問題，和妳沒有一點關係。」

見她們還在傷神，林伊忙把裝上磨盤的凳子從廚房裡端出來，招呼林氏和自己一起磨湯圓。

「娘，湯圓怎麼做？」說著對林氏眨了眨眼睛。

林氏立刻明白過來，笑道：「這個我也不太在行，得問妳祖祖，她做得最好吃，村裡沒人能贏過她。」

林伊笑著看向林奶奶。「祖祖這麼厲害，妳得好好教我，我也要做出村裡最好吃的湯圓。」

林奶奶知道林伊不想讓自己太難過，故意分自己的心。有這樣一心愛你的親人，又何必為那些無情的人糾結呢？

林奶奶打起精神，笑道：「這個簡單，等祖祖教妳，妳這麼聰明，包管一學就會。」

「祖祖，做黑芝麻餡的吧，我最喜歡吃了。」

「做，只要妳喜歡吃咱們就做。」祖祖笑道。「妳娘喜歡吃花生的，也做。」

「奶奶，妳最喜歡吃的棗泥餡，也要做。」林氏提醒道。

「再問問然小子喜歡吃什麼餡料的，咱們都做。」一說起做吃的，林奶奶立刻來了勁。

三人便開始猜測陸然喜歡什麼餡，妳一言我一語。又商量年夜飯要準備哪些菜，大家興致勃勃，沒心思去想林老頭一家三口的事情。

稍晚，林伊跑到村長家打聽事情的後續發展，才知道村長悄悄給兩個衙役一人封了一兩銀子的紅包，還把東子叔的籮筐圓匾選了幾個讓他們帶走，他們樂得不行。

原來這些人收好處不是見人就收，關係不到位你想送都送不出去。他們還怕你前腳送了禮，後腳去舉報他們，為了這點銀子丟了差事不值得。

至於林伊怕那個年輕衙役會去告發自家，村長說不必擔心。那人在衙門做事不久，為人正直，當時只是一時感慨說了那些話，絕對不會告狀，若上面真有質疑，他還會主動維護。

反而年長的老吳最難纏，他是衙門裡的老油條，最會說漂亮話，背後捅刀子卻毫不手軟，是出了名的笑面虎。

以前他從不會到南山村這種窮山溝，現在定是知道村裡賣竹器有了油水，才會過來。

村長一見到他來，心裡便有了數。這人不拿點好處，沒事都能攪出事來，言語裡向他暗示紅包已經準備好了，所以後面他才那麼善解人意。

不過這人有一點不錯，只要收了好處，就絕對會辦事。他說這事沒問題，那就肯定沒問題，比那種錢照收事不幹的強多了。

林伊拍拍胸口長吁口氣，忍不住道：「劉爺爺，真沒想到老吳看著和氣良善，卻心狠手辣，我擔驚受怕半天，倒是擔心錯人了。」

村長點點頭，向林伊感慨道：「是啊，看人不能光看表面，正所謂知人知面不知心。慢慢來吧，你們這些年輕人要學的還多著呢。」

林伊要把紅包錢補給村長，卻被村長拒絕。他是從心裡感激林伊，自打林伊家回到村子以後，諸事都順了，現在還福及鄉親。自己拿點錢出來解了這樁禍事，他很樂意。

不過林伊一再堅持，村長推脫不掉，只得收下。

不久後從縣城傳回來消息，毛七的命保住了，林小山和林老頭、李氏數罪並罰，被判流放。年後就要和府城的一批犯人一同押往北方，在待開墾的荒城做苦力。

村長偷偷找到林伊，說老吳找人帶話，若林伊家拿錢出來打點，可以讓林老頭一家日子好過點。林伊斷然拒絕，他們做錯事，這是衙門給的懲罰，他們就該受著。

林伊讓村長保密，千萬不要告訴林氏祖孫，萬一她們心軟願意拿錢，自己作為小輩不好阻攔。雖然自家家境益發寬裕，林伊卻不願花在他們身上。

而且這祖孫倆正在家興高采烈地商量怎麼過年，沒必要用這種事情壞她們心情。

林伊也春風得意。因為要過年的關係，她的小商品銷量大增，收益也更豐厚，錢包變得鼓鼓的，能過個豐足年了，心情十分美麗。

不只是她，村裡的竹器訂單也大增，其中「福」字圖案的筐匾需求最多。大家為了趕訂單，都披星戴月地幹活，趁著年關大賺一筆。其他人則忙著灑掃購物，整個南山村一片熱鬧祥和的歡樂氣氛。

林伊還收到了翠嬸子和小雲寄來的年貨，都是些長豐縣的新鮮玩意兒。梔子也讓翠嬸子帶來不少徐郎中做好的藥丸。

翠嬸子特別感謝林伊和小雲。現在翠嬸子娘家雜貨店的生意越來越好，把昌永縣差不多一半店鋪的供貨權拿到了，還不斷有鋪子和他們接觸，想讓他們供貨。光是這一片的銷量利潤，就已經超過他們家在長豐縣的雜貨利潤了。

林伊的回禮是兔子、野雞和蘑菇、木耳之類的山貨，梔子家還另有南山上比較珍貴的草藥。林伊跟著陸然在深山裡找了不少好藥材，全都攢著沒賣，這次也一併帶了過去。

第七十七章

轉眼到了臘月二十三過小年，林家人一大早就起來了，她們要把家裡全部清掃一遍。林奶奶行動不便，負責剪窗花，家裡清掃乾淨後，要貼在窗上。

她今天的任務很重，因為手藝好，村裡好多人家都找她預訂，這讓她很有成就感，吃完早飯就坐在床頭剪上了。

林伊和林氏正在收拾，穿得破破爛爛的陸然帶著虎子上門，他早就說了要來幫著打掃。

虎子前段時間被陸然帶到林家，林氏為牠煮了一大盆肉拌飯，成功地征服了虎子的胃。現在牠非常期盼到林家來，每次陸然一跟牠說回家，牠就蹦跳著跑來了。

是的，現在陸然已經把林家當成自己的家了，更把林家人當成了自己的家人。

林氏見陸然這麼早過來，忙關切地問：「你怎麼這麼早來了，吃早飯了嗎？灶上還有餅子，你去吃點。」

陸然也不客氣，笑著回道：「吃了，要是有餅子我還能再吃。」

林氏笑道：「那快去，虎子也愛吃，你撕點給牠吃。」

虎子聽到林氏說餅子的時候眼睛就亮了，跟著陸然跑進廚房，一會兒廚房裡便傳出了牠歡快的啊嗚聲。

林氏揚著聲問陸然。「小然，你家裡打掃了嗎？」

「我家裡天天都在打掃，今天不用特意打掃，待會兒回去掃掃地就成。」

難怪他的洞裡那麼乾淨，看來陸然還挺愛乾淨的，這也是個優點。

陸然個子高，主動承擔起房梁掃塵的任務，林伊給他摺了個船形的帽子扣在頭上擋灰塵，很別緻俏皮。林氏和林奶奶直誇好看，把陸然誇得又得意又不好意思，紅著臉抿著唇偷樂，勁頭十足地把房梁掃得乾乾淨淨，又被林氏和林奶奶好一通誇獎。

林奶奶還對陸然道：「小然，一會兒選幾個窗花回家去貼，你喜歡什麼樣的？我給你剪。」

陸然過去看了看，笑道：「祖祖剪的都好看，我都喜歡。」

林伊側目，這小子剛才吃的是蔥油肉餅嗎？是糖餅吧，嘴巴這麼甜，瞧把林奶奶樂的。

中午完成所有清掃後，一家人聚在一起包餃子吃。

令林伊沒想到的是，陸然擀麵皮的本事很不錯，擀出來的麵皮不僅圓圓的，厚薄大小還很均勻，不像林伊擀得奇形怪狀。陸然速度還快，眼花撩亂間桌上就堆起一疊。

陸然說以前和陸爺爺在一起時，都是他擀麵皮，早練出來了。

林伊自愧弗如，退下陣來和林氏包餃子。

這次除了傳統的韭菜肉餡，林伊還調了蘑菇蘿蔔肉餡。

蘑菇和蘿蔔用開水汆燙一下，撈起來後切成細細的顆粒，擠乾水分和肉末調在一起，煮熟後又鮮又嫩，比純豬肉餡的好吃多了。

陸然特別愛吃，他和虎子不喜歡吃韭菜，這種餡簡直太合他們胃口了。

林氏見他愛吃，反正家裡的乾蘑菇、蘿蔔多，吃完飯立刻調了一大盆，和林伊包了一堆讓陸然帶回山上吃。

到了晚上要祭灶神，傳說這天灶神會回天上復命，向玉帝彙報這家人一年的所作所為，玉帝會根據他的情報，決定他們來年的吉凶禍福。

世人怕灶神會對玉帝說不好的話，便供奉上麥芽糖，灶神吃了嘴裡甜蜜蜜，便只會說好話，而不會說他們的壞話，以求來年會有好的運道。

正所謂「上天言好事，下界降吉祥」。

入夜後不久，村裡四處都響起了鞭炮聲，這是村民在送灶神了。

林奶奶眯著眼仔細聽，不住點頭。「今年熱鬧，鞭炮買得多，聽聽，還在放呢，往年放幾聲就沒動靜了。」

林氏笑道：「今年大家手裡都有錢了，能過個富足年，多買點鞭炮圖個喜慶。」

「明年肯定會更好！」林奶奶笑道。

「可不是嘛，財往旺處走，明年大家的日子會更好過。」林伊也湊趣道。

大年三十這天，林伊睡到日上三竿才醒，她今天特意多睡了會兒，為晚上的活動養足精神。

照這裡的習俗，除夕夜年輕人都要去村外不遠的安福寺，聽新年鐘聲，燒正月初一的頭炷香，為家人祈福。

以往南山村窮，沒有多餘的錢買香求符，參加的人不算多。今年大家手頭寬裕多了，便都想著要去，前幾日就在村裡討論得熱火朝天，和相好的夥伴邀約著同行。

林伊和小慧兄妹、大強兄弟商量好了要一塊兒去。

林伊邊穿衣服，邊大聲問林氏。「娘，外面冷不冷啊？」

林氏笑盈盈地走進來。「今年真是啥事都順，今天天氣好，太陽都出來了，暖和得很，你們晚上走山路沒那麼冷了。」

林伊擔心的就是這個，前幾天天氣陰沈，不僅冷，風還大，她們一家人躲在屋裡都不敢出門。

要是今天還那樣，晚上走山路沒遮沒擋，凜冽的寒風嗖嗖颳，日子才叫難熬。

待林伊洗漱完，林氏把煮好的湯圓端來讓她吃，又準備好了熱水，讓她從頭到腳洗個遍，還特別交代兩隻腳要洗乾淨。因為民間有個說法，大年三十把腳洗乾淨，明年走到哪兒都能有好吃的。

林伊覺得這個說法太牽強，她實在不明白洗腳和好吃的之間有啥關係，把牙刷乾淨點好像還稍微說得通。不過她還是很認真的洗了好幾遍，萬一是真的呢？她也很希望走到哪兒都能吃到好吃的。

陸然到中午才過來，他也睡了懶覺，晚上他要跟著林伊一起去安福寺。

當初林伊只是禮貌地詢問他的意願，並沒抱希望。今晚是和小伙伴一起出發，陸然很少和他們來往，林伊覺得他肯定會斷然拒絕。

陸然卻仔細詢問她和哪些人一塊兒走，林伊扳著手指告訴他有小慧兄妹、大強兄弟，都是平時玩得好的小伙伴。

陸然聽到大強的名字，心裡一頓。

這個名字總被林伊掛在嘴邊，這個草藥大強說要這麼採……那個我認識，大強教過我……這個不能這麼做，大強說要這樣處理……

搞得陸然頗鬱悶，現在一想到他還要和林伊晚上走山路去寺裡，要一起燒香求符，立刻就說自己要去。

這完全出乎林伊的意料，她驚得張大嘴，愣愣看著陸然，半天回不過神。

陸然見她這副詫異的模樣，反問道：「怎麼了，有什麼不對嗎？」

林伊閉上嘴，不住點頭。「沒問題，你做什麼都對。」

陸然是帶著虎子來的，今天虎子也要跟著大家一起過新年。

陸然穿了一身暗紅色的新棉衣，臉上笑容洋溢，看著自信有活力，青春的氣息撲面而來。

這身棉衣還是林家祖孫三人共同完成。

當初決定給陸然做棉衣時，林氏專門交代林伊不能買暗沈的顏色，雖然陸然穿這類衣服確實很挺拔精幹，但過年要的是喜氣，得買紅色。

林伊心裡盤算了下，陸然顯然更適合深色，又要紅又要顏色深，那就暗紅吧，滿足了林氏的要求，陸然穿著也自在。

林氏覺得林伊說得很有道理，還在領口袖口鑲了一圈灰黑色兔毛，這是陸然送給她們的，林氏立馬就用上了。

林奶奶的手藝不是蓋的，在她帶領下做出來的棉衣暖和卻不臃腫，陸然身材瘦削，穿上顯得健壯很多。如畫的俊臉在灰黑色毛領的襯托下，更有種富家公子的派頭。

林奶奶在堂屋的火盆前坐著，見陸然和虎子進來，忙顫巍巍地站了起來。經過這段時間的調養，林奶奶的身子大為好轉，已經能走幾步了，只是胡奶奶還是讓她少走點，再養養。

她熱情招呼陸然。「小然，冷不冷？快過來烤烤，虎子也快過來烤烤。」

陸然走過去笑著答道：「不冷，出太陽了。」

林奶奶愛憐的理了理陸然的衣襟，上下打量著，不住稱讚。「不錯不錯，合適，剛好一身，明年再長高點就穿不上了。」

這段時間陸然又高了一截，越發英俊挺拔，眉清目朗。

不過林伊比他長高更多。現在家裡的伙食有油水，生活又規律，不用操心費神。林伊胖了一圈，都快和林氏差不多高了，站起來能到陸然肩膀，以前她可是只到陸然胸口處。皮膚也不再是病態的蒼白，而是白裡透紅，以前的焦枯黃髮也有了光澤，越發襯得一雙杏眼烏黑清亮，波光瀲灩，儼然是個嬌俏的荳蔻少女了。站在陸然的旁邊宛如金童玉女，特別般配。

她聽了林奶奶的話，笑道：「明年又做新的唄，過年就要穿新衣服，祖祖明年妳做一身大紅的。」

照之前大家商量好的，林奶奶做了身水紅色夾衣。起初她還不好意思穿，覺得太豔了，林伊和林氏鼓勵她半天，她才勇敢了一把。

陸然贊同林伊。「祖祖，妳穿紅色真的好看，特別精神。」

林氏出來附和道：「還特別喜慶，和頭花也相配，看著年輕了十歲呢。」

林奶奶被他們誇得眉開眼笑，摸著頭花樂個不停。

屋裡暖和，陸然的棉衣穿不住，他脫掉棉衣掛好後，便向林奶奶、林氏拜年。還讓虎子前掌交握做拱手狀，這是陸然教牠的拜年姿勢，大家被牠的憨態惹得哈哈大笑，直誇虎子聰明。

林奶奶摸出大紅包，給林伊和陸然一人發了一個，裡面裝了五十文銅錢，拿在手上沈甸甸的。至於虎子麼，林奶奶給牠準備了兩根肉骨頭，保管讓牠滿意。

林氏見了，拿出自己的紅包，要發給他們，陸然忙推辭。「嬸子，不用了，祖祖給了。」

林氏堅持遞給他。「這是嬸子的，大過年的，你可不能說不要。」

陸然只得笑著接過來。

林氏追問他。「今天吃湯圓了嗎？早上起來洗澡了嗎？」

陸然一一回了，他吃的湯圓是林家人包好讓他帶回山上的，和林伊一樣，他喜歡黑芝麻餡的。

有陸然在，門口貼對聯、貼福字、掛紅燈籠的工作就歸他了，誰讓他個子高呢。

林氏交代陸然貼完對聯，陪林奶奶聊天，堂屋桌上有小吃食，讓他不要客氣，隨便拿來吃。

那幾盤小吃食裡，除了林氏做的花生糖，還有村裡人送來的瓜子、花生和幾樣糕點。

自竹器生意做起來後，村裡人有了底氣，都各顯神通做點小買賣，能掙一個是一個。

這就像人一樣，一脈通則諸脈皆通，現在整個南山村都有了活力與生機。

送瓜子、花生的這家平時就愛炒著自己吃，味道很不錯，不過量不大，就家裡人解解饞。眼見年關到了，大家都會買，乾脆炒了很多到集市上賣，掙點小錢。

做糕點的那家媳婦平日就喜歡料理，以前沒錢，食材又貴，只過年試著做做。見做炒貨的生意不錯，也做了糕點在集市賣，分量足味道好，比鋪子裡的便宜，很受歡迎。

他們感念是林家帶來的福運，才使得村裡日子好過，便每樣選了點送給林家，聊表謝意。

林伊抓了把瓜子、花生到陸然兜裡，看了會兒他貼對聯，就到廚房裡和林氏準備年夜飯。

今天的菜譜是林伊和林氏商量著定的。

首先得有魚，年年有餘嘛，而且還得全頭全尾，完整的一條。林伊便說做糖醋鯉魚，反正家裡的人都喜歡吃糖醋味。

排骨不燉湯，做成糖醋排骨，紅亮油潤的排骨炒好後撒上星星點點的白芝麻，看著就很有胃口。

湯則是野山雞燉蘑菇，住在大山下，山貨肯定不能少，這道湯營養又美味，大家都愛吃。

加上馬鈴薯燒肉、蒜苗回鍋、醃燻肉和幾道素菜，比陸然第一次來家裡吃飯的菜還多。好在年前林伊早有準備，在鎮上買了張大圓桌，肯定都能擺下了。

這次林家還準備了酒，不是一般白酒，是萬能的林奶奶自己釀的米酒。

以前家裡飯都吃不飽，哪裡有糧食做酒，林奶奶很久沒有施展手藝了，這次便打起百倍的精神做了兩小罈。

米酒酒精濃度不高，甜滋滋的，還沒做成林伊就惦記上了，做好後經常趁家裡人不注意偷喝幾口。不過她喝酒後臉紅紅，每次都會被林氏及時抓到。

就行。

林氏早上放了話，今天過年，隨便她喝，喝多了就去睡覺，只要不耽誤晚上去寺裡燒香

值得一提的是，今天做菜所用的蔥蒜苗和青菜都是林伊從菜架上摘的，這讓她很有成就感。因為長勢很好，她還給何氏一家和娟秀姨一家送了點去。

陸然做完事也不歇著，到廚房裡要幫著林氏做菜，林氏堅決不肯，把他往外推。

林伊怕他枯坐著不自在，便拿了一堆蔥蒜苗給他，讓他理乾淨，他高興地接過去了。

他擰著眉專注地剝蒜摘蔥，光看神情彷彿是在精雕細琢著玉器。

林氏悄悄跟林伊誇他。「瞧瞧小然，做事多認真，以後肯定會過日子。」

林伊看了看，確實如此。她忍不住偷笑，這些蔥蒜如果有靈，肯定會被他深情的目光所感動。

天色漸晚，一大桌年夜飯也準備好了，待林家人去祖墳祭拜回來後，陸然將院門口房簷下的紅燈籠全點上。整個院子被暖融融的燈光所籠罩，立刻有了節日的喜慶氣氛。

這時村裡的鞭炮聲此起彼伏地響起，林伊忙抱出鞭炮讓陸然放。荒地上立刻響起一片噼哩啪啦的脆響，林家的年夜飯也要開吃了。

第七十八章

林伊和陸然在院外放完鞭炮，便跑進屋裡，林氏將桌上的紅燭全點亮，屋裡頓時燭光閃爍，變得亮堂堂的。

「手洗了幫著端菜。」林氏把林奶奶扶到桌前坐下，安排兩人做事。

兩人忙跑進廚房舀水洗手，把做好的菜一樣一樣端出來擺在圓桌上，偌大的圓桌竟也擺得滿滿當當。

林伊拿個盆子裝了大骨頭端給虎子，虎子立刻衝上去抱著一通亂啃，尾巴都快搖上了天。

林奶奶和林氏看著滿滿當當的餐桌，高興得直抹眼淚，她們從來沒有想過有一天，自己面前也會有整雞整魚、大塊大塊的肉和甜甜的米酒。

「以前過年最多殺隻雞切點醃肉，蒸兩條山溪魚，再弄點豬肉炒幾顆雞蛋，哪有這麼充實，夠我們吃好幾天了。」林奶奶感慨道。

林伊接過話頭道：「這是年夜飯，肯定得有餘有剩。」她抱住林奶奶的胳膊，許下豪言。「還會更好的，山珍咱們有了，明年再來點海味。」

「行行，明年咱們吃海味，我還從來沒吃過，老婆子也長長見識。」林奶奶連連答應，邊擦眼角，邊叮囑眼淚汪汪的林氏。「明天大年初一，可不能再掉眼淚。」

林氏不好意思地答應，拿出個小酒罈遞給林伊，讓她把每人面前的小碗裡倒滿酒。大家一起舉碗，祝願以後的生活更順暢更美好，家裡人都健康平安。

林伊念著林奶奶的米酒很久了，前幾次只偷喝了幾口沒有盡興。她一口氣將祝福酒喝完，菜都沒來得及吃，又連著喝了兩碗才放下碗來，還舔著唇，心裡直呼痛快。

誰知她酒一下肚，臉上頓時緋紅一片，在搖曳不定的燭火映照下，嬌美豔麗得如同盛開的海棠花。

林氏和林奶奶則不如林伊明顯，臉只微微發紅，而陸然喝再多都沒反應，眼睛還越喝越亮。

陸然看了看林氏和林奶奶，又看了看林伊，心裡很是不安，擔心地問林氏。「小伊沒事吧，臉紅成這樣……」

林伊前世酒量很好，沒料到這世竟然三碗下去眼神就迷離了。聽到陸然的問話，斜著眼睛回他。「沒事，這酒和糖水差不多，能有什麼事。」

林氏也沒想到她酒量這樣差，見她看人都飄了，趕快把她的酒碗拿開，溫聲勸道：「小伊，別喝了，待會兒還要和小慧一塊兒去寺裡，吃菜吧，這麼多菜呢。」

林伊思緒已經開始混亂，她掃了一圈桌上諸人，竟發現他們的臉模糊不清，說話聲也似乎是從隔壁山頭傳來，飄飄渺渺的。

她猛地驚醒過來，原主是個酒倒啊，一見酒就倒！前幾次偷喝都沒發現，現在多喝了點反應竟這麼大。不能這麼下去，得趕快想辦法醒酒！

林伊立刻扶著桌子起身，對林氏道：「娘，我去……去洗把臉。」也不待林氏回答，搖搖晃晃地走向廚房。

陸然看她腳步踉蹌，很不放心，忙放下筷子，說了聲。「我去看看她。」快步追了過去。

本來打算跟著林伊去廚房的林氏見了，重新坐回座位，寬慰一臉擔心的林奶奶。「沒事沒事，洗把臉就沒事了，她沒喝多少。」

廚房裡，林伊拿起洗臉盆，想洗把冷水讓自己清醒一下，見陸然進來很奇怪，費勁地問他。「你進來幹麼？你去……吃飯吧。」

陸然不答話，接過她手中的盆子，從水缸裡舀了冷水倒進洗臉盆裡，端到她面前。轉了圈沒看到洗臉巾，想問問她，卻見她手撐著灶沿，望著前方兩眼發直，乾脆摸出自己的手巾浸入水裡。

手一伸進水盆，陸然就感覺到刺骨冷意，手不自覺地輕顫，他攪了攪水，略適應後擰乾手帕。

看著林伊紅撲撲的臉蛋，陸然躊躇了一下，才將手帕遞給林伊，溫聲道：「來洗臉。」

林伊自覺很清醒，只是手腳似乎不太聽使喚，對方說話也要想想才明白是什麼意思。

她抬頭看了陸然一眼，又看了看手巾，瞭然地點點頭，接過來覆在臉上，撲面一陣冰冷入骨的水氣頓時讓她打個寒噤，思維似乎開始加速。她用力擦了兩遍，長吁出一口氣，好舒服啊！

她正待再擦，陸然從她手裡取下變得溫熱的手巾，在冷水裡搓洗擰乾，剛拿起來林伊的手就伸過來，想接過去再洗一把。

陸然就勢抓住她的手，用冷手巾輕輕擦拭她的手。

林伊沒防備，下意識想抽回手，陸然緊緊握住，低低道：「別動，我給妳擦手，臉洗一遍就行了，水太涼，別被冷氣驚著。」又輕聲問道：「有蜂蜜嗎？」

林伊胡亂地搖著頭，沒買！

陸然將她的雙手擦拭一遍，就在碗櫃裡找蜂蜜。確實沒有，只得調了碗淡鹽水讓她喝。

林伊喝了一口癟著嘴不肯再喝，太難喝了！

陸然不勉強她，接過碗低下頭問：「好點沒有，還難受嗎？」

林伊抬起臉對他傻呵呵地笑。「頭還有點暈，不難受。」

昏暗不明的燈火跳躍在林伊迷離的眼神中，竟似蘊含著萬千情意。陸然的心一跳，臉唰地紅了，忙轉過身收拾灶臺，不敢再看她。

林伊發了會兒呆，覺得自己完全沒問題了，轉身回了堂屋，陸然緊緊跟在她的身後。

林氏站起來關切地問道：「不難受了吧？快坐下。」

林伊點點頭，不好意思地道：「都怪我瞎喝酒，害你們飯都沒吃好。」

她現在神智慢慢歸位，屋裡的人能看清楚，說話聲也在耳邊了。

林氏笑著寬她的心。「這有啥，說明妳祖祖的米酒味道好啊，好喝得停不下來。是不是，奶奶？」

林奶奶早知道林氏想撮合林伊和陸然，現在見陸然這麼緊張林伊，心裡很高興，笑咪咪道：「喜歡喝就好，下次不放酒糟，給妳調這個味兒的糖水喝。」

她挾了一大塊排骨給陸然。「辛苦小然了，你不是最喜歡糖醋？小伊專門做的糖醋排骨，香得很，快嚐嚐。」

陸然挾起排骨大口吃著，卻辨不出來是什麼味道，眼前晃動的全是林伊那張嬌憨的笑臉。

因為是年夜飯，大家也不著急，邊吃邊聊，菜冷了就端回廚房裡熱了繼續吃。

不過這次聊天林伊沒怎麼參與，雖然她覺得酒勁退了，卻還是有點後遺症，不愛說話，就埋著頭猛吃，只時不時抬頭看一眼說話的人。

她的眼睛因為酒意似含著一汪春水，看人卻呆呆的，要定定地看一會兒，才流轉著眼波緩緩挪開，那眼神竟像長了勾子，異常魅惑誘人。偏她絲毫不知，一臉天真無邪，看得林奶奶和林氏膽戰心驚，兩人低聲商議，千萬不能讓她在外面喝酒，這是要惹事啊。

陸然被看得心慌意亂，她目光移走後常常忘了接下來要說什麼，心裡也下了決定，等會兒吃完飯一定要找機會提醒她，以後儘量不要喝酒。

經過這頓年夜飯，林伊的喝酒之路基本已被封死。

夜色漸濃，大家也吃得差不多了，林氏把林奶奶攙到椅子上坐下，和林伊、陸然一起收拾桌子，洗碗掃地，這些都要在今天做完。明天是大年初一，不能掃地，不能倒垃圾，總之，要往外扔東西的事都不能做。明天財神要到各家來逛，萬一不小心把財神財氣掃出去了可怎麼好？

這時候的林伊已經完全清醒，知道剛才自己出了糗，懊惱得不行，可事情都發生了，能怎麼辦，只能裝傻充愣唄！

她在心裡發誓，以後再也不瞎喝酒了，最多只喝一兩口！

不久後，陸續有小孩子成群結隊地到林家來拜年，林奶奶準備了很多小紅包，來者都有份。

看著這些穿戴一新、說著吉祥話的小傢伙，林奶奶高興得不得了，讓林氏抓糖果給他們吃。

丫丫也跟著一群小姑娘跑來了，林伊專門給她封了個大紅包，悄悄塞給她，還把她的兩個兜裡都裝滿了糖果，喜得丫丫烏黑的大眼睛亮閃閃的。

待拜年的小傢伙們都走了，幾人圍坐在火盆前，在院外此起彼落的鞭炮聲中吃零食聊天。

林伊很想看看陸然嗑瓜子吐瓜子皮的畫面，抓了一把瓜子遞給他。陸然抬眼看了看，輕輕搖頭。「我不吃，妳吃吧。」

林伊不甘心，把這瓜子好一通誇讚，讓他無論如何也要嚐嚐。

陸然聽得好笑，只得接過。「妳要吃嗎？我幫妳剝。」伸手拿了個盤子，認真剝起來。

他的手指很靈巧，也很有力氣，隨著一聲聲喀喀脆響，盤裡便鋪了一層瓜子仁。

林伊早忘了最初的目的，眼巴巴地望著陸然。

暖黃的燭光微微跳動，為陸然俊挺的側顏打上了柔和的光。

他嘴角輕輕勾起，眼中氤氳著難以言說的溫柔。

恍惚間，林伊竟希望自己能化身為他手中的瓜子，被他捧在手中……

不對，我在想什麼！林伊被自己的想法一驚，當即紅著臉甩甩頭，想要將這荒謬的念頭趕出大腦。

當真是喝醉了，什麼都敢亂想，這酒真不能再喝了。

陸然看她一眼，把盤子拿起來，示意林伊伸出手，將一盤子的瓜子仁全倒在她手裡，輕笑道：「等急了嗎？先吃著，我再剝。」說完抓了一把埋頭繼續剝。

林伊低著頭，努力不讓陸然看見自己的羞態，默默地嚼著口中又香又脆的瓜子仁，幸福得都要流淚了。
她正感嘆著瓜子的美味，就聽見陸然幾不可辨的聲音。「妳以後別在外面喝酒。」
這正是林伊心中所想，她毫不猶豫地點頭答應。「我知道，我保證在外面滴酒不沾，在家裡也只過年過節喝一點點。」
陸然抬起頭嘉許地看她一眼，溫柔道：「妳想吃多少，我都幫妳剝。」
越接近十二點，村裡的鞭炮聲越密集，林氏提醒坐在一旁說說笑笑的林伊和陸然該準備出發了。
「小伊，時間差不多了，還有段山路要走，早點走，路上慢點。」
兩人忙應了聲，拍淨身上的花生瓜子屑起身收拾。
陸然簡單，穿上棉衣就行。
林伊麻煩點，要梳頭打扮換衣服。
她走進裡屋，換上新做的粉紅棉襖。
林氏沒給她做當初商定的水紅色，而是和何氏研究了一番，給她和小慧、丫丫一起做的淺粉紅，樣式也完全相同，領口和袖口都鑲了一圈灰白色兔毛。
她此時穿上，一張小臉埋在蓬鬆的毛皮領裡，更顯玉雪可愛，嬌俏動人。
林氏給她梳了個雙丫髻，綁上和衣服同色的頭繩，別了一串小紅燈籠髮簪，兩耳也掛著同款耳墜，看著喜氣又別緻。

這是翠嬸子送給她的，小慧和ㄚㄚ都有份，今天她們三姊妹商量好了要做同樣的打扮，走出去肯定會吸引眾人目光。

堂屋裡陸然已經收拾妥當，正在桌前把剝好的瓜子仁裝進一個小袋子裡，見林伊出來，把小袋子遞給她。「帶著路上吃。」

林奶奶煞風景地提醒道：「別吃多了，小心上火。」

林伊把袋子揣兜裡應道：「知道了，一會兒和小慧、ㄚㄚ分著吃。」

陸然聽了，抿抿唇，低下頭沒吭聲。

林伊一下反應過來，這是陸然辛苦剝了一晚上的，慷他之慨請別人吃不太好，忙改口道：「算了，我只吃一點，其他的我收好留著明天再吃。」

陸然抬眼對她笑了笑，另外拿個袋子裝了兩副碗筷放進兜裡，今天晚上安福寺要免費請大家吃湯圓，不過得自帶碗筷。

林伊早就聽大強說過，安福寺的湯圓非常好吃，只有每年除夕才會做，平時吃都吃不到，內心很是期待，不知道有沒有林奶奶做的好吃？

林氏提了兩盞燈籠，交給兩人。「提好了，路上看著點。」想說別扭到腳，又覺得不吉利，便把話頭嚥了下去，一再叮囑兩人走慢點，小心腳下。

正說著，院外響起大強的叫門聲。「小伊，小伊！」

林氏忙催促兩人出發。「快走吧，大強來叫了。」

虎子蹦跳著嗚嗚叫著想跟他們走，可今天的活動不方便帶牠，林伊蹲下身好聲好氣地解釋。「今天要去寺裡燒香，要走很長的山路，還有很多小伙伴一起，不方便帶你去，你在家陪祖祖好不好？」

可惜虎子不買帳，眨巴著大眼睛委屈地望著她，看得她心都軟了，很是為難。

陸然見了，對虎子叫了聲。「虎子，聽話。」

見虎子立刻乖乖地趴在地上，陸然放柔聲音。「回來給你帶好吃的。」

虎子又瘋狂地搖尾巴，林伊稀奇不已，難道虎子聽得懂陸然說的話？

解決了虎子這個小麻煩，兩人忙出門和大強會合。

第七十九章

大強今天也是一身紅色新棉衣，手裡提著大紅燈籠，他這段時間高了一截，看著不比陸然矮多少。而且和娟秀姨越長越像，越發斯文清秀，在村裡的同齡人中很是出眾。初識時，林伊以為他不愛說話，這段時間朝夕相處，才發現他竟是活潑的性子，只是在不熟的人面前不愛吭聲。

見林伊出來，大強歡笑著叫她。「小伊，走！咱們叫小慧、丫丫去。」再見到後面的陸然，大強笑容頓了頓，含糊地招呼道：「一塊兒啊。」

他早聽林伊說，陸然要和他們一起走，雖然覺得和他不熟，有點不太自在，不過也沒反對。

陸然朝他點點頭，淡淡地嗯了一聲，以示回應。

林伊見只有大強一人，邊朝前走邊好奇地問道：「小壯呢？他不去嗎？」

大強順勢走到林伊身邊，向她解釋。「他先去小慧家等著，丫丫著急得很，已經來我家催過一次，我們收拾好他就過去了，我來叫你、們。」他看了眼陸然，加了個「們」字。

他側臉看著林伊笑道：「妳和丫丫穿得一模一樣，戴的小燈籠都一樣。」

「小慧姊也和我們一樣，我們商量好了這麼穿。」林伊摸著耳朵上的小燈籠頗為自得。

「這小燈籠真好看，和妳提的燈籠很配。」大強看著她的耳朵讚道。

「我也覺得，是長豐縣的翠嬸子送給我們的。長豐縣的人就是會想，做的東西又漂亮又特別。」林伊含笑跟他解釋。

「我和小壯、小柱哥的衣服也是一樣的。」

「我的天，我們這堆人一塊兒走出去那不是很惹眼。」

「何嬸子和我娘一起買的布料，一塊兒做的，說就是要惹眼。」

林伊不由暗笑，這真是大娘們的惡趣味，就喜歡把孩子們打扮得一模一樣看著好玩。

兩人邊走邊聊得火熱，陸然默不作聲地跟在旁邊。見林伊和大強有說有笑的，沒來由胸口發悶，可這樣的話題他插不進去，只能老實聽著。

在屋裡烤著火很暖和，出來走幾步就覺得冷了，特別是提燈籠的右手，一下變得冰涼，露在外面久了冷得發疼。

陸然發現林伊不住地用左手去搓右手，嘴裡還低聲嘀咕，早知道做雙手套了。

他知道林伊小時候吃了很多苦，身上寒氣重，特別怕冷，大熱天手都冰涼，現在肯定很難熬。

見林伊哆哆嗦嗦，陸然突然湧起一股衝動，想上前把她的手握在掌心裡捂熱，卻明白不能這麼做，只能在心中想想。

他一伸手把林伊的燈籠提了過來，舉在林伊面前，替她照亮。

林伊沒提防，「啊」的輕呼一聲，抬頭看向陸然。

陸然眼望前方，語氣自然道：「我來提吧，妳把手放進兜裡。」

林伊有點不好意思。「你手不冷嗎？」

「我習慣了，不冷，手快放進兜裡。」陸然催促道。

林伊紅著臉心裡卻甜蜜蜜，被人關心的感覺真好。

大強被陸然的舉動驚住了，他掃了陸然一眼，再見到林伊果然聽話地把手放進兜裡，心裡發澀，暗暗懊悔，自己怎麼沒有先想到。

他對林伊是有好感的。和林伊相處越久，越發現林伊不像開始所想的那樣凶悍不講情理，反而有很多優點。不僅腦筋快，做事乾脆爽利，說話風趣活潑，見多識廣，還通情達理，很會照顧人。

如果沒有她替東子叔想法子，沒有她家親戚幫著拉線，村裡的日子不可能這麼好過，可她卻從來沒有以此為傲，平時提都不會提。

更重要的是，每次她用那雙烏溜溜的眼睛專注地望著他，認真聽他說話，他就一陣陣心悸。

加上這段時間林伊長高了，不再是個乾瘦的小丫頭，長成了嗔怒皆宜的青春美少女，少年的心裡就不受控制地填滿了她的身影，每天都想待在她身旁，聽她說話，看她開心歡笑。

他知道陸然和林伊走得近，可他覺得自己並不輸陸然。論外形，兩人相差無幾；論交情，自己和林伊相處也很愉快，論到家世，陸然根本沒法和自己比，自己有個當村長的爺爺，娘親還和林嬸子交好，如果兩人同時向林伊提親，他相信林嬸子肯定會選擇自己。

只是眼下見兩人似有種難言的默契，他頓感失落，一下失去了繼續聊天的興致，把燈籠往林伊面前挪了挪，輕聲道：「快走吧。」

此時的南山村，家家戶戶院裡院外都掛滿了紅燈籠，整個村子被紅彤彤的燈光包裹著，發出朦朧光輝，伴著不絕於耳的鞭炮聲和孩童奔跑打鬧的嘻笑聲，特別熱鬧喜慶。

不時有一盞盞燈光如同飛舞的螢火蟲，從院裡飛出匯聚到村外跳動的燈流裡，一路蜿蜒向前，那是性急的小子姑娘們向安福寺出發了。

三人加快腳步往村口走，小慧兄妹三人和小壯各提一盞燈籠等在門口，見他們來了，招呼一聲也加入到燈流裡。

幾人很自然地分成了兩排，小慧、小柱、小壯在前面走，林伊三人跟在後面，丫丫則跑上跑下，在兩排人之間蹦跳不停。

他們邊走邊聊，小柱和小壯偶爾會主動向陸然提問，如林伊所料，陸然總是淡淡地簡單回答，卻沒有紅臉的跡象。

路上不斷有人超過他們，又慢慢落後，藉此打量陸然，然後和同伴竊竊私語，他好多年沒參加過村裡的活動，沒想到這次居然會露面。

陸然並不在意別人的目光，邁著大長腿悠閒自得地走在林伊身邊，彷彿漫步在自家的花園中。

林伊卻不太自在，眼看大家都提著自己的燈籠，連丫丫也不例外，偏自己空著雙手，在眾人中特別違和。

「燈籠我自己提吧，我不冷了。」她小聲對陸然道。「走山路還會發熱。」

今天晚上確實不太冷，和這麼多年輕人走在一起，前後都是嘰嘰喳喳的聊天聲和朗朗的笑聲，又有暖暖的燈光照明，山裡的空氣似乎都有了溫度，心情也不由開心雀躍。

陸然便把燈籠提給她，囑咐道：「冷就跟我說。」

林伊忙點頭接過。

一直走在旁邊的大強見狀鬆口氣，重新活躍起來，向林伊介紹道：「妳看山上掛的燈籠，是我爺爺讓人上去掛的，給我們走山路照亮。」

林伊望向山坡，隔不了幾步，山坡的樹枝上便掛著一盞紅燈籠，和山路上跳動的燈流相互輝映，把山路照得亮堂堂的，不由讚道：「劉爺爺想得真周到。」

「我爺爺說，明年開春還要找人把前面的爛路修好，現在這樣運送東西太麻煩。其實我爺爺早就想修，可惜以前沒錢；現在村裡做竹器有錢了，到時候去鎮上多找幾個零工，最多半個月就能修好，進出都方便。」

這是林伊一直所期盼的啊，劉村長太給力了，全心全意替南山村著想，真該頒給他大大的牌匾表揚一下。

「錢夠嗎？修路很花錢的，如果不夠可以在村裡籌。」林伊問道，這是對大家都有好處的事，大家都應該出力。

「我爺爺說到時候再細算，如果生意一直這麼好，應該差不了多少。」

竹器生意村裡會收取一定的管理費，作為村裡的公共資金，修路用的就是這筆資金。

「我覺得肯定會更好，名聲打出去了，會有更多的商鋪找上門來。」林伊有信心。

她甚至覺得可以不侷限於做籮筐圓匾，竹器編織的天地可寬廣了。

一路走一路聊著天，不知不覺中，身上也不冷了，還出了一層薄汗，而安福寺就在前方了。

安福寺離南山村不遠，走了差不多半小時後有一個緩坡，坡頂是個大平壩，安福寺就坐落於此。

小慧回頭招呼他們跟上，率先走上了緩坡，越往前行坡度越緩。走了不到十分鐘就看見前方掛滿了紅燈籠的安福寺，在墨藍的夜色中散發著溫暖的光輝，為平時古樸莊嚴的寺院平添了幾分喜氣。

安福寺不大，歷史卻很悠久，據說存在了幾百年。寺外有些零星的田地，和尚們就靠著種植這些田地，和附近幾個村裡人添的香火生活度日。

一直以來，山村人都很窮困，少有餘錢供奉佛祖，所以和尚的日子也難過。

不過每到過年，只要不是窮得叮噹響的人家，都會攢點錢來燒炷香為新年祈福，安福寺便想盡辦法吸引他們前來。

過年送湯圓就是他們的方法之一。

好在這段時間南山村有錢了，平時就不斷有信徒前來燒香捐功德，相信今天晚上肯花錢的人更多，畢竟只要能為親人求得平安幸福，花再多的錢都願意。

幾人走到寺前，只見寺門大開，不斷有人結伴而入，大部分是南山村人，還有些別村的年輕人。

林伊一行人走近門口，就吸引住眾人的眼光，主要是他們的打扮太亮眼了，想不讓人注意都難。

陸然和大強接受的注目禮最多，兩人眉目俊秀，身姿挺拔，氣質出眾，惹得外村的小姑娘們對著他們指指點點，急切地向周圍人詢問這兩人是誰。

待知道大強的爺爺是南山村村長後，他身上的目光便聚攏得更多，也更加熱辣，以至於後來他家的門檻都快被媒婆踩斷，由此可見，這次安福寺之行他有多受歡迎。

陸然對這些眼光見慣不驚，仍然走得氣定神閒，倒是大強招架不住，紅著臉埋著頭直往院裡衝。

此時院子裡的一個大鼎內插上不少炷香，空氣中煙霧繚繞，好聞的香味四處飄散。

小慧見不少人已在院中的請香處排隊，連忙轉過頭對林伊叫道：「快點，我們也去請香。」

「咱們現在先請，要不新年的鐘聲一敲，請香處人更多，請都請不到了。」大強和小壯立刻贊同，他們年年都要來，對這些流程很熟悉。

林伊將手裡的燈籠插在院裡的一個柱子上後，和他們一起小跑著奔到請香處。

請香處人雖不少，卻很安靜，沒有人高聲說話，林伊等人也忙噤聲，耐心等待。

約莫排了一刻鐘，林伊終於請到香。

幾人在院中會合，去各處殿裡逛了逛，此時已有人在跪拜了。

林伊今天的心願是林奶奶、林氏生活幸福，身體健康，至於自己麼，那就發財發財發大財！

她好奇地問陸然。「你今天求什麼？」

「和妳一樣。」

「和我一樣？你知道我求什麼？」林伊大為驚訝，轉瞬就恍然。「哦，你也求發大財？」

陸然轉頭盯了她一眼，又緩緩轉過頭，吐出兩個字。「不是。」

陸然這眼神是不高興了？林伊被他看得心虛，不由捫心自問——難道我求發財不對？

不過她馬上理直氣壯起來，想發財很正常嘛，不信隨便找人問問，十個起碼得有九個求的是發財！

這時大強低聲招呼他們。「出去吧，時間差不多了。」

幾人重新回到院裡，院裡已經站滿了人，都在等待新年鐘聲的敲響。

咚、咚……

隨著一聲聲肅穆悠遠的鐘聲響起，新的一年如期而至，大家紛紛點燃炷香，誠心為親人祈福。

林伊排隊等著在佛前許願，身旁的陸然輕聲叮囑。「妳自己也求平安健康。」

「咦？」林伊看向他。

「求平安健康。」陸然望著前方重複。

「好吧。」這裡顯然不適合和他爭執，林伊只得悶聲答應，不過求平安健康也挺好，是多少人求而不得的奢望。

輪到林伊跪拜，她虔誠祝願——祝祖祖、娘親生活幸福，身體健康，自己平安健康，發大財吧！

陸然神情嚴肅地在林伊旁邊請願，嘴裡還唸唸有詞，看得林伊瞠目結舌，沒想到他的跪拜姿勢還很標準呢。

一個一個大殿拜完，每個功德箱裡也捐了功德。幾人又來到賜符處，這裡的護身符都是寺裡的住持大師加持過的，據說很靈驗。

只是今日太多人來上香，護身符數量不多，這會兒已經所剩無幾，再晚一步就沒了，幸運的是他們這一行人全都求到了。

「我們真是好運，再晚點就沒了。」小慧滿臉是笑，慶幸不已。

「這叫開年順，今年定會日日順，事事順！」林伊也很高興，興奮地對小慧說道。

「走啦，咱們去吃湯圓！」大強見人潮向後院湧去，連忙打斷她們的對話，拉著幾人隨著人流前行。

第八十章

後院燈火通明，這裡和前面的肅穆安靜不同，熱鬧非常，安福寺就在這裡請大家吃湯圓。

院裡柴房前搭了兩個臨時大灶，灶前排起了長長人龍，大家拿著碗等著舀湯圓。院子各處還散亂地站著人，他們大都已經舀到了湯圓，圍在一起細細品嚐。

林伊和丫丫跑到兩個灶前探查，只見其中一個灶裡的火燒得正旺。大鍋上熱氣蒸騰，鍋裡的水正翻滾著，咕嘟咕嘟直冒泡，顯然水已經開了，馬上就要下湯圓。

林伊向後面等著的小慧做了個手勢，小慧忙和幾人排在這支隊伍的最後，林伊和丫丫也跑過來排在他們後面。

很快湯圓下鍋，空氣中瀰漫著醉人的甜香，隊伍開始向前移動，舀湯圓的師父動作麻利，沒多會兒就輪到了他們。

那位師父一臉喜氣，邊舀邊說著祝福的話，大家笑著高聲回應，氣氛熱鬧又祥和。

安福寺的湯圓還不小，雪白晶瑩，大小勻稱，一人能分到四顆。四季平安、四季發財都說得通，是個吉祥的數字。

湯圓餡有黑芝麻、冰桔和棗泥三種，隨機舀給各人。

林伊看著碗裡的湯圓，悲哀地發現自己運氣不好。透過半透明的粉皮能看到有兩顆餡是褐色，有兩顆是淡粉色，是她最不喜歡吃的棗泥、冰桔，她喜歡吃的黑芝麻一顆也沒有。

小慧和ㄚㄚ運氣比她好點，各有一顆黑芝麻。她們見林伊的碗裡沒有黑芝麻，爭著要把自己的挾給她，林伊忙捂著碗口拒絕。「妳們也才一顆，妳們吃吧。」

「我們一人一半。」小慧見她態度堅決，把自己的挾開要分一半給林伊。

林伊還是不肯。「一半能吃出什麼味道，妳自己吃，不用管我。」

大強運氣最好，全是黑芝麻，見她們推讓，忙把碗遞給林伊。「我們換著吃，我全是黑芝麻。」

林伊搖頭，委婉拒絕。「沒事沒事，我平時黑芝麻吃得多，今天正好嚐嚐別的味道。」

話音剛落，陸然端著碗過來，自然的將林伊的碗接過去，將自己的碗遞給她，笑道：「我今天運氣不錯，有三個黑芝麻。」

林伊看著陸然，有些不好意思。「你不是最喜歡吃黑芝麻嗎？」

陸然無所謂道：「我什麼味道都喜歡。」

林伊忙挾回一個黑芝麻給他，又把自己的棗泥挾了一個回來。「你嚐嚐這家做的餡有沒有我祖祖的好吃。」

陸然低頭看著她笑道：「我覺得最多打個平手，要是能有祖祖做的好吃那可不得了。」

林伊偷笑。「我也這麼覺得，快嚐嚐看。」

大強看著他們兩個言笑晏晏，似乎自成一國，將周圍的人遮擋在外，想插也插不進去。再一看小慧幾人，對兩人的狀態恍若未見，只聚在一起討論各自餡料的味道，就連最愛纏著林伊的丫丫也沒有去打擾他們。

他突然明白了，林伊看向自己的眼神和她看陸然的完全不同，兩人之間的情意就是瞎子都能看出來，而自己竟還妄想著勝過陸然，太可笑了。

新的一年，新的開始，過去的就讓它過去吧。他輕吁口氣，感覺到一陣輕鬆，有時候放下也是種幸福。

他忙招呼丫丫。「丫丫，我的黑芝麻給妳。」

「真的嗎？太好了，你要棗泥嗎？我的給你。」丫丫歡呼一聲把碗遞到大強面前。

「行！」大強把自己的兩顆黑芝麻挾給丫丫，又從她碗裡挾了兩顆棗泥，走到小壯身邊，加入了他們的討論。

安福寺的湯圓味道確實不錯，香滑清爽而不甜膩，難怪會受到大家喜歡，不過似乎沒有祖祖做的香，可能是沒有放葷油的緣故。林伊舔著舌細細分辨。

蒸騰的熱氣中，林伊的眉眼變得溫柔，面容更加甜美。陸然含笑望著她，只覺得心裡滿足歡喜，嘴裡的湯圓也異常美味，竟似從沒有吃過這麼好吃的湯圓，當然，林奶奶做的除外。

吃完湯圓，幾人沿著後院的圍牆往回走，忽聽前方人聲嘈雜，還傳來一陣陣歡呼聲和哄笑聲。

他們跑過去一看，原來是圍牆上刻了個大大的「福」字，一群人聚在一起，閉著眼睛摸福字，只要摸到了，今年都會福氣滿滿。

「這個簡單，看準了直直往前走不要偏就行，走，咱們也去摸。」大強招呼眾人前去排隊。

幾人運氣都很好，全都摸到了福的正中。

其實想摸不到都難，稍微偏點角度，觀眾就高聲提醒——「偏了偏了，往左點。」

「往右點往右點，別拐。」

「太好了，摸到了！」

於是眾人又是一片歡呼。

待把寺裡的活動全都參與了一遍，一群人意猶未盡地往家走。

陸然走在林伊旁邊，低低地對林伊道：「明年咱們還來。」

兩年後……

夏日的午後寧靜而慵懶，熱烘烘的空氣中滿是七里香的淡淡芬芳，熏得人昏昏欲睡。樹上的知了有一搭沒一搭地叫著，似乎也快睡著了。

「小伊姊！小伊姊！」一個嬌小的身影快步跑進荒地林家的院子，清脆的叫聲把無精打采的知了嚇得閉了嘴，不敢再發出聲響。

「在呢！在呢！」林伊高聲應著從屋裡跑出來，身後還跟著虎子，看見來人，頓時笑了。「丫丫，妳回來了，東西買齊了嗎？」

今天早上，丫丫跟著何氏搭乘馬車去昌永縣為小慧置辦嫁妝，一回家先來找林伊。

「買齊了，等翠嬸子家的馬車把其他的帶過來就全齊了。」丫丫看著虎子，驚訝地問：「咦，虎子怎麼也在，然哥哥去鎮上了？」

現在陸然每次去鎮上，虎子就會跑來林伊家等著。

「是啊，還答應替牠買肉骨頭回來。」林伊笑著答道，見丫丫小臉紅彤彤的不由心疼，上前拉她進屋。「熱壞了吧，瞧這滿臉的汗，快去洗手，吃片西瓜解解渴。」

丫丫比林伊初見的時候長胖長高了不少，已經是個明麗嬌美的小小少女，能令村裡的不少少年郎臉紅心跳了。

「啊！西瓜好紅，肯定甜，我爹娘有嗎？」丫丫看著桌上的一盤西瓜歡呼。

「怎麼沒有，還是他們端過來的。」

這小丫頭還是一貫的操心。

「那我回去吃，吃了睡會兒午覺，坐車坐得我直打瞌睡。」丫丫嘟著嘴抱怨。

「誰讓妳哪裡都要跟去，叫都叫不住。這麼熱的天坐馬車妳以為好玩啊，辛苦得很！」

林伊看她睡眼矇朧的樣子好氣又好笑。

丫丫嘿嘿傻笑幾聲，從她揹著的大布包裡拿出個紙包遞給林伊。「對了，我在縣上看到有家點心鋪新出的糕點，買的人很多，還要排長隊。我嚐了嚐，很好吃，就買了一大包，這個給妳，這一包我拿過去。」

「行，那妳快回去吧。」林伊接過紙包，放在鼻尖聞了聞，一股甜香撲鼻而來。「聞著就好吃。」

「吃著更好吃。」丫丫嘻嘻笑著，朝左側圍牆上的月洞門跑去。

林伊看她慌慌張張的，忙叫道：「慢點，小心摔一跤啥瞌睡都沒了。」

丫丫隨口應了聲跑進隔壁，很快聽到她揚著嗓子叫。「娘，祖祖，我回來了。」

林氏的聲音隨之響起。「輕聲點，妳祖祖在睡覺呢，快進來洗洗，吃了西瓜去歇會兒。」

林伊聽著林氏和丫丫壓低嗓門絮絮叨叨，忍不住搖頭低笑。

時間過得真快啊，再過幾個月，她來到這個世界就三年了。

這兩年多裡她的生活、南山村的面貌發生了翻天覆地的變化。

首先，她已經從那個面黃肌瘦的小不點長成了水靈靈的大姑娘，個子長高了不少，比林奶奶還高，至少得有一六五公分。

一頭稀疏枯黃的頭髮變得豐盈柔順，雖然稱不上烏黑濃密，卻是她前世最喜歡的栗色，在陽光照耀下，閃動著柔亮光澤。

其次，林氏和良子叔在去年春天成了親，他們的親事在南山村的人眼裡是水到渠成，天經地義，獲得了大家的祝福，根本沒有人說閒話。

現在兩人過得和和美美，林氏對丫丫照顧備至，丫丫和她也親近，把她當成了自己的親娘。林奶奶的身體完全康復，硬朗精神，前不久林氏有了身孕，已經換成林奶奶來照顧林氏了。

只是當初良子叔提親時，林氏很猶豫，良子叔家不大，她要是帶著林伊和林奶奶過去，顯然住不下，良子叔和丫丫到荒地來住也面臨同樣的問題。但要她隻身到良子叔家，她又放不下林伊和林奶奶。

於是良子叔決定買下林伊家旁邊的荒地，用編竹器掙的錢建幾大間寬敞明亮的青磚瓦房，再在圍牆上開道門，就能完美解決這個難題。

林家人覺得這個主意不錯，商量著乾脆趁這個機會，把自家的屋子也推倒重建，林伊還因此重新設計了佈局。如她所願，前院挖了井，地面夯實碾平後，砌了石桌石椅，頂上搭起葡萄架，荒地上的桂花樹也移回來了，一到秋天，就香得醉人。院裡還栽了不少從深山裡挖回來的奇花異草，春夏兩季花團錦簇，頗為熱鬧。

現在這屋子外面看著和以前一樣，內裡卻大不相同。

因為林伊天天在外面跑，林奶奶一個人待著寂寞，林氏把林奶奶接了過去。林家這邊就只有林伊一個人住，不過丫丫時不時地會來和她擠著睡，這完全看她的興致。

林伊很喜歡現在的生活，既不失親密，又相對自由。

門外的三十多畝荒地已全被林伊和良子叔、東子叔三家人買下，現在都種著大豆，正一片青綠。

經過兩年多的養護，荒地的肥力已經上來了。他們準備再養一年，明年就引水灌溉墾成水田，種稻養魚養鴨，又將會是另一番美景。

想想到時候自家門前能夠「稻花香裡說豐年，聽取蛙聲一片」，林伊就非常期待。

不過這兩年種的油菜也賣上了很好的價錢，村裡人看明白了荒地要怎麼種，再加上編織竹器賺到錢，都有了膽識，便加入了開荒。只是山腳的荒地沒有了，他們便將村外屬於南山村地界的荒地全開墾了出來，就連林伊家對面的那片荒地，雖然離水源遠，也被開出來了，不能墾造成水田，還可以種玉米、紅薯、芋頭啊，這些可都是糧食。

沒錯，繼林伊第一年芋頭種植成功，因為是稀奇物小賺一筆後，芋頭已經在附近村莊普及開來，家家戶戶都會種了。

而南山村的竹器編織業越發興盛，已不侷限於做籮筐匾籃，還做家具飾品。東子叔甚至練出了絕技，用竹絲編織首飾，精美別緻而又清雅不凡，成功贏得了一眾不喜金玉飾物的高潔人士之心。由於製作工藝繁複，花費時間很多，所以成品不多，不僅價格不菲，還非常難求。

竹器編織業已成了南山村的支柱產業，村長特意做了印章，只要是從南山村出去的竹器都會烙印上去，形成了自己的專屬品牌。

村裡人的辛勤勞動有了回報，錢包變得鼓鼓的，南山村成了遠近有名的富裕村。

村長還懇請縣令為南山村題寫牌匾「竹器之鄉」，縣令欣然應允，並鼓勵他們繼續努力，為昌永縣增光。

現在這牌匾就掛在南山村村口新修的門樓上，成了南山村人的護身利器，那些想搶生意的人都歇了心思。

現在南山村人的土坯茅草房全換成了青磚大瓦房，媒婆成了這裡的常客，外村小伙子希望能娶到這裡的姑娘，小姑娘則盼著嫁到村裡來。

還有一部分村裡的姑娘小伙子互相看對眼，組成幸福的小家。

小慧的丈夫就是村裡的，他模樣端正，憨厚老實，性情溫和，關鍵是待小慧很好，家裡爹娘也很開明，兩人成親就讓他們分家單獨過，不會想著為難小慧。而且嫁在眼前能時時看到，這是讓何氏最滿意的一點，她對林氏極力撮合林伊和陸然的親事也更加支持。

林伊和陸然對於彼此的心意早已瞭解，兩人情投意合，志趣相同，都喜歡遊山玩水，於是經常相約著去山裡探險，一般都是陸然勘查好路線，第二天再帶著林伊前去。這兩年來，除了迷魂坑和幾個特別危險的地方，兩人把南山都走了一遍。

南山的風景可以稱得上一步一景，美不勝收。瀑布溪流，山谷草坪，各具特色，四季晨昏，日出日落，各有魅力。人在其中，彷彿置身於畫卷。

林伊激動之餘，向陸然提議，如此美景，不能看看了事，咱們寫出來，最好能畫下來，到時候整理成冊，就成了一本南山遊記。

陸然對這個意見非常贊同，不過林伊文才不行，看到美景最大的感嘆就是——天啊，太美了，美到讓我窒息，美到讓我無語！

既然無語了，肯定什麼都寫不出來，所以執筆的是陸然。他看的遊記多，雖然言語不如人家優美華麗，但用詞卻很精準，描寫也很生動，寫出來的文章很有畫面感。

不僅如此，畫畫的差事他也一併攬了去，他小時曾跟著夫子學過畫畫，夫子誇他很有天賦，他自己也非常喜歡。雖然久未動筆，有點生澀，不過畫了十幾幅後已有了進步。

林伊不住感嘆，自己這是挖掘了個寶藏男孩啊。

當然林伊也不是完全沒有用處，她很會替人修改潤色，提建議找問題。這些日子以來，兩人的遊記已經積累了厚厚一疊，林伊按路線裝訂起來，沒事拿出來看看，倒很有意思。

他們還商量，以後買輛馬車，要把這個國家的山山水水全走個遍，把各地的美景美食和動人傳說都記錄下來，到時候集結出書，也算是給其他熱愛旅遊的人一點幫助。

雖然兩人沒有明說「以後」是什麼時候，但心裡都明白，是指成親以後。

他們的關係現在在村裡是公開的秘密，大家很認同，畢竟以陸然的人才做上門女婿毫無問題。林氏甚至盤算好了，等林伊及笄後，就要開始操辦他們的婚事。

陸然也在攢錢成親，他經常到老林子去，希望能捕獲到大獵物。兩年多來，他和虎子一起打到了兩頭黑熊，還有不少的野豬和若干鹿、麃之類，手上攢了不少銀子，就等著成親的那一天。當然他沒敢告訴林伊自己的冒險行為，否則林伊肯定會生氣，堅決不許他再去。

今天他就是去鎮上，把打到的獵物扛到飄香樓陳掌櫃處售賣，臨走時還說要買五花肉回來，讓林伊中午給他做回鍋肉吃，另外還要給虎子帶肉骨頭。

可是林伊左等右等都沒有見他回來，猜測是陳掌櫃留他下來幫著做事，中午請他吃飯。

這兩年，在林氏和林奶奶的精心打理下，長成的兔子和雞、雞蛋都是提到陳掌櫃店裡賣。和陳掌櫃漸漸熟悉，知道他並沒有待嫁的女兒，是真心誠意地對陸然好，林伊對他頗有好感，因為這是個和自己一樣有眼光、發現陸然優點的人嘛。

只是不知道今天他找陸然幹什麼，為什麼這會兒了都還沒回來，林伊不住在心裡嘀咕，又一次望向院外。

這次沒有令她失望，遠遠地就見陸然揹著包裹朝林家走來，他走得很快，幾步就到了門前。只是彷彿精神不太好，林伊從他的身形裡竟看出一絲蕭索的意味，她不由大驚，他這是怎麼了，像是受了打擊，是遇到什麼事了嗎？

第八十一章

陸然腳步匆匆走得很快，抬眼望見在院外翹首期盼的林伊，和乖乖跟在她身旁的虎子，滿心的惶恐、迷茫與委屈突然消散不見，心變得安定下來。

他兩步走到林伊面前，綻開笑顏，溫聲道：「我回來了，妳等很久了吧。」又撫了撫直往他身上蹭的虎子。

虎子在他身邊轉著圈輕吠，熱情地回應他。

「怎麼這麼晚回來，午飯吃了嗎？」林伊拉著陸然往屋裡走。

「陳掌櫃找我有事，還沒吃飯。」陸然悶悶道。

「陳掌櫃怎麼這樣，都什麼時候了，竟不留你吃飯，你自己也不知道買點東西吃。」林伊頓時對陳掌櫃有意見了。「灶上有，我給你熱熱，你等等，很快就好。」

林伊把飯菜端到灶上，對陸然道：「你先擦把臉洗洗手，吃塊西瓜解解熱。早知道你沒吃，我就不把飯菜收拾起來，給你熱著，回來就能吃上。」

因為南山村不斷有車輛運送貨品，山路修整得很平坦，南山村來往鎮上的牛車班次現在很頻繁。可陸然還是習慣走著去走著回，臉被太陽曬得紅紅的，身上還有塵土之氣。

「沒事，我還不太餓，陳掌櫃留我來著，我急著回來沒吃。」陸然邊洗刷自己邊回答。

「是想吃回鍋肉吧？嘿嘿，酒樓的菜都比不上我做的味道好。」林伊得意地笑，又遺憾道：「可惜你這麼晚回來也沒時間做，等晚上再做了。虎子的大骨頭呢？你拿根給牠吃，牠盼半天了。」

「糟了，我忘了，只買了肉。」陸然一拍腦袋，懊惱道。

虎子彷彿聽懂了陸然的話，委屈地看著他，輕聲嗚咽。

「下次吧，下次買，對不起虎子。」陸然摸著牠的腦袋歉然道。

林伊瞟了陸然一眼，他今天到底怎麼了？他做事可是很有分寸，從不會忘東忘西，丟三落四。

等陸然吃完一片西瓜，林伊的飯菜也熱好了，陸然幫著她把飯菜擺上桌子，便坐下開吃。

林伊把託他帶回來的東西拿進廚房分類裝好。一出來，卻看見陸然端著碗，眼睛定定望著虛空的一處，神情有幾分迷惘，還有幾分憂傷。

「怎麼不吃了，想啥呢？」林伊出言詢問。

陸然好似被嚇到，渾身一震，轉頭看向林伊，臉上扯出個大大的笑容。「沒想什麼，今天的菜真好吃。」說著大口大口地吃起來。

林伊狐疑地看著他，這人明顯不對啊，他可從來沒有過這樣，到底是啥天大的事，讓他方寸大亂。

不過他正在吃飯，不方便問，林伊心裡又藏不住事，怕臉上露出端倪，便走到院子裡，站在樹蔭下摳著下巴分析。

陸然一個人，無牽無掛，現在就和自己一家人走得近，再就是陳掌櫃。今天是陳掌櫃找陸然，那問題出在他身上。可他能有什麼事，不收陸然的獵物了？也不至於失常成這樣，不能賣他還能賣給屠夫呢，最多價錢便宜點。難道陳掌櫃沒有待嫁的女兒，卻有待嫁的姪女，想招陸然做女婿，陸然糾結了？

想到這兒，林伊轉過頭噘嘴瞪著陸然。最好別是這種事，要不然饒不了你！

陸然正好吃完飯，起身把碗收到廚房洗，林伊忙跑上前幫他。

兩人默默地洗著碗，都不吭聲。陸然是心不在焉，林伊還在猜測，以她對陸然的瞭解，不可能是她瞎想的那樣。

洗完碗，林伊再也忍耐不住，直接問陸然。「你今天肯定有事，如果能說就告訴我，說不定我能幫你參謀一下；如果不能說，我就不問了。」

陸然看了林伊一眼，張了張嘴，又低下頭，沒吭聲。

這是真有事啊，還是不方便跟我說的事……林伊一下洩了氣，轉身就要走開。

「我爹來找我了。」陸然沈悶的聲音突然在林伊身後響起。

林伊驚得下巴都快掉下來，回過身連聲確認。「你爹？你說的是你親爹？他不是死了嗎？」

陸然苦澀地笑了笑，眼裡似有水光在閃。「在我心裡他是死了。」

「到底怎麼回事？能跟我說說嗎？」林伊有點懵，她輕聲問陸然。

陸然環視了下四周，對林伊道：「我們上山說吧。」

「行。」

林伊跟林氏打了個招呼，就和陸然帶著虎子上了山。

其實在相處的這段時間，陸然斷斷續續地跟林伊透露過他爹娘的事。

說起來，他們的故事是頗尋常的狗血劇情。

陸然的親爹姓徐。

陸然的親爹徐老爺年輕時生意就已經很成功，是府城有名的富豪。有次做生意到了小鎮，偶遇一名美貌的少女，就是陸然親娘丁氏，兩人一見鍾情。

徐老爺上門提親，丁氏家裡只有一個久病的寡母，見徐老爺一表人才，家世又好，自覺女兒終身有靠，便答應了這門親事，並催兩人趕快成親。因為她自覺日子不多，萬一突然去了，女兒還要守孝三年。

於是兩人火速成了親，丁氏的親娘放下心事，不久就去了，徐老爺給她辦了很隆重的後事，丁氏對他感激不盡。

兩人婚後十分恩愛，丁氏很快有了身孕，十月懷胎生下陸然。除了徐老爺經常為了生意要出遠門，不能留在家裡外，他們的生活可以說完美無缺。

徐老爺不在家的日子，丁氏悉心照顧陸然，那會兒他叫徐子然，乳名小然。因為他聰慧異常，丁氏和徐老爺對他期望很高，三歲就給他請了老師教習，希望有朝一日能考取功名，光耀門楣。

丁氏身體也不好，為了陸然能有健壯的體魄，專門請了習武老師，教他騎射武術，現在陸然有那麼好的箭法，是從小就練著的。

日子看似平靜而穩定，彷彿會這麼一直甜蜜幸福過下去。誰知道在陸然六歲的時候，徐老爺再次出遠門，一幫人闖進家來，說是徐老爺正妻的下人，知道徐老爺有骨肉流落在外，特意迎他們回府。

母子二人才知道，徐老爺早在認識丁氏之前，就在府城成了親，他出遠門有一大半時間是回自己的家。

待進了徐府，他們才發現，徐老爺正妻劉夫人的娘家有權有勢，是府城隻手遮天的大家族。

徐老爺當初只是個做小生意的，因為人才出眾，被劉夫人看中，靠著劉夫人娘家扶持，才有今天的成績。

徐老爺對劉夫人又敬又怕，連小妾姨娘都沒敢納一個，哪曉得卻暗地裡養了外室，兒子都長這麼大了。要不是徐老爺的僕人喝酒時說漏了嘴，被人告發到劉夫人處，劉夫人還被蒙在鼓裡。

劉夫人知道真相後，自然憤恨交加，表面上客氣有禮地迎他們回來，把他們安置到後院就不聞不問，陸然母子的日子過得很是艱難。

徐老爺最初偶爾會到丁氏房裡來，待劉夫人替他納了兩房年輕貌美的姨娘後，他就很少露面，母子倆沒少被下人刻薄苛待。

陸然更是常常遭遇驚魂事件，不是差點落入湖中，就是險險被擠下假山。更有一次，一個陌生小廝想私自帶他出府，好在陸然身手夠敏捷，每次都能有驚無險，安然度過。

從那以後，丁氏對外嚴防死守，把陸然緊緊護在身旁，輕易不讓他離開一步。

丁氏身體本就不好，現在擔驚受怕，滿腹憂思，再加上飲食也差，身體每況愈下，不到一年就撒手人寰。

病重時，她告訴陸然，劉夫人最怕的是陸然會分她獨生兒子的家產。陸然的存在是最大的威脅，以劉夫人的狠辣，自己離世後，陸然很可能活不下去。

所以她找到劉夫人，向她表明，根本無意讓陸然分徐家家產，並懇求劉夫人，待她去世後，把陸然送到一戶家境富裕沒有子女的人家，她來世做牛做馬都會報答她。至於徐老爺，她早就不指望了。

劉夫人知道她是被徐老爺矇騙，現在見徐老爺有了新歡，就把她甩到一邊，對她除了恨，更多的是憐憫。而且只要陸然離開，對自己兒子便沒有威脅，就答應了她，當是為自己兒子積德。

於是在丁氏去世三個月後，陸然就被劉夫人遣人送了出來，不過並沒有送到富庶的人家，而是讓下人送到偏僻的窮山村，至於他能不能活下去，就看他自己造化。

「我娘病重時一再對我說，千萬不要再回徐家，也不要恨我爹。」兩人坐在安樂林一棵高樹下，陸然看著天邊隨風飄蕩的薄雲，悲傷道。

「她說她從來不後悔遇到我爹，如果沒有我爹，就不會有我，為了這一點，她這輩子就值了，可惜她不能一直陪著我，只能想辦法讓我日後過得安樂。她還叮囑我，若思念她千萬不要表露出來，放在心裡就好，她在天上能感受得到。」陸然的眼裡蓄滿了淚，聲音低沈。

「我知道，她是真心愛我爹的，她去的時候，口裡還一直在喚我爹的名字，我爹卻不曉得在哪裡，待我娘下葬了他才回來。」

又是個大渣男啊！林伊憤憤不平。

「那你怎麼說你爹死了？」林伊默了半晌，突然想到這個問題。

「我娘有次病重，人都不清醒了，口裡一直在叫我爹，我知道他在府裡，求下人幫著通報，可沒人理我。我一路衝撞到了書房，他果然在裡面，正握著小妾的手教她寫字，看到我進去罵我沒規矩……」

陸然眼前浮現出當時的情景，小小的自己憑著一股蠻力，掙開下人的阻攔，蓬頭散髮地跑到徐老爺面前，他那時又恐懼又絕望，很怕回去時娘親就不在了。

他跪在地上渾身發抖，哭著哀求爹爹去看看娘親，可徐老爺怎麼說的？

「我又不是大夫，去了有什麼用？行了行了，別哭了，我叫下人去請大夫！」徐老爺皺著眉不耐地道，轉過臉卻對著小妾滿面春風。「剛才寫到哪兒？來，我接著教妳！」

「我還想求他，他嫌我壞了他的興致，命下人把我拖回去，從那天起，他在我心裡就死了。」

當時的場面至今仍歷歷在目，一想起來就痛徹心腑。

陸然抹了把臉上的淚，眼裡閃著決絕的光。「我恨他，恨透了他，從那以後，我再沒叫過他一聲爹爹。我也不要再姓徐，我只是我娘親的兒子。」

他啞聲道：「我還恨我自己，為什麼不能快點長大，不能自己賺錢，這樣我就能和我娘離開徐府，再也不見這些心腸惡毒的人。」

現在他長大了，有能力了，想要保護的人卻已不在……

徐府對於陸然而言，就像座陰森可怖的牢籠，那裡吞噬了他最愛的娘親，打破了慈愛的爹爹在他心中的形象，受盡了欺辱嘲笑，他這輩子都不願意再踏足一步。

林伊聽得淚眼滂沱，沒想到陸然在來到南山村以前，就受了這麼多的苦。

她輕輕握住陸然的手，想給他點鼓勵，陸然感激地回她個笑臉。「沒事了，一切都過去了。」

林伊想到一個問題。「那你爹怎麼想著來找你？他不怕他的正室夫人了嗎？」

「兩個月前，徐家的大兒子和人爭執被砍死了，劉夫人聽了一口氣沒上來也死了，他現在想讓我跟他回去。」陸然面無表情地道。

他對這個同父異母的哥哥沒有一點好感。在徐家時，徐老大非常嫌棄厭惡他們母子，見到了沒有一句好話，還會叫小廝毆打陸然，好在陸然從小學過拳腳，勉強能自保。

至於劉夫人，小時候的陸然看見她冰冷的眼神就渾身發抖。在他的潛意識裡，那就是條陰森森盯著他的毒蛇。

「就因為這個，你爹就來找你？他沒有別的子嗣？他大兒子沒有孩子？」

「聽他說沒有，他現在孤身一人。」

「他這麼多年不管你，現在沒了子嗣，怕家產被人謀算，所以想著找你回去。你在糾結什麼，肯定不理他啊。」林伊急了。

「他對我說，事情並不是我想的那樣。一直以來，他都在悄悄關照我們，只是他怕表現出關心，會惹劉夫人不滿，才很少到我們房裡來。畢竟他經常在外，後院照顧不過來，只有故意忽視我們，讓她放鬆防備，我們的日子才會好過。他接受那些姨娘小妾也是為了哄騙劉夫人。」陸然頭靠在樹幹上，木著臉轉述徐老爺的話。

徐老爺還捂著臉泣不成聲道：「小然，我每天都想來看你們，想和你們待在一起，可是我知道不能，我只能忍耐。我也很痛苦，我的心就像刀在割，不過這都是值得的，只要你們能過得好，我受再多苦都願意。你知道嗎？小然，我這輩子只愛過你娘，我今生最大的遺憾，就是你娘去世我沒能趕回去。你娘走後，我再也沒有碰過其他女人，我也只把你當成我的兒子。你那個大哥頑劣不堪，庸碌無為，對我毫無尊敬之心，我早對他失望透頂。」

林伊撇撇嘴，這男人太沒擔當，如果真的愛丁氏母子，肯定會有更好的解決辦法，而不是任由他們受苦，這明顯是推脫之詞。而且他依靠劉夫人發達了，馬上另尋真愛，對劉夫人也不公平，歸根結柢，他就是整個事件的罪魁禍首！

「我離開徐府後，劉夫人告訴他，我是趁人不備自己跑出去的，她派人找過，沒有找到，我爹根本不信。」

徐老爺暗中查問，才知道實情。他又氣又恨，卻不敢發作，只偷偷四下尋訪，直到五年前才找到陸然。

他得知消息高興壞了，馬上派人把鎮上的飄香樓買下，命陳掌櫃前來照顧陸然。他怕劉夫人知道，沒敢露面，只遠遠關注陸然。

收養陸然的高家人去府城，高老大犯事，也是徐老爺設計，因為他們待陸然不好，他吞不下這口氣。

「我的兒子豈容他們糟蹋！」

心有苦衷的親爹即使處境艱難，也要默默守護獨在異鄉的兒子，有人欺負他還要為他報仇，聽著還真是讓人感動。

「劉夫人兩母子死後，他本來第一時間想找我回去，可是他的買賣出了問題，只得先去處理買賣，現在稍有頭緒就來和我相見。」

陸然說這話時，臉上露出難過的表情，拿著根樹枝用力在地上畫圈圈，像是想發洩什麼。樹枝被他的大力按彎，最後承受不了力量，「啪」的一聲，從中間折斷。

他扔掉樹枝，拍拍手，深吸口氣，接著把徐老爺的話告訴林伊。

第八十二章

劉夫人母子去世後，早就覬覦他生意卻礙於有劉家撐腰的對手立刻發難，他招架不住，生意一落千丈。而劉家人卻袖手旁觀，他上門求助也置之不理，弄得他焦頭爛額。

他明白，自己和劉家沒了親戚關係，而離了他們，自己的生意根本沒法進行，必須設法重新和劉家搭上關係。

正好劉家有個備受寵愛的嫡女待字閨中，據說這位小姐特別看重容貌，媒婆向她提過幾戶身世不錯的人家，因長相普通都被拒絕了。她曾暗地裡對人透露過，自己的丈夫不能比徐老爺長得差，要比照著他的模樣找。徐老爺聽說後，立時想到了陸然。

他聽陳掌櫃說過，陸然長得和他很像，且比他還要俊秀幾分，氣質十分出眾，必然能得劉小姐青眼。只要兩人成了親，自己的生意有了靠山，不僅眼前的危機能夠解決，還能有更好的發展。所以他就趕來了，一方面尋回兒子，一方面拯救岌岌可危的事業。

說起來，陸然見到徐老爺確實心情激盪，過了這麼多年，沒想到還能再見到自己的親爹。徐老爺一一向他說明後，他才發現徐老爺的確在暗地裡照顧他們母子，否則他們的日子更難過，當初自己年紀小，很多事只看表面，沒能理解徐老爺的苦心。

再聽到他滿含熱淚，回憶起一家三口住在鎮上的溫馨過去，甚至細數陸然成長的點點滴滴和對娘親的一片深情，竟感動了陸然。
原來爹爹並沒有拋棄自己和娘親，不過換了種方式關心而已，他的心裡一直都有我們，他從來沒有變過……陸然頓時很想要原諒他。
可聽到徐老爺迫不及待地要求自己回去和劉小姐見面，要他想盡辦法讓劉小姐迷上他，答應嫁給他時，陸然剛有了點溫度的心就冷了。
徐老爺沒有徵求他的意願，沒有問他想要過怎樣的生活。只是不停告訴他，你一定要這麼做，你是徐家的一分子，為了家裡的生意，為了徐家的未來，這是義不容辭的責任，你理應擔負起來。
陸然明白了，徐老爺對自己有感情不假，只是在自己和他的利益面前，徐老爺更看重後者，二者一旦有了衝突，他就毫不猶豫犧牲自己。
他說，娘親是他最珍視的人，如果是這樣，他就不應該欺騙娘親，把她立於不堪的局面，被人看輕！由此可見，他對娘親的深情，又有幾分真呢？
爹爹對自己和娘親的愛不是毫無保留，而是有條件的。想到陸爺爺對自己，林氏對林伊，良子叔對丫丫，他瞬間感到悲哀。
「你會為了你爹爹娶那位劉小姐嗎？」林伊擔心地問。
「不會，我這輩子除了妳，絕不娶別的女人，我也是這麼跟他說的。」陸然認真地看著林伊。

「喔……」林伊害羞了，臉紅著低下頭，心裡卻甜如蜜。

「你會回去嗎？」林伊又連忙問道。

「不，我就在南山村，哪裡都不去。我現在是陸然，和徐老爺沒有關係。那是他的生意、他的未來，他得自己解決，別想指望我。只是一想到在他心裡，他的生意遠比我重要，遠比我娘重要，我就忍不住難受。不過現在不會了，我已經想清楚了。」

陸然長吁口氣，站起來活動手腳，想把這些煩憂拋開。

他對林伊道：「我回去把東西整理下，明天找媒婆子定下我們的親事。我現在存了幾百兩銀子，成了親就買輛馬車。我們一起周遊全國，看看大湖看看大海，看看和我們這裡不一樣的山川河谷，走到哪裡，就把那裡的美景記錄下來。」

他越想越興奮，徐老爺的事業就讓他自己去煩惱吧。

林伊聽到他說有幾百兩銀子，也管不了徐老爺了，立時瞪大了眼睛，對他嚷道：「你哪來那麼多銀子，是不是去老林子了？不是讓你不要去嗎？」

陸然動作一下僵住，糟了，說漏嘴了。不過這事遲早要說出來的。

他馬上向林伊誠懇保證。「我想多攢點錢成親，以後絕不會去了，真的！」

「陸然，你要說到做到，別當面答應了，背地裡又跑去！」林伊氣哼哼地扠腰。

不打幾頭大野物，怎麼可能存到這麼多銀子，這小子，還說看到牠們就跑，都是騙人！

「我絕對絕對不會去了！」陸然見她生氣，忙一再道歉。

「掙錢的法子多了去，你幹麼冒險，要是出了意外我怎麼辦？」林伊耐心跟他講道理，突然意識到這話不吉利，忙對著旁邊啐道：「呸呸，又瞎說，怎麼老不長記性！」

陸然看她發自內心毫不作偽的關心，心裡滿是溫暖和感動，再想想美好的明天，他開心地笑了。

他對林伊溫柔道：「明天等著我，我一早就來找林嬸子，看看訂親要我做些什麼。」

「好，我等著你，你早點來。」林伊也不害臊，叮囑道。

還是早點把親事定下來吧，免得徐老爺從中作梗。

第二天早上，林伊忐忑不安地等在家裡，她沒敢預先跟林氏說這事，想等陸然來了，兩人一起跟她說。

日上三竿了，陸然還沒有出現，林伊在屋裡再也待不住，走到院外不停向遠處張望，止不住心慌意亂。

她咬著牙恨恨地想：陸然，你再不來，我就到山上找你！

這時，遠遠地一輛馬車駛了過來，那馬車她從沒見過，外表裝飾比平常送貨的馬車華麗很多，趕車的車夫也穿得很體面。

林伊突然有種不祥的預感，陸然沒有出現和這輛馬車肯定有關！

馬車速度很快，轉瞬來到林伊面前，林氏和丫丫也聽到了馬車聲響，好奇地跑了出來。

今天不是送貨日，會是誰來了？

車夫拉緊韁繩讓馬停下，一個小廝跳下馬車將車簾掀開，從車裡扶出身穿華服的中年男子。

待看清男子的長相，院外眾人都呆住了，這人和陸然太像了。只是個子沒有陸然高，不如陸然英挺俊朗，卻多了分溫文爾雅，是個風度翩翩、成熟穩重的帥大叔。

不過他的神情不太好，似乎很疲倦，眉頭不自覺地微皺著，卻另有一股憂鬱迷人的氣質，加上通身的氣派，比陸然還有魅力。

「這人是小然的親戚？」林氏悄悄問林伊。

「不知道。」林伊雖然這麼答，心裡卻猜出來了，這人定是陸然的渣爹。

小廝上前和大家見禮，向大家介紹自家老爺姓徐，特地登門拜訪林姑娘。

「姓徐？怎麼會姓徐？」林氏詫異地問。

林伊沒吭聲，她不想把這事告訴林氏，免得她擔心，她現在懷著身孕，不宜操心。

待那位徐老爺和幾人打了招呼，林伊讓丫丫扶林氏回去，自己把徐老爺請進了堂屋。

林伊雖然很不歡迎他，但想著來者是客，面上的禮貌還是要盡到，待他落坐後，便準備為他倒茶。

徐老爺忙出聲制止。「林姑娘，不用忙了，我有要事相告，還請坐下商議。」

正好，我也不想麻煩呢。林伊收住腳步，順勢坐在他的對面。

徐老爺並不廢話，自我介紹後就開門見山地問道：「林姑娘想必是在等小然吧，不過林姑娘要失望了，小然今天不會來了。」

林伊從見到他的那一刻起，就感覺事情不妙，卻沒想到他開口就說這個，下意識地問道：「怎麼會？」

徐老爺微微一笑，好脾氣地向她解釋。「小然現在正在飄香樓，我今天又和他聊了聊，他已經決定和我回家了。」

這下林伊控制不住了，大聲反駁道：「不可能，陸然說過不可能回去。」

徐老爺不悅地看了眼林伊。「沒有什麼陸然，我的兒子叫徐子然。他跟我說了，答應今天要來妳家，他食言了，不好意思見妳，故讓我代為致歉，請妳原諒他。」

林伊根本不信他的鬼話，昨天陸然態度那麼堅決，完全對他死了心，絕不可能兩人談一次話就改變心意。

「絕不可能，陸然絕不可能跟你回去。」

雖然是這麼說，林伊卻止不住地心慌，萬一呢，萬一呢？這畢竟是親爹啊！

徐老爺微沈下臉，語氣變得生硬。「為什麼不可能？小然是徐家子嗣，跟我回家天經地義！他是個有情有義的孩子，知道我們家遇到了麻煩，他願意為家裡出力！」

見林伊神情激動，他放緩態度，苦口婆心地勸解。「林姑娘，小然這孩子天資聰穎，是不可多得的奇才，只要稍加教導，日後定成大器。像他這樣的人，本就不應困在這鄉野之地，而應該在廣闊……」

「徐老爺這話對陸然說就行了，沒必要再跟我複述一遍。」林伊翻個白眼，不耐地打斷。

看他這架勢是打算來個長篇大論啊，林伊本就煩躁不安，哪有心情聽他廢話。

徐老爺一哽，準備好的一番推心置腹之語被堵在喉頭，不由怒氣頓生。

聽聞此女彪悍蠻不講理，現在一看果然沒錯，這就是個粗鄙的鄉野丫頭，一點規矩也不懂！見到他時態度敷衍，不恭敬拜見，現在居然還打斷他說話，日後進了徐府，得叫她好好學學規矩。

他按捺住不快，強扯起嘴角，繼續溫聲道：「妳和小然的事我已經知道，多謝你們家這段時間對小然的照顧。我也明白小然是真心待妳，我可以向妳保證，只要小然回家，和我一起打理生意，待生意走上正軌，我就讓他迎妳進府……」

「做他的小妾？」林伊再次打斷他的話。

徐老爺又是一哽，轉瞬不以為然地道：「小妾有什麼關係，只要小然的心在妳這裡，以你們的情意，以後一定能過得幸福，是什麼身分根本不重要。說句實話，憑林姑娘的人才，也該享受錦衣玉食的生活，而不是在這鄉野之地受苦，待姑娘進了徐府，就會知道這世間的富貴……」

「和陸然的娘親一樣嗎？」林伊幽幽道。

徐老爺臉色大變，驚愕地睜大雙眼。「什麼？妳在說什麼？」

「和十幾年前陸然的娘親一樣嗎？這不是當時的情景再現嗎？不過我想請問除老爺，陸然的娘親幸福了嗎？陸然幸福了嗎？你，幸福了嗎？」她嘲諷地看著徐老爺。「答案顯而易見。那麼，你有什麼資格讓我重走陸然娘親的老路，你又有什麼底氣保證我會得到幸福？」

丁氏是徐老爺的軟肋，林伊一再提起，徐老爺再也忍耐不住，頓時勃然大怒。「妳怎麼敢，妳怎麼敢這麼說！」

林伊瞪著他寸步不讓，大聲道：「我怎麼不敢！徐老爺當初為了自己的生意能成功，攀附權貴走了捷徑，不只搭上你的一生，還搭上了陸然娘親，搭上了陸然。可是你看看，你成功了嗎？沒有！你現在一敗塗地，就逼陸然繼續走你的老路，你憑什麼覺得這次你能夠成功？」

林伊頓了下，淡然一笑。「陸然願意走我無權干涉，想讓我陪著他走，可惜了，徐老爺，我不答應！」

林伊的話一針見血，徐老爺被刺得火冒三丈，指著林伊厲聲斥責。「無知！目光短淺！一點規矩也不懂！妳竟敢這麼和我說話，這個不敬長輩的無知丫頭！」

林伊也怒了，講道理講不過就拿身分壓人，本姑娘不吃這套！她恨死了這個空有其表的大渣男，要不是他的出現，自己和陸然已經在快快樂樂地商量親事了！

她抬起眼盯牢他，冷冷質問。「敬你？我為什麼要敬你？論地位，士農工商，我地位比你高多了。論關係，在你剛才出現之前，我都不知道你是誰。論行事，我靠自己的雙手生活，不損人不害人，我憑什麼要敬你？因為你年紀長嗎？可徐老爺你沒聽說過一句話嗎？『有志不在年高，無志空活百歲』，沒有志氣，空長年紀的人我才不會敬！」

這丫頭明裡暗裡都在諷刺自己靠女人沒出息！

徐老爺見識過不少人，還從沒遇過有誰說話這麼不留餘地，直戳痛處。

他臉色鐵青，氣得嘴唇直哆嗦，滿腔的憤恨壓都壓不下去，多年養成的涵養在這一刻似乎要崩潰瓦解。他忙抓著扶手，仰起頭，不住咬牙，儘量平息自己的怒氣。

「徐老爺，我還有一語贈你——『棲守道德者，寂寞一時；依阿權勢者，淒涼萬古。』（注）徐老爺比我有學問，又有親身經歷，想必能深切體會。」

徐老爺震驚得張口結舌，像見鬼似地驚恐打量林伊，這真是個鄉野丫頭？真的粗鄙無知嗎？怎麼可能說出這種話？

他頓了頓，勉強壓下翻滾的情緒，想說什麼，張了張嘴，卻又實在心虛沒底氣。而且再說下去，不知道她嘴裡還會說出什麼不中聽的話，這丫頭粗的雅的都能來，真是叫人頭疼。

他一拂衣袖，憤然起身。「我還有要事，就不耽誤姑娘時間，告辭！」說完頭也不回地朝門外衝。

心裡卻下了決定，待說服小然後，就給他多納幾房美妾，讓他把這凶悍難纏的丫頭甩在

注：語出明代洪應明《菜根譚》。

腦後。以前的小然溫和又懂事，定是被這丫頭影響，才變得這樣頑固執拗！

林伊對著徐老爺倉皇的背影，脆聲回應。「慢走不送！」

待馬車走遠，剛才還鬥志昂揚的林伊像洩了氣的皮球。她頹然地坐在椅子上，內心惶恐不安，身上沒有一絲力氣。

陸然真的跟著這位徐老爺回家了嗎？她不相信！

第八十三章

丫丫匆匆跑到她面前，輕聲問：「小伊姊，那人來幹麼？不會有事吧？我娘讓我來問問。」

林伊看著她關切的神情，身上頓時有了力氣，不管怎麼樣，還有真心待她的親人，不能讓他們擔心。

「沒事，什麼事都沒有。我跟陸然約好了，要去山上採藥，妳跟娘說一聲，讓她放心。」

林伊還是不信徐老爺的話，陸然昨天堅定的神情還清楚地在她眼前，她不相信陸然會那麼輕易改變，她必須親自去證實。

她飛快地跑到陸然的山洞，洞門緊閉著。她心裡一涼，鼓足勇氣上前，輕輕推開洞門走了進去。

洞裡一切依舊，陸然的衣服還疊在床頭的籮筐裡，他的書仍然擺在最上面，是一本描寫湖泊的遊記。兩人製作的南山遊記則放在他的枕頭旁，書頁微微捲著，顯然他經常翻看。

他的床鋪得整整齊齊，好聞的青草味道瀰漫在洞裡，只是，沒有他和虎子的身影。

「陸然帶著虎子打獵去了，馬上就會回來。」她憤憤地想。「徐老頭肯定騙我的，這老頭太壞了！」

林伊搬了塊石頭坐在洞前，朝著陸然回家的方向望眼欲穿。

她呆坐著，腦袋一片空白，就盼著陸然快回來。

稍有點風吹草動，她就以為是陸然回來了，欣喜地跑上前去迎他，可每次總是失望。

一直到天色漸暗，她才死心，陸然真的走了，不會再回來。忍了一天的眼淚終於撲簌簌地落了下來，眼前景象變得一片模糊。她抹把眼淚，知道自己必須回去，要不天晚了路上不安全。

回家時，她調整好情緒，強顏歡笑，不能讓林氏看出來自己的異樣，不能讓她擔心。

晚上躺在床上，她才放鬆下來，壓抑的情緒瞬間將她席捲，回想著和陸然在一起的點點滴滴，她泣不成聲。

她很清楚，一旦陸然娶了那位劉家小姐，她絕不可能去做陸然的妾室，就算陸然苦求也不行！

畏縮在後院，每天扳著指頭數著日子，盼陸然來看她，這種生活她想都不願去想。

真的這麼結束了嗎？以後和陸然真的變成路人了嗎？兩人再也沒有關係了嗎？她滿懷不甘，卻又無可奈何。

第二天一早，她突然想到，有沒有可能昨天自己剛走，陸然就回來了，兩人正好錯過了呢？於是她早飯沒來得及吃又跑上山。

遠遠地林伊看見陸然的山洞洞門仍然緊閉，她的心瞬間直往下落。平常這個時候，只要陸然在家，洞門肯定開了，虎子也肯定在外面跑來跑去。

她不死心地推開門，一切和昨天一樣，陸然昨晚沒有回來！

她頹然地坐在陸然的床前，兩手無助地抱著頭，任憑眼淚肆意流淌。是真的，陸然真的走了，不會回來了，一切都結束了！

她哭得撕心裂肺，肝腸寸斷。

被自己誤傷的陸然，救自己脫困的陸然，和自己去安福寺的陸然，陪著自己踏遍南山的陸然……每一個陸然都那麼鮮明生動，在林伊面前交替出現，可是她卻再也抓不住！

不知道過了多久，她晃晃悠悠地走出山洞，將洞門關上，輕輕說道：「再見陸然，你多保重。」

洞外耀眼的陽光將她哭得紅腫的雙眼刺得生疼，她輕撫了撫，慢慢往山下走。

走到安樂林時，她停住腳步，轉身看向來處。

就是在這裡，她第一次遇到陸然。就是那一片草叢，陸然就跌倒在那裡，自己想伸手拉他，他的神色真冷啊，臉上沒有一點表情。

林伊現在還記得他的那張臉，微微發紅，卻故作鎮定，她的眼淚又不聽話地流了下來。

還有虎子，虎子衝過來，以為自己要傷害陸然，對自己怒聲大叫……

「汪汪！汪汪！」一陣犬吠突然在林伊耳邊響起。

林伊甩甩腦袋，苦笑道：「竟然出現了幻聽。」

「汪汪！汪汪！」犬吠仍然在響，還有草葉被踩踏的聲音，是從身後傳來的！

林伊驚駭回頭，是虎子！虎子正向著自己飛奔，牠身後跟著的不正是陸然嗎？

陸然回來了！

她揉揉眼睛，這是真的，不是幻覺！

陸然邊跑還邊大叫她的名字。「小伊！小伊！」

林伊欣喜若狂，不再遲疑，飛奔著迎了上去。

待跑到近前，她不管不顧，一把抱住陸然。陸然的胸膛火熱滾燙，心臟怦怦跳動，腰背肌肉結實緊繃，充滿了力量，身上還有一股塵土味。

這是活生生、實打實的陸然，不是自己的幻覺！

林伊放聲大哭。「陸然，陸然，我以為你走了，我以為你不回來了！」

陸然緊緊回抱她，連聲回答。「怎麼會，我不會走，這裡就是我的家，我不會走。」

林伊痛哭一陣，待情緒略微平靜後，不好意思地鬆開陸然，低著頭不敢看他。她的眼睛肯定紅腫得不成樣子，丟死人了。

她喃喃道：「我就知道你不會走，你答應過我的，我們要一起周遊世界。」她忍不住又哭起來。「可我真的好怕啊，怕你不回來了。陸然，我差點嚇死了。」

陸然看著她憔悴的臉，心痛如絞，輕輕撫去她臉上不住滑落的淚珠，低聲道歉。「是我不好，讓妳擔心了，以後不會了。」

他一把抱住林伊，緊緊把她擁在懷裡。「小伊，小伊……」

林伊靠在他溫暖的懷裡，聽著他有節奏的心跳，慢慢放鬆下來。昨天和今天她哭得太凶，晚上沒有睡著，現在安定下來竟神思恍惚，昏昏欲睡，直到一個淡而輕柔的吻落到額頭，她才猛地驚醒過來。

她不好意思地立起身來，對陸然笑道：「差點睡著了。」

陸然見她破涕為笑，略略放了心，紅著臉拉住她的手不肯放開。「小伊，我不會離開妳，絕不會重走徐老爺的舊路。妳別不理我，不陪我走。」

林伊頓時窘了，徐老爺怎麼什麼都跟陸然說啊，她忙心虛辯解。「我知道你不會這樣做才這麼說的。」

陸然笑道：「我明白，小伊，我不會讓妳失望，妳放心。」

林伊一下想到了徐老爺昨天對自己說的話，和陸然的一夜未歸，忙問他是怎麼回事。

陸然把她拉到高樹的蔭涼處坐下，把事情的來龍去脈講給她聽。

陸然並不是自願離開，昨天一早，徐老爺帶著幾個隨從上山找陸然，要他跟著回去，陸然當然不肯。徐老爺也不再勸，直接讓隨從制伏了虎子和陸然，將他們從村外的小道綁回安平鎮。他自己則找到林伊，想讓林伊安心等待，只要自家的危機解除，陸然成了親，一切上了正軌，就娶她過門。

他自以為這就是為陸然好，既讓他有了事業，又幫他迎回愛人。可惜林伊的回答如當頭一棒，將他打得暈頭轉向。

回徐府的馬車上，他一直對陸然曉之以理，動之以情，把自己的艱難處境說給他聽。可惜陸然軟硬不吃，還放下話來，生意做好不容易，可要搞垮卻易如反掌，如果你讓我去做，就等著看吧。

至於父子之情，陸然的態度也很誠懇，如果徐老爺還念在尚存的幾分父子之情，就讓他過想要的生活，留在南山村。

「我對他說，我娘臨去前也不希望我回徐府，她只希望我能快樂的生活，他這麼做就是違背我娘的意願。」

不只如此，陸然還告訴徐老爺，他不可能娶那位劉小姐，他這輩子只娶林伊。他愛一個人就會堂堂正正的去愛，會尊重她，絕不欺騙她。

「我不會用自己的幸福和尊嚴換取榮華富貴，想要好生活，我自己會努力。」

徐老爺長嘆一聲，不再試圖說服他，接下來的路途陸然倒是得了清靜。

「他怎麼放你回來的？」

「不曉得他怎麼想通了，今天一早派了個下人把我的戶籍交給我，還送了我一匹馬，讓我想走就走。我一刻不耽擱離開徐府，跑到衙門重新辦了戶籍，騎著馬趕回來。」

陸然猜測林伊肯定擔心壞了，一想到她傷心欲絕的模樣，他就心急如焚，一路策馬狂奔，沒有休息，直接回到了南山村。知道林伊上了山，馬上帶著虎子來找她。

陸然從懷裡掏出一張紙，興奮地給林伊看。「看，我現在真的叫陸然了！」

林伊接過來一看，果然，那張戶籍姓名一欄赫然寫著──陸然！

陸然又從脖子上取下一塊玉墜，珍重地交給林伊。「這是我娘留給我的，不是徐家的東西，是我娘家裡祖傳的，我從小戴著沒有離過身。」

這就是當年陸然拚了命也要護住的玉墜吧？

林伊忙推辭。「這麼珍貴，我不能要。」

陸然小心地替她戴上。「妳以後就是我家媳婦了，當然能要。我娘說了，這是要送給我媳婦的。」

陸然看著林伊胸口的玉墜子，輕輕道：「我娘要是知道了，肯定很高興。」

「走，我帶妳去個地方。」他拉起林伊的手往前跑去，跑到一個山谷前。

這個山谷他們以前經常路過，對面是座高山，說話會有回音。林伊每次都會大聲亂叫，內容不外乎「虎子好乖」、「陸然好帥」、「我要發財」之類的，陸然總是抿著嘴笑，卻從不參與。

這次陸然把雙手放在嘴前，向著對面放聲大叫。「林伊，我要娶妳為妻，一輩子只愛妳，妳願意嗎？」

山谷不住地回應，妳願意嗎、願意嗎……

林伊聽著滿山的回音，心裡激動不已。她不猶豫，站在陸然身旁大聲叫道：「我願意！」

山谷再次回應，我願意……願意……

經過了這次風波，陸然立刻回到山下，要找林氏請教成親的流程。

他現在對徐老爺充滿了防備，總覺得他不會輕易放過自己。

萬一他又想不通了，回來再找自己，非要讓自己去聯姻，雙方起了爭執，難免讓林伊傷心。

人的感情是經不起折騰的，他不願意讓旁人來消耗他們珍貴的感情。

林氏見到和陸然一起回來的林伊，嚇了一跳。

只見她雙眼紅腫，面容慘澹毫無血色，神情十分疲倦，彷彿一夜之間回到了還在吳家村時，那個吃不飽飯、受盡折磨的小吳伊。

她懷著身孕，本就情緒波動大，看林伊這樣，更是心疼得直落淚。

林氏快步上前，將林伊拉過來，伸手摸她的臉，急切地問：「怎麼了？妳哭了？誰欺負妳了？」

她完全沒有懷疑過陸然，陸然對小伊多好啊，怎麼可能捨得讓林伊傷心？

陸然看著林伊憔悴的模樣，心如刀割，搶先回答。「是我不好，是我……」

林伊出聲打斷他的話，唇角揚起笑。「不關他的事。陸然和我商量成親的事，我想到要離開娘捨不得，一晚上都沒睡著覺，今天早上起來又哭了一場。」

她不想把徐老爺的事告訴林氏。林氏是個緊張派，現在又懷著身孕，肚子裡的孩子已經夠讓她擔憂了，每日不是擔心營養不足，就是擔心自己動作太大傷到孩子。

這件事已經解決了，就別再讓她煩心，免得她又瞎想。

「這傻丫頭，妳就住隔壁，又不是離了十萬八千里，有什麼捨不得？想我了，腿一邁就過來了。」林氏果然沒有懷疑，嗔怪地看她一眼，笑道。

林氏現在生活幸福，良子叔又疼她，雖是年紀大了，倒養出些姑娘家的小性子。

她眼眸明亮，皮膚透紅，這麼一瞥，完全看不出來已是三十多歲的婦人，竟有些嬌俏感。

她過得好，林奶奶心裡也高興，不由出聲打趣她，替林伊解圍。「要出嫁了都這樣，嫁給良子前妳不也是哭哭啼啼，捨不得走，現在都忘了？倒笑起小伊來。」

林氏被她說得不好意思，紅著臉轉頭看向林伊和陸然。

兩個孩子站在那裡，陸然高大挺拔，俊美不凡；小伊身姿修長，清麗秀雅。宛如金童玉女一般，當真是郎才女貌，般配得不得了。

「終於等到這一天了，我可是盼了好久。」她心裡激動，忍不住又抹上了眼淚。

丫丫忙勸她。「娘，這是高興事，妳可別顧著哭。快點跟姊夫說要做什麼，看他都急得直跺腳了。」

陸然也不害臊，只微微一笑。「林嬸子請妳多費心。」

關鍵時刻還是林奶奶靠譜，她見林氏只顧著抹淚不說話，馬上出來指點陸然，應該怎麼走流程。

「你算下哪天是吉日，請個媒婆來家裡提親。鎮上的許媒婆就不錯，你良子叔和林嬸子就是找她，再去安福寺請師父合你們的八字，如果上上大吉就要開始議親……」

「如果不合呢，是不是這門親事就做不成？」林伊聽得一個頭兩個大，臉皺成一團，出聲問道。

她是怕麻煩的人，前世的婚禮流程已讓她覺得麻煩複雜，結果這裡比前世還要複雜，而且後續還有更繁瑣的。

「妳這孩子，胡說八道些什麼？怎麼可能不合，那絕對合得不能再合。」林氏被她的話氣得顧不上哭了，抬手作勢要打她。

陸然見林氏生氣，忙攬過林伊，不動聲色地把她護在身後。

有陸然護著，林伊膽子更大，不管不顧地提出了意見。「咱們新事新辦怎麼樣，也不用搞那麼多麻煩事。我和陸然去衙門把婚書簽了，找個風景優美的地方來個旅行成親，回來買點當地的土特產送給親朋好友就行了。」

「不行！」林氏、林奶奶、丫丫異口同聲地反對。

「妳一輩子就成這麼一次親，怎麼能亂來？一步步流程都得走到，一點也不能錯！」林氏著急了。

「日子過得好不好跟這個有關嗎？我看好多人倒是一步沒錯，後來過得也不好。」林伊小聲嘟囔。

形式重要嗎？根本不重要，兩人相知相愛，共同經營以後的人生才最重要！

「丫丫，把妳姊拖出去，商量這事就不該讓她來聽，就會搗亂。」林氏不理林伊，直接對丫丫下命令。

丫丫忙抱著林伊的手臂要把她拉走，林伊怕林氏氣著了，只得噘著嘴跟著丫丫出門。

陸然走到林伊身旁，安慰她。「妳回家裡坐會兒，我一會兒就過來，別擔心，有我呢。」

林伊抬頭看著他，眼裡不加掩飾的喜意和容光煥發的俊臉，突然覺得自己是不是太自私，只顧自己的感受，卻沒有想過這件事對於林氏、林奶奶、陸然的重要意義。

她點點頭。「我知道，你們別管我，我是高興糊塗了瞎說的。」

丫丫在旁邊，羞得臉通紅，伸手輕輕推她。「姊！妳怎麼一點也不害臊！我都不好意思了！」

林伊絲毫不覺得這有什麼好害羞的，但見丫丫紅紅的臉蛋，噗哧笑出聲來。「我的事妳都要害臊，以後妳自己的事怎麼辦？」

「唉呀姊，妳怎麼這樣！」丫丫作勢要打林伊，林伊大笑著閃身跑了出去，丫丫追在她的身後直嚷嚷。

陸然看著林伊甜美的笑容，彎彎的眉眼，只覺得一束陽光照進心底。這兩日累積的鬱氣消散不見，唇角不自覺地勾起。

沒了林伊的搗亂，三人的商議非常順利。林奶奶年紀大，經驗豐富，掐著手指唸唸有詞，算出三日後，即六月初八就是吉日，宜嫁娶訂盟納采，上門提親非常合適。

陸然略遲疑了一下，抿了抿唇，神情赧然地問林奶奶。「祖祖，明天不合適嗎？」他真是一刻也不想再等，巴不得現在就去找媒婆上門來提親。

林奶奶驚愕地看著他，轉瞬呵呵笑起來。「這是最近的吉日了。小然，別急，好事不在忙上，你們的好日子長著呢，不急這一時半刻。」

陸然想想也對，這麼大的事還是慎重為好，還有很多東西需要準備，不過他還是打算今天就去鎮上請媒婆。

「我今天先去跟許媒婆把事情說定。三天後既然是吉日，那天想找她提親的肯定不少，萬一去晚了她沒時間就麻煩了。」陸然是個辦事穩妥的人，想事情想得很周全。

「行，你歇會兒就去吧。」林氏覺得他說得很有道理。

第八十四章

陸然又和林氏、林奶奶商量好訂親事宜，便走到林伊這邊。

此時林伊正在廚房裡忙碌。

她想著陸然一大早趕路回來，肯定沒心思吃飯，便用早上發好的麵團擀了細麵，打算做酸辣麵。天氣熱，麵條酸酸辣辣的很開胃。做好了再煎兩個荷包蛋，下幾片青菜葉，又美味又營養。

陸然一走到堂屋就聞到了酸香辣味，頓時感覺饑腸轆轆。從昨天早上被徐老爺強制帶走，他就茶飯無心，基本沒吃東西，到今天早上更是忙著趕路，又急著找林伊，把吃飯的事忘到了九霄雲外。現在放下心事，餓得能吃下一頭牛。

他忙進廚房幫著林伊做事，正在給林伊幫忙的丫丫看了立刻識趣地告退，還用大骨頭做誘餌，哄走了虎子，讓兩人獨處。

林伊見他進來，展顏一笑。「來得正好，剛把準備工作做完，馬上下麵。」

陸然見她眼下烏黑，心驀地一疼，伸手來接她手裡的活。「妳這兩天沒休息好，先去歇一會兒吧，這些我來做。」

「沒事，馬上好，你去洗洗，瞧你滿身滿臉的灰塵，和上水都能直接種菜了。桌上有晾涼的水，你先喝點。」林伊柔聲拒絕。

她現在心情大好，沒有一點睡意，只看了陸然一眼，便頭也不抬地繼續在灶上忙活。

陸然用手摸了摸臉，果然一手的塵土，不好意思地笑了，趕緊走到井臺打水清洗。

林伊煮的麵快好了，便到院裡叫他準備。

陸然身上剛收拾清爽，正站在井臺邊的樹蔭下用布巾擦臉。

幾綹烏髮從他的髮髻中散落下來，濕漉漉地垂在鬢邊，襯得一雙眼睛更加清澈明亮。見林伊出來，他綻開笑顏，眉梢眼角都是喜意，比那耀眼的陽光還要燦爛。

「收拾乾淨了嗎？要吃麵了。」林伊交代一聲，忙進廚房端麵，心裡卻在嘀咕，每天對著陸然這張俊臉，飯都要多吃幾碗。

陸然晾好布巾，大步進到屋裡，先端起桌上的水杯一飲而盡，頓時覺得一股清涼的細流滑進胃裡，整個人舒服鬆快了許多。

這時候林伊把麵端出來了，她給陸然煮了滿滿一大碗。米色的細細麵條，翠綠的菜葉，黃燦燦的荷包蛋，紅油油的辣椒，再加上撲鼻的酸香，令人食指大動。

陸然大大吞了口口水，接過碗來問林伊。「妳的呢？」

「在裡面，馬上端出來。」

林伊小跑著把自己的那碗也端了出來，坐到陸然身邊。

兩碗麵味道差不多，只是林伊的小份點，蛋也只有一顆。

陸然見了，要把自己的蛋挾給林伊，林伊忙用手擋住碗口，阻止道：「我這麼多夠了，要是想吃兩顆我自己就煎了。」

陸然見她態度堅決，不再堅持，低頭唏哩呼嚕地吃麵。

嘴裡是鮮香的麵條，身旁有林伊相伴。

陸然只覺得心裡無比滿足，這樣的生活，就算讓他當神仙也不願換。

他看著身旁的林伊，心疼道：「吃完了妳睡會兒吧。」

林伊吃飽了，睏意就湧上來，她打個哈欠，點點頭。「好，你也回去睡會兒，昨天肯定沒有睡好。」

陸然聽了，不自然地輕咳一聲，耳根微微發紅。「我去鎮上請媒婆，祖祖剛剛算了下，三天後是吉日，正好提親。」

「急什麼，不是還有三天嗎？你回去好好休息，明天再去吧。」

林伊覺得提到這個話題，自己應該象徵性羞澀一下，可惜卻完全沒有這種情緒，也沒有表演的天賦，還是不勉強自己了。

誰叫她和陸然太熟了，對於兩人成親的事又早就覺得理所當然。

「不用，早點定下來我才安心，要不我睡覺都睡不穩。」陸然瞄了眼林伊，紅潮從耳垂蔓延到雙頰。

林伊被他的反應弄得有些不好意思，不再開口勸阻。

陸然快速吃完，打馬上路，去鎮上找媒婆。

媒婆對於陸然的想法瞭然於胸，以迅雷不及掩耳之勢，快速走完了婚前的流程。算命先生也在陸然的授意下，算了個最讓他滿意的娶親吉日，六月二十八。

算命先生言道，那一天是個大吉之日，諸事皆宜，尤其宜嫁娶。錯過了這一天，再想要這麼好的日子至少得三年後了。

林氏雖然覺得時間上有點趕，但想著往後天氣更熱，林伊穿著嫁衣太辛苦，自家和陸然又早就做好了成親準備，再瞧瞧陸然興奮的樣子，反對的話便說不出口。

於是林伊和陸然的親事如火如荼地操辦起來，只是忙的是林氏、良子叔，還有陸然，林伊倒成了甩手掌櫃，萬事不管。

不過林氏不許她再往外跑，要她待在屋裡做針線繡嫁衣，保養皮膚，以最佳的狀態出嫁。

對於刺繡，林伊起初覺得受不了，不過沈下心來，竟也有了興趣。眼見一朵朵色彩鮮豔的嬌美花朵在手下漸漸成形，特別有成就感。

雖然林氏特地交代兩人，訂了親要避諱少見面，但是林伊總不出門，陸然不習慣，經常悄悄溜過來看林伊。

每次都見她坐在凳上一動不動，埋頭苦繡，就心疼得不得了，跟林伊建議乾脆去縣上繡坊買現成的，林伊斷然拒絕。

能穿上親手做的嫁衣嫁給心愛的人，是一件非常有意義的事，而且一輩子只有這麼一次，怎麼能嫌麻煩呢？再辛苦也心甘情願！

定下日子後，林伊還給小雲、翠嬸子、梔子去了信，希望她們來參加自己的婚禮，並藉此機會聚一聚。

本來她還打算邀請吳老三夫妻前來，可想了想，最終打消了念頭。

畢竟這是林氏前夫的家人，吳老三接到邀請，說不定會感到為難。就算他們真來了，良子叔不介意，村裡人知道了不曉得會怎麼議論，她可不願意林氏變成他們口裡的談資。以後有機會去長豐縣再去拜訪他們吧。

沒有想到的是，早上才把信發出去，下午有村民去鎮上，竟然帶回了小雲的回信。

林伊拿著厚厚的信封心生疑惑，難道她知道自己要成親了，先來信祝賀？

她轉瞬失笑，小雲又沒有未卜先知的能力，怎麼可能事先算到。

也不知道小雲到底有什麼急事，等不到翠嬸子家的送貨車隊帶信過來，而要從車馬行寄過來，還這麼厚一疊，不曉得寫了多少事。

林伊坐回屋裡，打開信紙大略晃了眼，頓時一驚，她在吳家村的渣爹吳老二出事了。

前幾天吳老二失手將他的第二任媳婦劉寡婦打死，被長豐縣衙門抓獲，審訊無誤後，被判流放西北苦寒之地。

離開吳家村已快三年了，她現在的生活過得很充實，每天有忙不完的事。吳家的那一堆親戚對她來說已經變得遙遠而陌生，現在乍見到吳老二的名字，差點沒反應過來。

小雲才學寫字不久，字寫得張牙舞爪，碩大無比。一頁紙雖沒寫多少字，卻把事情經過寫得很詳細。

林伊一目十行，唰唰唰沒一會兒便看完，弄清了整個事件的來龍去脈。

原來劉寡婦嫁進吳家後不久，就被楊氏「無意」間戳穿假懷孕的真相。田氏自然不肯輕易放過，扭著她大鬧一場，並藉此打壓她，想讓她和以前的林氏一樣，低聲下氣為家裡做牛做馬，包攬一切家務，否則就要把她休回家。

哪知道劉寡婦完全不吃這一套，她很清楚地告訴吳家人，就吳家這破屋窮地，她早就待不下去了。有本事就把自己休了，她立刻掉頭就走，一刻也不會猶豫。

田氏想欺負她？休想！

田氏是什麼樣的人？沒理都要鬧三分，眼下明明是劉寡婦做局設計自家，不僅不心虛內疚，還敢如此囂張，根本不把自己這個婆婆放在眼裡！

她面上下不來，跳著腳地罵劉寡婦，語言極其惡毒刻薄，把她家的祖宗十八代都扯出來罵了一遍，最後向吳老二發出命令——馬上把劉寡婦休了。

可是任她跳得再高，吼得再凶，吳老二就是不吭聲。

吳老二雖然痛心自己的兒子夢成空，卻更不願休了劉寡婦。他們家已經惡名在外，真休了劉寡婦，誰願意嫁給他，難道孤家寡人過一輩子？

再說了，劉寡婦雖然不像林氏那麼溫順聽話，手腳勤快，卻青春貌美，夫妻生活時常花樣百出，很放得開。和她在一起，吳老二覺得年輕了不少，哪裡捨得下她！

沒有吳老二的配合，事情最終不了了之，只是田氏氣不過，隔三差五地就要揪出來鬧上一回，讓劉寡婦很厭煩。而且吳家的伙食比豬食強不了多少，劉寡婦想改善生活，就得自己拿錢出來。

日子一長，眼看尚算豐盈的荷包漸漸癟了下去，讓劉寡婦心裡不住發慌。現在她有底氣和田氏鬧，就是因為有銀錢在手，到時候全花完了，一文不剩，她豈不是只能像林氏那樣，忍氣吞聲地在田氏手下討飯吃？這點在她看來堅決不能忍受。

於是她便讓吳老二提分家，搬出去單過，用剩餘的錢買上兩畝地，再做點小買賣，比一家人乾耗著強。

吳老二卻怎麼也不肯。現在在家裡，劉寡婦和他吵架不做事，他可以厚著臉皮吃他娘的，雖然味道不好，總能填飽肚子。有時候他這屋裡亂得不像話，田氏罵歸罵，還會幫著收拾收拾。

要真搬出去，這些事就全落在他的頭上，他才不幹呢。雖然現在劉寡婦說得好聽，以後會好好負責家務，把家打理得整整齊齊，可以他對劉寡婦的瞭解，他完全不信！

劉寡婦連著鬧了幾次無果，不想再和吳家人糾纏，直接收拾細軟，在鎮上租了間帶著小雜貨鋪的屋子，獨自搬到鎮上居住。

說起來她在做生意上有點小天賦，加上她年輕漂亮，性情活潑，嘴巴甜會來事，見到年輕男子更是連說帶笑，小雜貨鋪竟被她經營得有聲有色。收入很看得過去，又沒有人干涉刁難，日子比在吳家不曉得滋潤了多少倍。

不過據小雲親娘楊氏所言，她不只白天賣，晚上也賣，賣的東西不同而已。

當然以楊氏的德行，她的話水分很重，不足為信。但是不管怎樣，劉寡婦就這麼在鎮上安下了家，不肯再回吳家村。

吳老二見劉寡婦的日子過得好，便起了心思想和她一起住在鎮上，自己是她的男人，跟她一起生活天經地義。

劉寡婦卻死也不肯，她的理由也很充分，這間屋子的主人是個寡婦，不肯租給有男人的人家。當初租房時，她和屋主說定了只有她一個女人住，屋主才答應租給她，如果吳老二來住，肯定要把她趕走，不再租給她。所以她寧願拿錢給吳老二用，也不願意他留下。

一開始吳老二拿了錢還肯離開，漸漸地有些風言風語傳到他的耳裡，說他頭上已經是一片青青草地，令他很沒有面子。劉寡婦再給他錢，他收了，人卻不肯走，要不就讓劉寡婦跟他回吳家村，不做這門生意，兩人為此鬧得很厲害。

吳老二氣急了便故態復萌，動手打劉寡婦。

劉寡婦卻不怕他，她是個潑辣之人，豁得出去，直接朝吳老二揮剪刀，還專往他的要害處刺，把他嚇得落荒而逃。

前段時間，吳老二在家被田氏鬧得待不下去，只得到鎮上去找劉寡婦，兩人自然又是一番打鬧。最後劉寡婦咬牙朝吳老二揮起了剪刀，一副魚死網破的瘋狂模樣。

吳老二見她如此凶悍，完全不顧忌夫妻情分，勃然大怒，用力甩了她幾個大巴掌，又狠狠將她推倒在地，便甩門而去。

誰想到劉寡婦倒下時剪刀正好插進頸部，頓時血如泉湧，止都止不住。劉寡婦掙扎著想叫人，卻根本起不了身。等第二天和她要好的鄰人見她沒有擺攤，進來找她，才發現她人都硬了。

鄰居立刻報了衙門，衙役稍一瞭解，整個事情便一清二楚。於是趕到吳家村將還在蒙頭大睡的吳老二捉拿歸案，一番審問，證據確鑿，將吳老二收監，等待最後判決。

這消息猶如晴天霹靂，將吳家人打得暈頭轉向。田氏更是腦袋一熱，倒在地上不省人事，醒來後半身不遂，口眼歪斜，話都說不清楚。徐郎中上門一診，這是中風了，以後只怕都得在床上躺著。

而吳老頭情況更不樂觀，他從去年開始神智就越來越混亂，眼前的事情記不住，眼前的人不認得，幾十年前的事和人卻記得清清楚楚。稍一不留心，人就不曉得跑哪兒去了，經常全村出動找人，結果不是在地裡偷菜，就是在河邊偷人家鴨子生的蛋，見被人發現還撒腿就跑，邊跑還邊嘿嘿傻笑，跟不懂事的小孩子差不多，搞得村裡人都覺得詭異。請來徐郎中才知道，他這是得了癡呆症，越往後會越嚴重，清醒的時間會越來越少。

面對著兩個生活不能自理的老人，吳老大和楊氏犯了愁，他們的生活自理能力並不比田氏和吳老頭強多少，以後的日子可怎麼辦？

正巧吳老三聽說了吳老二的事，趕回吳家瞭解詳情，見到爹娘的狀況，心裡特別難受。不管這二老對別人怎麼樣，對他卻是好得沒話說，他狠不下心來不管他們，於是把兩位老人接回家，打算親自照顧他們。

吳三嬸倒是沒有意見，畢竟這是吳老三的親爹娘，她不能攔著他盡孝。而且這兩人一個癱、一個呆，沒有能力找她麻煩，一個月花點錢找幾個人侍候他們，這對她來說根本不算個事。

不過她還是向吳老三建議，把他們送到鄉下的莊子找專人照顧，吳老三定期過去探視即可。

吳老三親自看了那座莊子，覺得景色氣候都不錯，比在鎮上強，便答應了。

現在田氏有下人侍候得妥妥貼貼，而吳老頭清醒的時候有人陪他打牌，糊塗的時候有菜讓他偷，有樹讓他爬，倒是比在吳家村強得多。

吳老三又跑上跑下幫吳老二打點，想保他一命，畢竟他不是故意殺人，只是失手而已。

現在正是太平盛世，國家富足，百姓安康，朝廷以仁義為治，用法寬簡，輕易不會定人死罪。加上吳老三的奔走，雖涉及人命，吳老二只被判了流放，算是保住性命。

就這麼短短幾年，人丁還算興盛的吳家便敗落不堪，只剩下吳老大一家四口。就是沒心沒肺的楊氏、吳老大也感覺到了淒涼惶恐，總怕有一天自家也會遇到災禍，自此以後倒是夾起尾巴做人，說話都沒有了底氣。

吳家現在成了吳家村的負面教材，大家常常拿他們家的事情教育小輩。看吧，不要學這家人，以前那麼好的媳婦不知道珍惜，好好的日子不過，硬是把人家氣跑了，娶回個敗家精，把家都敗完了。

對於吳家人的現狀，林伊一點也不同情，反而心情大好，痛快不已。這家人重男輕女，把欺壓婦女當作天經地義，心安理得地享受家裡女人們的付出，卻絲毫不尊重她們，家裡人也各懷心思，落得如此下場，完全是咎由自取。而且吳家大房如果不好好管教大寶小寶，以後還有他們哭的時候。

她收起信，長吁口氣，她不打算把這事告訴林氏，她現在和良子叔過得幸福美滿，滿心裡只有自己的親事和肚子裡的寶寶，就不要用這件事煩她了。說不定她都忘了吳家人，忘了吳老二是誰了。

林伊回想幾年前在吳家村度過的那段時光，竟覺得不太真實，恍如隔世。

不管怎麼樣，吳家人以後如何，和她再沒關係。至於吳老二，他是生是死更不值得她關心。

第八十五章

還有件事值得一提，在媒婆上門提親的前一天，陸然帶了位客人上門，這位客人林伊認識，就是曾經想讓她嫁給陸然做小妾的徐老爺。

他是以陸然長輩的身分來拜訪林氏和良子叔，非常誠懇地與他們商討陸然與林伊親事的細節。這讓林家人喜出望外，畢竟成親不只是兩個人的事，更是兩個家庭的事。

陸然這邊只有他孤家寡人一個，顯得太過勢單力薄，而且沒有男方親戚的參與，婚禮也不夠熱鬧喜慶。

雖然大家都知道他的情況特殊，可總歸是個缺憾，徐老爺的出現，正好彌補了這個缺憾，並讓陸然的身分提升了不少。現在這樁親事簡直就是十全十美，一點瑕疵都沒有了。

村裡人聽說這麼氣派的大老爺竟是陸然親爹後，一片譁然，對林家更加高看一眼，紛紛羨慕他們有眼光，撿到了陸然這個寶貝。有人更是後悔不已，陸然小時候被高家人虐待，自家為什麼沒有出手相助，當初要是將他接到家裡撫養，現在豈不是和城裡的大老爺攀上了親戚？

林伊卻對徐老爺的出現感到奇怪，他不是希望陸然娶劉氏的娘家姪女嗎？是什麼原因讓他改變主意，認可他們的親事，甚至親自出面操辦？

還是徐老爺親自為林伊解了惑——原來陸然離開後，徐老爺突然覺得心灰意冷，他半生的謀劃與至親所受的痛苦換來了什麼？孤零零地坐在空蕩蕩的房裡，對著金銀珠寶發呆嗎？沒有親人在身邊分享，就算掙得了再多的錢財，又有什麼意思？

他想到早逝的丁氏，不由痛灑熱淚，錢財沒了還能掙，親人沒了卻再也回不來了。而他本來找回了自己唯一的親人，還能多一個兒媳婦，等過段日子他們成親生子，自己還會有孫子孫女，到時候他們圍在自己膝下，叫著自己爺爺，爭著要他抱，小然和他的媳婦就在旁邊擔心叮囑，不要累著爺爺……他越想這個情景越覺美好，不由無限憧憬，彎起唇笑得開心。

不過他瞬間清醒過來，這份美好已經被他毀掉了，是他親手把小然推開，還惹惱了他最在乎的人。想到他們在那邊熱熱鬧鬧，共享天倫之樂，自己卻在這邊孤單寂寞，就更加無法忍受。

正在自怨自艾，就接到安平鎮陳掌櫃的來信，說陸然正在鎮上請媒婆，六月初八要去林伊家提親，可能很快就會訂下婚期。

徐老爺再也坐不住。不行，陸然成親他怎麼能不參與？他決定再赴南山村，把自己的心裡話告訴陸然，力爭取得他的諒解，就算讓自己放棄現在的財富也願意。

於是在陳掌櫃的安排下，他再一次見到了陸然，開誠佈公地和他談了一次，表明心跡。只要他願意做回自己的兒子，還願意認他這個爹，自己並不介意陸然改名。

陸然感受到他的誠意，心裡也很感動，畢竟血濃於水的親情不是那麼容易割捨。再看到徐老爺鬢邊的白髮、眼角的皺紋和對自己小心翼翼討好的態度，最終選擇原諒了他。

徐老爺立刻歡欣鼓舞，接下了陸然成親的一切事宜，凡事自有他來安排，不用陸然再多操心。

林伊對這一切樂見其成，陸然和親爹重歸於好，這世上又多了個愛他、關心他的人，她完全沒有意見。

徐老爺還提出在鎮上買座宅子，自己以後搬來安平鎮住，陸然和林伊也在鎮上成親。陸然拒絕了，他就喜歡在南山村待著，不願意離開南山。徐老爺來安平鎮，他倒是非常支持，以後兩人可以常常見面，聯絡父子感情。

而陸然很有經商頭腦，他給徐老爺建議，讓他壯士斷腕，把府城虧損、沒有競爭力的鋪面全部轉讓出去，將資金收回來，全力經營尚能營利，有發展前途的鋪子。正所謂「船小好掉頭」，以後若有更好的經營方向，可以馬上轉型，說不定能東山再起。

徐老爺也正有此意，只是自己一手做起來的事業要結束難免不捨，心裡正在猶豫不決，陸然的一番分析讓他堅定了決心。他盤算之下，發現有必要留下的只有一間酒樓，不過他現在已經不耐煩做這些事，便派了陳掌櫃前往府城，全權處理此事。

飄香樓因為遠在安平鎮，並沒有被徐老爺的競爭對手打壓。而陳掌櫃打理酒樓很有一套，當初安平鎮的這間酒樓嚴重虧損，根本經營不下去，自他接手以後竟做大做強，成了安平鎮的第一大酒樓，並形成壟斷的局面。現在安平鎮只有一些小飯館，根本沒有與飄香樓抗衡的酒樓。

徐老爺對陳掌櫃有知遇之恩，陳掌櫃對他非常忠誠，府城的生意交給陳掌櫃打理，他非常放心。

林伊還把後世的一些菜譜寫出來交給陳掌櫃，作為府城酒樓的秘密武器。比如四喜丸子、梅干扣肉、松鼠鱖魚、水煮肉片、回鍋肉、麻婆豆腐等，有葷有素，有蒸有炒，喜得陳掌櫃抱著就不肯放手。

這些菜餚在酒樓一經推出，果然風靡全府城，引來無數好吃客的追捧。酒樓更上層樓，一躍成為府城最大酒樓，並陸續在其他縣城開了分店。

不過這事徐老爺並不放在心上，他現在最開心的是在商談婚事時，林家主動提出陸然不必入贅，畢竟他們只想林伊留在身邊，至於是用何種方式留下，他們並不在意。

林伊就更不在意了，她可沒有要替誰家延續香火的義務，只要能和陸然過得幸福，是嫁是娶一點也不重要。

陸然也不在意，他一個人孤單慣了，對這些事沒概念，怎麼樣都好。

可是徐老爺在意啊，自己的兒子是個上門女婿，他總覺得面子上過不去。得了這個消息更加熱情高漲，使出全部精力操持親事，每天都樂呵呵的，渾身有使不完的勁。

成親的日子一天天臨近，陸然開始著手準備林伊所說的蜜月旅行。他前往鎮上的書局，買了一堆遊記，想找個滿足林伊所說的，既要風景優美，距離不能太遠，玩起來還不能太累的度假勝地，畢竟度蜜月嘛，還是以輕鬆休閒為主。

這天晚上，夜幕剛剛降臨，墨藍的天空中還殘留著一抹晚霞，空氣裡飄蕩著七里香的淡淡清香，清涼的山風將林家後院的竹葉吹得沙沙作響。一個矯捷的身影在夜色掩護下，從竹林中穿出，敏捷地翻過後院的小門，輕悄悄溜到林伊的窗下。

林伊的嫁衣已經繡完了，這會兒正在屋裡翻看著小慧找來的最新花樣，打算明天繡在絲帕上，就聽見窗外有人在低聲喚她。

「小伊！」

林伊跑到窗前，卻是陸然站在窗外，微仰著頭，滿臉帶笑地看著她。

今天他穿了身墨綠色的短衫，立在夜色中，身姿如竹如松，說不出的蒼勁挺拔，英氣逼人。

林伊知道他又是翻牆而入，也不說破，只讓他進屋。「進來啊，在外面站著幹麼。」

陸然有點不好意思，抿了抿唇。「就在這兒吧，林嬸子不讓我們見面。」

「那你還跑來。」林伊好氣又好笑。

陸然看著林伊，見她粉臉微紅，紅唇輕嘟，似嗔還喜地瞪他一眼，說不出的嬌俏可愛，頓時心中一蕩，忍不住上前握住她的手。「我有個消息告訴妳。」

林伊冷不防被他握住手，心裡又慌張又甜蜜，正想抽出手，聽到他的話，立刻來了興趣，也顧不上其他，馬上追問。「啊，什麼消息？是好事嗎？」

「我昨天把我們的南山遊記拿了一冊給書局老闆看，結果他非常感興趣，還讓我把所有的都拿給他。我今天把我那邊的都帶過去，他說寫得很不錯，問我願不願意賣給他，他印了放在書局賣。」

陸然清澈的眼眸中似有亮光在跳動，整張臉變得神采奕奕，迫不及待地把事情的來龍去脈告訴林伊。

原來陸然聽了書局老闆的話，立刻有了個大膽的想法。既然自己能透過別人的遊記找地方遊玩，那自己的遊記發行開來，也有可能吸引遊客到南山村、南山來，這樣不是又給南山村帶來新的開源之路？

不過，光是把人吸引過來不行，還得讓他們滿意而歸，口耳相傳，帶來更多的客源。

現在沒有打理過的南山上樹亂草雜，山路難行，要想讓人乘興而來、盡興而歸有點難度。最好是能打造一番，將南山加以修葺，拓寬整平山路，規劃出一條景色優美，又安全易行的遊覽路線。

如果在山上建一座山莊，讓遊客在山莊歇息，不僅觀美景，還能吃新鮮的野物更好。

而且南山村的竹器已經有了好口碑，客人離開時，再帶點特產回去是再正常不過的事，這樣也能帶動竹器的銷售。

林伊聽了非常贊同，止不住地誇他。「不錯，你這個主意好。咱們南山就是養在深閨裡的美女，再美都沒人知道，只要知名度打出去，保證遊客絡繹不絕。」

不過她也有問題。「現在南山村的壯丁都在忙著編織竹器，哪有人手打造南山村？」

陸然撫著林伊的手，輕嘆口氣。「妳還記得小六那幫人嗎？」

「當然記得，那次小六偷了我的肉，還是你把他們嚇跑，把我救出來的。不過後來我去鎮上遇過他們，他們遠遠看見我就跑開了。」

「我警告過他們，不許再出現在妳面前，他們當然得跑快點。」

「原來如此，我說怎麼跑那麼快，就像後面有狗在追，他們還真聽你的話。」林伊想到小六幾人倉皇逃竄的模樣，不由得好笑。「你提他們幹麼，是想讓他們來南山村？」

陸然確實是這麼打算的，他想讓小六幾人落戶南山村，把打造南山村的任務交給他們，讓他們有條生存之路。

原來這六人被陸然警告過幾次後，已經安分下來，在鎮上靠打零工維持生計，只是鎮上的工作機會並不多，他們的日子過得很是艱難。

而他們中的老大已經二十好幾，早就該婚娶，卻沒人肯嫁給他。直到去年他們遇到了一對流浪的孤女，將她們納入了團體之中，老大還和姊姊成了親，並於不久前生了個兒子。雖然窮苦困頓，卻也有了希望。

哪曉得他的兒子因為營養不良，身體瘦弱，整天病病歪歪。老大為了給他治病，借遍了能借的人家，卻依然不夠看診費。前兩天正好遇到陸然去鎮上，他馬上向陸然求救，雖然陸然幫他把孩子帶到醫館，願意墊付所有診費，可惜為時已晚，還是沒有救回老大的兒子。

老大悲痛欲絕，其他幾人也感同身受，傷心不已，都認為不能再這麼下去。

他們向陸然求助，現在南山村是有名的富裕村，陸然能不能幫著作保，讓他們到南山村落戶，他們一定會珍惜這個機會，絕不惹事。

陸然很為難，現在的南山村不再是以前沒人願意落戶的窮山溝，而成了安平鎮的香餑餑，想來此地落戶的人不少。以前遷往他處的村民也找村長要求回來，村裡已經人滿為患，以至於去年村長就發了話，不再接受新的人家落戶。

看著他們絕望的眼神，陸然心裡不好受，這些人都是孤兒，比他還慘，他至少有陸爺爺願意收養照顧他。而他們全靠自己，受盡苦難才勉強生存下來。可如果自己打造南山的計劃能夠實施，不正好就能安置他們，為他們提供一條生路？

「他們以前是混混，萬一到了南山村不好好幹活，挑出事端怎麼辦？」林伊也有顧慮，陸然好心幫他們，萬一他們老毛病犯了，給南山村帶來麻煩，就得不償失。

「他們本質不壞，這幾年我和他們打過不少交道，除了小六愛惹事，其他五個安分守己，從來沒有過分之舉，只是因為無人管教，有點不好的習氣。這次的事對他們觸動太大，都不願意再像以前一樣無所事事，混一天是一天，而是想好好過日子。並且老大跟我保證，只要能到南山村，吃飽飯，他會約束其他幾人，如果有人做了不好的事，立刻攆出去，絕不會心軟。」

「這事你要跟村長商量，徵得他的同意才行。不過我覺得村長是個開明的人，只要對南山村有益，他肯定會答應。」

「好，我明天就去找村長。」

陸然看著林伊，心裡湧起一腔柔情密意，不論自己說什麼做什麼，林伊都會幫他出主意想辦法，無條件地支持他。得妻如此，夫復何求？

「我真想快點到六月二十八。」不知不覺，他每天在心裡想過無數遍的話，自動跑了出來。

「我也想。」林伊回望著他，柔聲道，一點也不忸怩。

沒錯啊，我就是這麼想的，幹麼要隱瞞自己的想法，愛就是要大聲說出來！林伊理直氣壯得很。

陸然看著她俏臉飛霞，紅唇如花，忍不住就要埋下頭來一親芳澤，卻聽見外面有人在喚。「姊，睡了嗎？」

「糟了，丫丫來了，你快走！」林伊一下清醒過來，忙推開陸然。

「好，我明天再來看妳！」陸然快速地在林伊額頭上輕吻一下，戀戀不捨地翻牆而出。

第八十六章

第二天，陸然就找到村長，把自己的想法和盤托出。

村長非常有頭腦，他很清楚知道，南山是個巨大的聚寶盆，可惜從來沒有好好利用，村民從中得到的財富非常有限。如果陸然的計劃得以實施，將把村裡的經濟帶動得更上一層樓。

他立刻叫來大強、小壯一起參加商討，他想得很通，年輕人就是要多思多想、多動腦，不能全指望他這個老人。

幾人拿著陸然畫的南山地圖研究一番，最終將豐收林以下的位置規劃為旅遊路線。陸然還提議把沿途的每個景點取上名字，比如仙女池、珍珠瀑、五丈崖等，再立個石碑，加以介紹，再編點傳說故事。

村長非常認可，直誇陸然腦子好使。

「瞧瞧陸然，和你們年紀差不多大，心裡倒是有成算，一心為村裡著想，你們得學著點。」他對兩個孫子道。

他是真的喜歡陸然，不只模樣長得好，性情也好，話不多，做事卻不含糊。

就算城裡當大老爺的親爹找上門認了親，陸然還是和以前一樣待在南山村，一點也不浮躁。

不像有些人，發點財，連姓啥都不曉得，生怕別人不知道，恨不得把錢幣都貼腦門上！大強和小壯也很佩服陸然，想和他多相處。只是陸然對人清清淡淡，保持著距離，並不太好親近。

陸然抬眼看了眼村長，對他的誇獎不置可否，只把地圖推過去，又討論起山莊建在哪兒比較好。

照他的意思，最好建在安樂林邊上。那裡不只安全，還偶有小野物出沒，客人如果想打獵也能滿足，再加上旁邊有條小溪，客人要釣魚都沒問題。

村長沒有意見，幾人決定立刻上趟南山，把規劃好的路線走一遭，再定下山莊的具體位置。

只是村長有個問題，打造南山以及後期維護的人手從哪裡來？

開山建道是力氣活，需要壯丁，可現在村裡竹器生意越來越好，人手根本就不夠。

至於經營山莊，不僅要長住山上，還需要生意頭腦，能寫會算，更要拉得下臉，會說漂亮話，讓客人滿意。

他放眼望了望，村裡人做農活，編竹器還行，這些卻不太擅長。

陸然乘機提出了老大幾人的事，他們因為長期在鎮上打零工，做的活很雜，各方面都有涉及，加上幾人臉皮夠厚，招待客人完全沒問題。

有陸然作保，村長自然沒話說，並答應在南山生意做起來前，幾人可以住在山上，靠採野貨為生。

現在南山村人因為經濟寬裕，已經很少上山，只是撿點柴火，嘴饞時偶爾採點山珍，換換口味。

得到消息後，老大幾人都歡喜得昏了頭，沒想到陸然竟真的幫他們在南山村落了戶。當即照陸然所說立下字據，定會遵守南山村的一應規定，如果不遵紀守法，惹是生非，自動離開南山村，絕無怨言。

當然村長做這事不會白做，事情一落實，就到衙門裡報上去，自然又得到一頓誇讚。這幾人鎮上都認識，他們不是窮凶極惡的壞人，但整天無所事事在鎮上閒逛也是個隱患。南山村幫著解決了他們的生活問題，就是幫衙門解了難題。

至於山莊經營，陸然自己承包下來。徐老爺推薦了個有經驗的管事來做掌櫃，陸然每年繳納利潤的五成給村裡，村長和村裡有威望的老人們商量之後，完全同意。

在林伊的婚事前，陸然的遊記印了出來，不只在安平鎮賣，書局老闆還推銷到昌永縣自己親戚家開的書局裡。從內心來說，他很希望能為南山村引來遊客，這樣也會讓安平鎮變得更繁華，對安平鎮所有人來說都是好事。

徐老爺對陸然的這樁生意更是上心，他把陸然的遊記推薦給在府城開書局的朋友，想藉此給南山山莊招來遊客。

不僅如此，他還讓陸然把遊記簡化一番，做成薄薄一冊，放在酒樓，食客們等酒菜時，就介紹給他們，讓他們翻看。

一般來說，喜歡吃的都是喜歡玩的，這麼一來還真給南山拉了不少遊客來。

老大幾人則加緊建設南山，他們在山上修了草屋暫時住下，等南山山莊建好後，就會搬進去。

南山村竹子多，所以山莊也用竹子修建，修在山溪旁。共建了兩層，一層大廳擺著桌椅，用作餐廳，四周修了不少雅間。

樓上是客房，遊客們可以住在上面欣賞如畫山景，聽溪水潺潺，晚上還能枕著松濤入眠，十分雅致。說不定能激發出文人的靈感，寫出膾炙人口的佳作。

六月二十，林伊搬到了隔壁良子和林氏的家，六月二十八她將從這裡出嫁，由陸然迎娶到隔壁林家。

徐老爺這幾天帶著下人在林家裝飾婚房，雖然忙碌，心情卻前所未有地好，整天喜氣洋洋。人看著年輕了好幾歲，越發顯得丰神俊朗，引得無數小媳婦大姑娘沒事就來找林伊說話，就想多看看隔壁的徐老爺。

有幾個寡婦更是春心萌動，作起了能與徐老爺共譜良緣的美夢。不過大家想歸想，卻沒人敢付諸行動，實在是差距太大，就算別人不說什麼，自己也鼓不起勇氣。

到了六月二十二，這天是添箱的日子，村裡的小媳婦大姑娘又都相約著來到林家。一方面是真心感激林伊，將自己精心準備的禮物拿出來添箱；另一方面藉此再看徐老爺一眼，也不奢望發生什麼故事，只求飽個眼福。

何氏特別感謝林伊，多虧林伊替東子出主意，讓他編織籮筐，後來又讓他用竹絲編首飾，掙了不少錢，不僅蓋了大房子，買了馬車，還在外村置了地，這輩子衣食都不用發愁了。一想起過去飯都吃不飽的苦日子，她就忍不住打個寒顫，要不是林伊回到南山村，他們家哪有這麼好的日子過，說不定還在為兒子小柱的親事發愁呢。

所以她不僅備了厚禮，東子叔還為林伊編了一只精美絕倫的竹手鐲，令林伊愛不釋手，當即戴在手上。

六月二十六，小雲和小琴來到了南山村。翠嬸子因為又懷了身孕不宜遠行，而梔子訂了親事，要在家備嫁，所以她們沒來，只託小雲帶來了送給林伊的添箱。

小雲現在看著容光煥發，神采飛揚，周身散發出成熟婦人的迷人魅力，舉手投足間也更加自信從容。

自從邱老三的親娘兩年前病重身亡後，邱老三就像沒了脊梁骨，整天低眉垂眼，話都不敢高聲說一句，家裡的一切事務都由小雲說了算。

小琴則更加活潑，臉上總是掛著無憂無慮的笑容，讓人一見心生好感。她也在相人家了，據說已經有不少媒婆上門，不過小雲想她在家多待些日子，畢竟出門做了人家媳婦，日子肯定不如在家裡自在。

小雲和小琴比較實惠，直接送了三十兩銀子給林伊。這讓林伊慚愧不已，當時小雲成親，自己才送了十二文，這是翻了多少倍？

小雲毫不在意地擺擺手，豪氣地道：「我現在和以前不一樣了，我拿得出來妳就收著，別跟我客氣。」

兩人又說起吳老二，小雲見林伊毫不在意，倒放下了心事，她怕林伊知道了心情不好，可又覺得到底是她親爹，出這麼大的事還是應該告知一聲。

「林嬸子那麼好的人不知道珍惜，找了這麼個潑婦，現在遭報應了。」

林伊笑笑沒接話，這家人的事也就當個笑話聽，完全引不起她內心的一絲波動。

「我娘想把老屋賣了，搬到邱家跟我一起住。」小雲說出了楊氏的新打算。「她說天黑了老覺得二叔家有動靜，好像是劉寡婦在罵人。仔細聽就沒了，等睡下又能聽到，嚇得她覺都睡不好，而且她覺得老屋風水不好，才會出這麼多事。」

林伊暗笑，顯然以前楊氏沒少挑撥田氏和劉寡婦，這會兒便疑心生暗鬼了。

「妳願意嗎？」

「當然不願意，我好不容易才從她手裡脫身出來，怎麼可能再讓她到我家來。我跟她說邱老三的娘常常看見前面那個小媳婦在我家遛達，要是妳來遇上了，把妳當成邱老三的娘怎麼辦？那個可是更厲害，邱老三的娘都被她活活嚇死了，妳想想自己能不能扛住吧。她聽了嚇得直哆嗦，不再提這話了。」

林伊誇道：「妳這法子好，一下就把她制住了。」

「唉，要不能怎麼辦，畢竟是親娘，真要不理她，她一哭鬧大家都會向著她，說我不孝，我真想搬遠點，讓她找都找不到。我跟妳說啊，她聽說妳出嫁，還想跟著來祝賀呢，說是聽說你們家掙了不少錢，她要來見識一下。」

「真的？妳又是怎麼攔住她的？」

林伊對楊氏的厚臉皮真是佩服，以前在吳家她那麼對林氏母女，現在居然像沒事人一樣，想當親戚走動。

「我說要來可以，妳是長輩，得準備賀禮，現在你們家有錢，尋常的禮拿不出手，至少得一百兩以上。把她嚇住了，說你們家眼裡只有錢，以前的親戚都不認了，也沒再提要來的話了。」

「哈哈，妳讓她拿錢出來，不等於挖她的心肝嗎？她怎麼可能捨得。」林伊想想當時的畫面和楊氏嘟嘟囔囔的嘴臉，笑得不行。

「不過我聽翠嬸子說，吳家村的人知道妳在這邊幫著出主意，讓村子掙了錢發了財，都後悔得不行，說妳肯定有福運。當初怎麼也該把妳們留在村裡，說不定吳家村也發達起來了，還有好多人家說該把妳定下來做自家媳婦，自家說不定也發財了。」

林伊哭笑不得，這是把自己當招財貓了？不過吳家村的人當時幫自己不少，要不是他們鼎力支持，她和林氏也沒那麼容易離開吳家，現在他們有這想法，她並不反感。

新婚前一天送嫁妝，柱子作為林伊的堂兄親自將她的嫁妝命人擔上，在村裡轉了幾大圈才送回了一牆之隔的林家。

村裡人看得瞠目結舌。當初陸然送聘禮的時候，就把南山村人驚了一跳，不僅提了一對活蹦亂跳的大雁，還有各式金銀珠寶首飾釵環，以及精美布疋，糧食家禽，好酒好茶。前段時間村長的大孫子大強成親時讓人眼紅的聘禮，和陸然的一比根本不夠看。

沒想到的是，這些聘禮林家一樣沒留，原封不動地返還，還另外添置了不少物品。林家那麼大的院子竟擺了個滿滿當當，在陽光下熠熠生輝，晃得人心跳加速。

不僅如此，林氏還把荒地的地契、林家的房契全轉在了林伊的名下，作為她的陪嫁。林伊苦苦推辭，想讓林氏留一半，卻被良子叔好言婉拒。現在他所擁有的這一切都是託林伊的福，他已經很知足了，而且這些地都是林伊自己掙來的，理應給她。

「我現在名下的地不少，還和我大哥在外村置了地，在鎮上買了鋪面，現在編竹器又能掙錢，完全夠用，就連丫丫的嫁妝我都備下了。這些地妳就放心拿著吧。」

林氏也說：「陸然的那個親爹我看像是大戶人家的老爺，咱們雖然不能跟他比，可也不能差太多，這樣妳說起話來才有底氣。」

林伊見林氏和良子叔一心為自己打算，心裡感動不已。她何其有幸，獨自來到這個陌生世界，竟收穫了最重要的親情愛情，被人寵被人愛，這些前世的她都沒有得到過，老天爺真的待她不薄。

她忍不住淚盈眼眶，摟著林氏的手不願放開。

林氏心裡本就不捨，見她這樣，哭得比她還厲害。

她想起以前在吳家娘兒倆相依為命的艱難日子，因為自己的軟弱無能，小伊差點丟了性命。還好小伊堅強起來，幫著她離開了那個火坑。

回到南山村後，她曾無數次從夢中嚇醒，以為還在吳家，心裡驚懼不已。待看到寬敞的臥室，隱約的水流聲，和山風送來的竹葉清香，她才安下心來，無比慶幸當初勇敢地走出了這一步，才有了現在的好日子。

如今她更是嫁給了年少的戀人，過上了從沒有過的幸福生活，小伊也有了好歸宿，這一路走來的艱辛，怎不讓她感懷不已。

良子叔見她們哭成一團，忙勸林氏。「明天是小伊的好日子，快別哭了，要不腫著眼睛不好看。」

娘兒倆這才不好意思地抹著眼淚倚在一起，互相寬慰。林氏又絮絮叨叨交代了些成親後的注意事項，比如兩人相處不要計較，要多為對方著想，不要耍小脾氣之類的，林伊都一一答應了。

第八十七章

到了晚上，一想到明天就要出嫁，林伊開始莫名緊張，在屋裡坐也不是站也不是，不知道該做點什麼好。

林氏悄悄走進屋裡，臉紅紅地關上門，又神神秘秘地拉著林伊坐下，囁嚅了半天開不了口，搞得林伊好奇不已。林氏到底怎麼了，是有什麼不方便開口的事要告訴自己嗎？

她猛然靈光一閃，反應過來，這是要上婚前性教育了啊，以林氏的性格，確實是難為她了。

不過前世林伊雖然沒有親自嘗試過，可俗話說沒吃過豬肉，還沒見過豬走路嗎？而且上學時她也上過健康教育課，新婚之夜要做些什麼心裡十分清楚，根本沒必要再上一堂課。可她能對林氏怎麼說？難道說，娘，妳不用講了，我都懂？肯定不行啊，搞不好林氏會認為她和陸然已經生米煮成熟飯，以身試驗過了。

她只得嬌羞地低下頭，聽林氏給她上課。

「咳，小伊啊，咳，有事要跟妳交代一下。咳，也不是交代，就是妳知道吧？就是明天妳要成親了，妳和小然要……嗯，要那個……妳知道的吧，嗯，只有那個了，你們才會有小孩子，這個很重要，妳可能不知道，我得跟妳說一下。」林氏語無倫次說了半天，最後乾脆打住，和林伊大眼瞪小眼。

林伊急中生智有了主意。「陸然知道是什麼事嗎？」

林氏恍然大悟。「他肯定知道啊，他爹肯定會教他的。對，就讓陸然跟妳說，你們兩個一起商量著來更有意思，我、我、我……就這樣吧。」

林氏說完，慌慌張張站起身，就像後面有狗在追似地落荒而逃。

林伊大鬆口氣，雖然林氏是她親娘，可是和親娘討論這種問題，還是怪難為情的。

那明天和陸然一起討論？唉呀，更難為情！

另一邊，徐老爺也在給陸然上課。他比較正氣凜然，大大講述了每個人來到世間都有自己的責任，而男女成親，行使敦倫之禮乃夫妻本分，是為了繁衍後代，綿延子嗣，是非常嚴肅正經的一件事。最後他紅著老臉，結結巴巴地問陸然。「具體怎麼做，你知道了吧？」

陸然被他的長篇大論繞得莫名其妙，不知道他到底想說什麼，待聽了他這句問話，方反應過來，忍不住也紅了臉，低低笑起來。「我、我尋了些書，稍稍研習了一下。」

徐老爺大鬆口氣，談話的氣氛也變得輕鬆不少，他頗為得意地道：「那就好，我就說我的兒子怎會是啥都不懂的愣小子，不過，這種事情還是多精進點為好。嗯，我這裡有本書，乃是機緣巧合下所得，令我受益匪淺，你也可以再研習研習，功夫再練好點。」

說完鬼鬼祟祟地從懷裡掏出布包，打開是本泛黃的書冊，他一把推給陸然。「你再好好揣摩揣摩吧，我就不吵你了。」

也不等陸然再說什麼，幾步就出了屋。

陸然翻開查看，發現竟是一幅幅圖畫，畫中光著身子的兩人做著高難度的動作，下面還有詳細解說。驚得他啪地把書合上，臉紅心跳不已，這可比他找到的文字描述衝擊力強多了。

轉瞬又想，明天自己也得和小伊做這些動作，今天不好好研習怎麼可以。於是一向清清冷冷、泰山崩於前也不會變色的陸然，雙手顫抖，牙關緊咬地捧著書冊認真研習起來……

第二天，林家打掃得纖塵不染，四處張貼著大紅囍字，樹枝上、屋簷下掛著各式紅燈籠，院門外也懸著紅紙紮的花球，洋溢著一派喜氣。

雖然婚期很緊，但是因為有徐老爺親自壓陣，卻辦得非常體面隆重。

而且今天飄香樓歇業一天，相關人等全拉到林家，為這場喜宴服務。

各種食材源源不斷運送過來，廚師挽起袖子，準備大展身手，定要做出讓所有賓客都滿意的佳餚美味。

伙計們則打起全副精神，擺出最可親的笑容，大聲招呼前來賀喜的親朋好友，定要讓大家有賓至如歸的感覺。

前來賀喜的賓客除了南山村村民、翠嬸子的爹爹，還有徐老爺的親戚和他的一些好友。

片。

荒地上人聲鼎沸，熙熙攘攘，熱鬧非凡，道喜聲恭賀聲、孩子們的打鬧嘻笑聲響成一片。

而隔壁良子叔家，小雲、小琴和小慧、丫丫陪著林伊說話，緩解她的緊張心情。

「等妳的親事辦完，林嬸子也要生產了，真是喜事一樁接著一樁。」小雲笑嘻嘻地恭喜道。

「跟著還有呢，再過幾年丫丫也要出嫁了，又是一樁喜事。」小慧道。

丫丫正滿臉帶笑想著林氏生了小寶寶，自己就是姊姊。聽小慧這麼說，頓時紅了臉，一拍小慧。「姊姊妳說什麼呢，我還早呢。」

「早什麼啊，日子一晃就過了，當初我們回來的時候，妳還不到我胸口，現在快和我一樣高了。」林伊跟著湊趣。

「我覺得下一樁喜事應該是妳生小寶寶。」丫丫也不示弱，立刻回擊。

「對啊，小伊和陸然的小寶寶肯定特別漂亮。」

「那是肯定的，你們得多生幾個，想想以後一串漂亮的寶寶跟在你們後面，那才是愛憐死人。」大家立即附和。

「妳們想得也太遠了吧，我這還沒入洞房呢，妳們都想到要我生一串寶寶了。」林伊想著即將要和陸然做些難以描述的事情，不由臉紅了。

正說得熱鬧，喜婆請林伊去沐浴，待她出來後，一名面帶福相的婦人已坐在了屋裡，等著給她開臉。

這位婦人的公婆俱在，兒女雙全，家庭幸福，生活富足，是村裡公認的全福人。因為她經常被人請去開臉，所以手藝很是嫺熟。

她邊說著祝福的話，邊扯動手裡的棉線。沒一會兒就將林伊臉上的汗毛、鬢角多餘的碎髮清除乾淨，整張臉變得更加光滑柔嫩，如同煮熟的水煮蛋。

「小伊這皮膚太好了，又白又嫩，我開了這麼多年的臉，還沒遇過比妳皮膚更好的小娘子。」全福大娘站遠幾步打量著林伊，滿意地點點頭。

丫丫忙謝過這位全福人，又將紅包遞給她，將她送了出去。

開完臉，林伊穿戴好嫁衣，林氏上前為她梳頭。她捧起林伊的一捧頭髮，拿起木梳，輕輕梳理，嘴裡唸道：「一梳梳到尾，二梳梳到白髮齊眉，三梳梳到兒孫滿地，四梳梳到四條銀筍盡標齊……」

梳好吉利頭，一名眉目溫和、言笑晏晏的梳妝娘上場了。

在南山村都是喜婆代勞梳妝的工作，可徐老爺不放心，專門從府城請了這位福運很好的梳妝娘前來。

據說經她手梳妝的新娘婚後生活幸福美滿，兒女雙全，日子就像那芝麻開花節節高，還從沒有哪一對鬧過彆扭。

梳妝娘先將林伊的頭髮盤成髻，便開始給她描眉打扮。

昌永縣和長豐縣流行的新婚妝不一樣，臉上要塗厚厚的白粉，兩腮是紅紅的胭脂，嘴唇更是畫得只有小小一個。

化妝前，林伊跟梳妝娘商量。「白粉可不可以不塗那麼厚，臉上胭脂也不塗那麼紅？」

梳妝娘笑咪咪地道：「唉呀我的小姐，妳就放心吧。我梳妝了這麼多年，手藝不是吹牛的，保證把妳打扮得漂漂亮亮，新郎官一見就挪不開眼！」

林伊放心了，看來徐老爺請來的這位梳妝娘靠譜，不會把自己的臉當成城牆來塗。

這邊在梳妝，小雲幾人就在一旁捂著嘴笑。

林伊聽到她們的笑聲就預感不妙。可這位梳妝娘邊替她打扮，邊不住誇她，手法也非常輕柔專業，並不像替自己塗了厚粉，這讓她抱有了一絲絲幻想。

待梳妝完畢，林伊看著鏡子裡面堪比日本藝伎的妝容，差點暈死過去。這位梳妝娘用色非常大膽，白的更白，紅的更紅，粉的更豔，比普通的新娘妝要濃烈得多啊。

見林伊舉著鏡子僵住了，小雲、小慧幾個笑得直不起腰。

林伊委屈得癟起了嘴，對著小慧道：「妳現在別笑我，等妳出嫁時也化這個新娘妝，還請這位大娘幫妳化！」

小慧忙敬謝不敏。「不用不用，這位大娘想必忙不過來，沒功夫到我們這窮山溝。」

梳妝娘瞄了眼小慧。「小娘子不要這麼說，只要妳請我，我就算再忙也一定會來。」

小慧立刻閉了嘴，不敢接話。

梳妝娘對自己的作品還很滿意，喜孜孜地誇道：「瞧瞧我化得多精緻，小姐本來模樣就俊，這麼一打扮貌賽天仙啊。」

林伊滿頭黑線，這是掉進麵粉缸裡的天仙吧。

「哈哈，我也是這麼說的。我第一次看到小伊姊的時候，就覺得她像天上的仙女，現在更是天仙也比不上。」丫丫邊笑邊不住附和梳妝娘。

「能不能洗點下來，這粉也太多了，洗下來都能烙成餅了。」林伊完全接受不了自己的這副尊容，她擔心一說話就會撲簌簌往下掉麵粉。

梳妝娘忙拉住她，義正辭嚴地打包票。「哎呀我的小姐，不能洗。妳聽我說啊，只要是我梳妝的新娘，日子全都美美滿滿，幸福得不得了，沒有一戶吵嘴打架。不信妳可以去府城打聽去。」

小雲幾個也忙勸她，妝已化好，洗了再化肯定來不及。而且，哈哈……也真的挺漂亮，幾人昧著良心誇獎她。

林伊想了想，突然起了玩心，不曉得陸然看到自己這張臉會是什麼表現，會不會認不出自己，嚇得落荒而逃？她頓時期待起來，也不再提洗臉的事了。

林氏這時拿了紅蓋頭在手裡，過來給她蓋蓋頭。

雖然只是搬到隔壁，以後時時能夠相見，林氏還是十分不捨。本來淚漣漣，待走近見到林伊的臉，一下愣住，噗哧笑出聲來，林伊眨巴眼睛看著她，有這麼好笑嗎？

林氏越發笑得不行，好不容易才忍住，拿起蓋頭準備替她蓋上。抬眼對上她的臉，又哈哈大笑起來，屋裡幾人也跟著她笑得前仰後合，倒是將傷感的情緒沖散一空。

林伊頓時明白這位梳妝娘的高超技藝了，這走到哪裡都笑聲一片，是給以後的生活開了個好頭啊。

蓋頭蓋好後，林氏又親自給林伊穿上大紅婚鞋。剛在床上靜坐片刻，就聽到外面鬧嚷起來，吉時已到，迎親的花轎來了。

抬轎的轎夫不是別人，正是小六幾兄弟。他們在鎮上打零工，各種活都做過，轎夫也是其中之一，這次陸然成親，他們便把轎夫的重擔接了過來。

一時間鑼鼓喇叭震天響，鞭炮也噼哩啪啦地響起。在一片祝福聲中，林伊被堂兄柱子揹上了花轎。

林伊頭上蓋著蓋頭，看不清周圍的一切，只從蓋頭下看到花轎邊立著匹白馬，以及馬上射來的兩道灼灼目光，那應該就是陸然了。

馬上坐著的確實是陸然，村裡的姑娘們自他出現，眼光就沒法從他身上挪開。

以前知道陸然長得好，可他平時為人冷冷淡淡，和村裡人保持著距離，大家只是遠遠看著他，沒看清過他的長相。再加上他又穿得破破爛爛，無形中也讓人看輕了他。

可今天不一樣，他一身大紅喜服，滿臉的喜氣洋洋，清俊如畫的五官在陽光下恍如天神下凡。特別是左腮深深的酒窩，如同盛了最醇的美酒，讓人一見便沈醉其中。

而他座下的高頭大馬，更是使他的形象又高大了幾分。
一幫姑娘跟在迎親隊伍後面，目光一直追隨著陸然的身影，悄聲議論。
「沒想到世間真有這麼好看的人，以前怎麼沒發現呢？」
「是啊，看了他，怎麼還看得上其他人。」
「別瞎想了，人家今天成親，妳們看也是白看。」
「好意思說我們，那妳眼珠都不轉一下，又在看啥？」
「哈哈，飽下眼福。」
姑娘們在這邊嘻嘻哈哈，孩子們則跑上跑下又鬧又嚷，撿喜婆一路撒下的糖塊和小紅包。
和送嫁妝一樣，迎親的隊伍在村裡繞了幾圈，才又熱熱鬧鬧地回到了荒地。
轎子停到林家門口時，陸然翻身下馬，搶在喜婆之前將轎簾掀開，伸手把林伊牽了下來。
林伊一握住那乾燥溫熱的大手，忐忑不安的心立刻安定下來。
喜婆的工作被搶，頓時愣在當場，半天才反應過來，笑道：「新郎官莫著急，還要跨火盆呢。」
陸然也不鬆手，拉著林伊走到火盆前，輕聲叮囑道：「小心點。」便當先跨了過去，再轉身拉住林伊的手，稍稍用力，將林伊拉了過來。

引得圍觀眾人一片讚嘆，瞧這新郎多疼媳婦！
還有小媳婦回瞪自己男人。「你以前怎麼沒有這麼做！」
「下次吧，下次我一定記得！」
小媳婦立刻揪住男人。「好啊，你還敢有下次，你還想娶哪個？」
惹得眾人哈哈大笑，紛紛打趣他們。

第八十八章

這邊喜婆對著林伊、陸然說了一串吉祥的話，什麼過了此火盆，夫妻同心，其利斷金，有福同享，白頭到老，又將牽紅遞給兩人，引著他們進屋拜天地。

徐老爺早就等得心癢難耐，見他們進來，喜得見牙不見眼。

「拜堂了！」

兩人一拜天地，二拜高堂，夫妻對拜，便被送入了洞房！

洞房是林伊以前的臥房，陸然將林伊親自送到喜床前坐下，問林伊餓不餓、渴不渴，又交代跟來的丫丫和小琴端點東西給林伊吃，才回到院裡招待來賓。

雖然林伊平時被陸然照顧慣了，可他的態度還是讓她頗感甜蜜。

陸然一走，林伊就掀了蓋頭，丫丫和小琴忙各拿了扇子給她搧風。

「太熱了，妳們以後成親千萬不能選夏天。」林伊拿出鏡子小心翼翼拭著臉上的汗，以防妝容花掉。

要是待會兒那白粉被汗水沖得一條一道的，才更可怕，還是這樣白茫茫一片好點。

「今天還算不錯，挺涼快的。天也不陰，還有風，比前幾天好多了。」丫丫從窗子看著院外熱鬧的賓客，不住慶幸。「要像前幾天的天氣，他們可受不了。」

「那當然，今天可是難得的黃道吉日呢，再加上我們這是山腳，本就比村裡涼快些。」林伊又問ㄚㄚ。「我祖祖的米酒呢，妳給我拿來沒有？」

「呀，忘了，我馬上去拿。」ㄚㄚ一溜煙跑出去，不一會兒就抱了一小罈米酒回來。

這次喜宴準備了許多美酒，林伊又讓林奶奶釀了不少米酒，專為喝不慣白酒的女眷準備。

林伊自己是因為一想到晚上跟陸然的雙人活動，就心虛不已，乾脆喝點酒壯膽。而且自從上次年夜飯出了糗後，她再也沒有喝過，早就饞得不行。今天正好可以開懷暢飲，也許雲裡霧裡間，就到了明天早上。

「我一會兒要喝個夠！」ㄚㄚ也很喜歡喝這米酒，只是林氏鑑於林伊上次的醉酒行為，除了過年時釀點，平時不會釀。

「真這麼好喝？」小琴沒喝過，很好奇。

「要不我們先喝點，一會兒ㄚㄚ重新幫我拿一罈。」林伊說著就要打開酒罈。

ㄚㄚ忙制止。「算了，待會兒姊夫來了妳再喝。妳一會兒還要行禮呢，要是醉倒起不來，我娘肯定揍我。」

ㄚㄚ雖然沒見過林伊的醉態，可聽林氏向她學過，也是大致瞭解。

「新郎回房！」正說笑著，喜婆在門口叫道。

三人嚇一跳，ㄚㄚ眼明手快地將蓋頭替林伊蓋好，和小琴退到一邊，林伊也正襟危坐在喜床上。

陸然跟在喜婆身後進了屋，接過喜婆遞過來的秤桿，深吸口氣，雙手顫抖著挑開蓋頭。

林伊只覺眼前一亮，忙抬起頭。只見陸然一身喜服，長身玉立的站在面前，一張俊臉微微泛紅，比平時清冷的模樣更加好看。

只是那雙眼直愣愣地看著她，滿滿都是詫異。

「這是我爹專門請的梳妝娘替妳化的妝？」陸然脫口問道。

林伊委屈地點點頭。「嗯！」

陸然手握成拳抵在鼻下，肩膀抖了半天，才肅了臉，對林伊道：「還不錯，挺好看的。」

林伊已經被笑慣了，根本不在意，只是奇怪地問道：「你居然認出我來了？我還以為你認不出來呢。」

「怎麼會，就算再塗厚幾層我也認得出。」

陸然說得認真誠懇，林伊聽得心花怒放。

「真可惜，我還想看你嚇得落荒而逃的樣子呢。」

喜婆見兩人竟然聊上了，忙插話道：「請新人喝交杯酒。」

兩人接過酒杯交臂喝盡，將酒杯扔到床下，喜婆上前查看。「一仰一合，大吉。」

便將盤中的糖果撒向門外，引得門外看熱鬧的眾人轟搶。這些糖果是沾了喜氣的，誰搶到誰就會有好事來臨。

接下來又是一連串繁瑣冗雜的儀式，在林伊耐心將盡之時總算完成了。

陸然看著一臉雪白的林伊，止不住滿心歡喜。多年的夢想總算成真，從今以後，林伊就是自己的妻了，他們將一起攜手走過未來的歲月，不離不棄，生死相依。

他輕輕握了握林伊的手，低聲道：「妳再歇歇，我馬上回來。」

說完便重新出去待客飲酒。

陸然一走，林伊長吁口氣，她終於可以洗臉了。

她撫了撫有些暈眩的頭，脫下嫁衣，只穿著裡面的小衣，和丫丫一起走進了浴室。

她不住感嘆自己的英明決策。在重建林家時，她將臥室做了隔間，前面隔了一小半用做書房，後面才是臥室。她當時不想半夜上廁所還要跑到院子裡去，就在臥室邊建了一個小廁所，現在洗漱真是太方便了。

林伊足足洗了三盆水，才將臉上的白粉洗乾淨。又將盤著的髮髻放下來，鬆鬆地編了兩條辮子，恢復了原來的俏麗模樣。

剛收拾乾淨，一個婆子帶著幾個小丫頭抬了一桌酒菜來，恭敬地請林伊幾人稍稍墊下肚子，便退了出去。

這幾人都是徐老爺那邊的下人，為這次的親事服務。

林伊從早上開始就沒怎麼好好吃過飯，眼下見著都是她喜歡吃的菜品，頓時腹鳴如鼓，忙和丫丫、小琴坐下，大吃起來，丫丫帶來的酒也被三人分喝乾淨。

吃飽喝足，林伊滿足地伸個懶腰，睏了！

丫丫忙拉著她去浴室漱了口，又叫來婆子將酒桌收拾下去，便和小琴退了出去，接下來就得林伊一個人面對陸然了。

林伊在床上坐著發了會兒呆，便覺得屋外的鬧嚷聲越來越遠。屋裡的一切在面前轉圈圈，眼皮也越來越重，忍不住想在喜床上躺平，一覺睡到天亮。

但她心裡明白，她不能睡，得等陸然回來。

要是陸然回來，自己卻在床上呼呼大睡，那成什麼樣子？堅持，堅持，她不住鼓勵自己。

夜色漸濃，待賓客盡興而歸，陸然回到洞房後，見到的就是林伊靠在床柱上，臉蛋紅紅的，閉著眼睡得正香。

陸然輕輕坐在她的面前，一遍遍看著她的俏臉，捨不得叫醒她。

燭光下的林伊膚白如玉，眉如翠羽，秀目輕合，長睫輕顫，清麗秀雅得如同雨中的玉蘭花。

他看到一綹頭髮從她額前垂下，被林伊含在嘴裡，隨著她的呼吸微微顫動。他伸手想將這綹頭髮拂開，卻不小心碰到林伊的面頰。

林伊迷迷濛濛睜開眼，啞聲叫道：「陸然。」
陸然頓時心一顫，低聲應道：「我在。」
「嗯，你去洗洗吧，我等你。」正是酒壯人膽，林伊說這些話無比自然，一點也不害羞。
陸然心裡的喜悅本已漲滿，現在聽了此話，又往裡擠了擠，更深幾分。
「好，妳等我。」
待陸然洗漱完畢，林伊果然強睜雙眼等著他。見他出來，從床上站起來，朝他伸出手，呵呵傻笑起來。
陸然走過去摟住她，林伊環住他的腰，將臉靠在他的懷裡，他身上清冽的青草香與酒香混在一起，格外讓人迷醉。
林伊感受著他強有力的心跳和結實的腰身，覺得前所未有的安心。
陸然今天特別高興，賓客敬酒都是來者不拒。雖然他酒量很好，這會兒也有點暈乎乎，膽子倒是比平常大了許多。
他雙手捧起林伊的臉，癡癡地看著。只見她媚眼如絲，紅唇微張，雙頰微酡，竟是從未見過的嫵媚之態。
「小伊！」陸然目不轉睛地看著，忍不住喃喃喚她。
「陸然。」林伊全身無力，雙腿發軟，心咚咚狂跳著。她緊張地舔舔唇，含糊不清地交代。「我有點害怕，喝了點酒。」

「我知道。」陸然低低地笑了。

林伊還待再說，卻已被陸然火熱的唇堵住，想說的話被吞進了肚裡。

林伊觸到陸然的嘴唇，只覺溫軟，下意識地輕咬一口。陸然再也忍耐不住，更加深入，一時間兩人唇舌糾纏，情熱似火。

林伊本在迷糊地想著，這可是她的初吻，得好好感覺下是不是猶如煙花炸裂。可下一刻卻心跳如狂，意亂情迷，不知身在何處。

昨晚，陸然專心研習過徐老爺的畫冊，對於接下來要做什麼瞭然於胸。而林伊這會兒醉得半夢半醒，身子軟得恍似一灘水，任他予取予求，兩人的新婚之夜竟是無比和諧美好。

陸然原本不通人事，於這方面並無所求，現在嘗到甜頭，食髓知味，再加上身體強壯，一時不能甘休。不過他看書上說女子第一夜會很辛苦，只得強力忍耐，捨不得讓林伊受累。

不過後來兩人時日長了，陸然的本事便盡數使了出來，即使林伊身負異能也招架不住，每次都以她的低聲求饒告終。

第二天早上，徐老爺並沒有過來要求他們敬茶，於是兩人得以放鬆，睡到了自然醒。

林伊醒來時還有點怔忡，猛然想起昨天晚上是自己的洞房之夜，忙轉頭去看陸然。卻見他早已醒了，正眉眼含笑地看著她。

「醒了？餓不餓，要不要喝點水，吃點東西？」陸然溫柔地拂去她額頭的亂髮，輕輕印上一吻。

「不想吃，再躺會兒。」林伊一身瘦軟無力，不想動彈。「我們聊聊天吧。」

於是兩人開始漫無邊際地聊起來。

「陸然，你還記得我們第一次見面嗎？」

「當然記得，妳的彈弓打到我了。」陸然想起當時的情景，呵呵笑了。

「你當時看到我有什麼感覺，是不是特別生我的氣？」

這個問題林伊一直想問，又不好意思問。今早氣氛這麼好，兩人又已坦誠相見，她也有勇氣問了。

「怎麼會生妳的氣，我只是奇怪妳在我後面我竟然沒有發現，還被妳射中了。」陸然彎起唇笑了。「我打獵很警醒，稍有點風吹草動都會感覺到，那次也不曉得是怎麼回事，完全沒有察覺。」

他當時射中野雞，正想起身查看，突然臀部一陣劇痛，還沒明白是怎麼回事便被一股大力掀翻在地。他驚恐轉頭，卻見一名綠衣少女從林間踏著青草向他飛速而來，她容顏清麗，身姿輕盈，髮絲衣袂被山風拂起，飄然若仙，讓他有一瞬恍神，以為是山間的精靈現了身。

離開後，少女關切的面容一直在他眼前晃動，以至於他不自覺地期待再和她見面。

「說起來，你是我打到的第一隻獵物呢。」林伊有點小得意。「我們得感謝小虎送的彈弓，我們這是不是叫彈弓緣？」

「嗯，好好收起來，以後給咱們孫子看，你奶奶就是用這把彈弓把爺爺獵到的。」陸然幽默了一把。

「那個，你是什麼時候喜歡我的呢？」林伊用手指在陸然胸口畫圈圈，紅著臉問。

這是每個少女和愛人定情以後都會問的問題，林伊也不例外。她猜測應該是陸然生病，自己照顧他，或者是兩人去挖芋頭，再或者是送他鞋子……不外乎這三個答案。

這下輪到陸然臉紅了，他猶豫了一下，終於說了出來。「妳送我蔥油餅的那天。」

林伊愕然，沒想到竟是這個答案，這小子也是個吃貨啊，俘虜他的胃，便把他的心也俘虜了。

「哈哈，我還記得那次你生病看著虎子吃蔥油餅，恨不能搶過來的樣子。咦，虎子呢？牠昨天晚上去哪裡了？」林伊突然發現少了位成員。

陸然和虎子相依為命，一直沒有分開過，可這兩天竟然很少看到牠。

「我交給牠一個重要任務，讓牠保護我爹，一刻都不能離開。現在我爹特別喜歡牠，走哪兒都帶著，倒是捨不得離開牠了。」

陸然擔心成親之夜虎子也要跟進洞房，在牠的炯炯目光中，還怎麼百年好合，萬一兩人情自難耐，虎子以為是好玩的遊戲也要加入，豈不是糟糕。所以他早做了打算，把虎子安排給了徐老爺。

「也不曉得虎子現在在幹麼，會不會特別想來找我們。」

「妳別管牠了，管管我吧。」陸然翻身覆在林伊身上，捧著她的臉吻了下去。林伊「唔唔」抗議無果，只得任他上下其手，一時間臥室裡春色無邊。

第八十九章

三日回門後，林伊和陸然便開始了他們的新婚旅行。

地點是陸然選定的，就在府城旁邊的一個小鎮上，從那裡出去十里左右，是這一帶最大的天然湖泊——靜仙湖。陸然兒時曾跟著徐老爺去遊玩過，在山裡待久了，特別懷念那一望無際的萬頃碧波，以及那晶瑩如琉璃的清澈湖水，和當地美食——清燉靜仙銀魚。

這次林伊沒有坐馬車，而是扮作男裝，和陸然一人一馬。前世她學過騎馬，這一世陸然稍微指點，她便騎得像模像樣，不肯再坐馬車了。

騎馬要快得多，早上出發，晚上便到了靜仙鎮。此時正值旅遊旺季，小鎮雖然位置偏僻，遊人卻也挺多，鎮上熙熙攘攘頗為熱鬧。只是住宿條件不太好，找了很久才找到一家條件尚可的客棧。

在飯廳裡用餐時，兩人與從另外一個縣城來的客人聊了聊，才知道現在國家富強，百姓生活安定，越來越多人空閒之餘到處遊玩。到這裡玩的人都是看了一本靜仙湖的遊記，被其中描寫的美景所吸引而來。只是那篇遊記除了景色描寫和作者的情感抒發，其餘一字未提，所以很多人不知道要怎麼過來，多方打聽清楚才出門。

陸然立刻和林伊商量，他們可以邊遊玩邊寫景畫景，然後將具體的位置、景區路況，以及住宿條件寫清楚，到時候成書出版，給後來人參考。

林伊聽了立刻明白，這就是後世的旅遊攻略啊。

「還可以制訂路線，一日遊怎麼玩，二日遊怎麼玩，有哪些景點必去，有哪些美食必品。」林伊補充道。「你負責寫遊記，我負責寫攻略，我們分工合作。」

陸然欣然同意，做這些都是他的興趣愛好，旅遊、寫文、畫畫，他對此抱有極大的熱情。

休息一晚養足精神，兩人第二天一早便出發了。

靜仙湖在靜仙鎮西門外大約三十里處，一路上能看到絡繹不絕的馬車朝著靜仙湖的方向而去。

半個多小時後，陸然帶著林伊拐彎上了一條小道，道旁一側是汪碧藍的湖水。只見遠處水天一色，近處波光瀲灩，朵朵白雲映在其中，美得讓人心醉。時不時還有鷗鳥鳴叫著從湖面掠過，隱於湖邊的蘆葦叢中。

「這就是靜仙湖，這條是環湖小道，我們可以圍著小道跑一圈，你就能知道這湖有多大了。」陸然在一處觀景臺前勒住馬，用馬鞭指點著湖中的一座山給林伊看。「那座山叫靜仙山，傳說以前有位修道之人在山裡靜修，後來飛升成仙。」

面對這一望無際的浩瀚湖水，林伊頓時心胸都變得開闊了。她張開雙臂感受帶著水氣的微涼湖風，只覺暑熱頓消，身體都輕盈了幾分。

兩人圍著環湖小路跑了兩圈，便順著小路，尋到了一座靜仙客棧，稍事休息後，漫步走向湖邊。

靜仙湖的水綠盈盈，清澄澄，湖底的小石清晰可見。湖面上有不少遊船划動，激起一波一波浪花，拍打著岸邊的礁石。

陸然也包了條遊船，漁夫在湖中釣了一桶靜仙銀魚。又將船划到樹蔭下，現場為他們製作清燉銀魚和烤魚，其鮮嫩美味，讓兩人停不下口。

他們在這裡一共待了五天，清晨看日出，傍晚觀日落，白天則爬山遊湖，品美食。日子過得優哉游哉，樂不思蜀。

回到南山村後，陸然將自己寫的遊記整理出來，和林伊寫的遊玩攻略裝訂在一起，送到安平鎮書局出版。因為世人從來沒見過這種附帶遊玩攻略的遊記，一上市反響很好，不久便售賣一空。書局老闆加印了幾版仍供不應求，甚至還賣到了京城，為靜仙湖帶來大量遊客，靜仙小鎮變得更加繁榮。

而南山山莊也建好了，迎來一撥撥前來山中尋幽探秘的風雅文人。他們為南山的美景所陶醉，為南山的動人傳說感動，頓時文思泉湧，不斷有佳句名篇流出，南山也漸有名氣，成了這一帶的名山。

隨著前來遊玩的客人越來越多，山莊生意益發興旺。作為伙計兼導遊的小六幾人日子越過越好，已有媒婆上門為他們說親事，他們更加珍惜得來不易的好日子。

而大部分遊客離開時，都會購買南山村的竹器，也讓南山村的竹器生意越發興旺。

天氣略涼後，林伊又帶著丫丫和林奶奶、何氏去靜仙湖遊玩了一圈。

幾人一輩子住在山溝裡，最多就在縣城轉轉，哪曾見過如此無邊無際、煙波浩渺的湖景，都無比震撼，還沒離開就盤算著下次什麼時候再來。

而靜仙湖的湖鮮，特別是銀魚，也讓她們讚不絕口，回味不已。

幾人回到家，爭著向林氏描述湖上美景和美食，讓大著肚子行動不便的林氏很是豔羨，非常遺憾自己不能前往。

良子叔見她失落，忙向她承諾，等她生產後，一定帶著她和孩子再去遊玩。

不久後，陸然、林伊打算再次出遊，只是俗話說「父母在，不遠遊」，兩人便先徵求林氏和徐老爺的意見。

林氏並不反對，只要林伊高興她就快樂，而且林伊身負異能，根本沒有能傷害她的人，加上陸然陪在身邊，那是一點問題都沒有。她只有一個要求，希望兩人能趕在她生產前回來。

徐老爺更不介意，他非常贊同「讀萬卷書，不如行萬里路」的說法，男兒家就應該往廣闊天地間去闖一闖，多長點見識。他私心還希望他們能在遊玩中心情愉快，一舉得子，讓他早日當上爺爺。

於是兩人決定先坐車到府城，再乘船沿著運河北上，尋了處籍籍無名的山清水秀之地盡情遊玩。

他們不僅尋奇訪勝，欣賞沿途美景，還蒐集不少軼聞趣事和當地的風土人情，都寫進了遊記裡。

這本遊記因為描寫詳盡，用詞風趣，攻略實用，文章中更是充滿幸福的氣息，讓人一讀便心生嚮往。上市後再次受到追捧，為這無人知曉的小山村帶來了無數遊客，連帶令其所在的縣城小鎮經濟繁榮。這讓其他縣城的官員眼紅不已，紛紛派人請陸然前去遊玩。

陸然並不拒絕，他首先選擇經濟狀況較差的地區，不僅為景區寫遊記，還會根據當地的特點給予建議，找尋生財之道，令當地人非常感激。

一時間他聲名大噪，成了頗有名氣的旅行家，名聲甚至傳到了京城。而他自己也藉由遊記出版，賺了不少錢，日子過得輕鬆愜意。

不過林氏坐不住了。她自生了個大胖兒子後，全副身心都在兒子身上，體會到了重為人母的快樂。見林伊跟著陸然到處跑，成親一年多都沒有動靜，心裡著急得不行，不斷催促林伊快生個孩子。

「你們兩個到底在幹麼？成親這麼久都沒有動靜，瞧瞧人家小慧都懷上了，妳就知道到處瞎跑。」

「我們不急。」林伊順口答道。

「你們當然不急，我急啊，親家急啊。」

林伊笑笑不答話，只把弟弟小楊抱在懷裡，教他說話。「叫姊姊，姊——姊，小楊叫姊姊！」

小楊快一歲了，還不會說話，長得虎頭虎腦的，一雙眼睛瞪得溜圓，目不轉睛地看著林伊，咧開長了一顆乳牙的小嘴，跟著林伊「哦哦」地叫。

「娘，妳看，他在回答我呢。」林伊見他這樣愛死了，忍不住把頭埋在他的胸前，輕輕地用頭蹭他，逗得他咯咯大笑。

「是啊，現在和他說話不會吃虧了，妳說一句，他就會應妳一句。」林氏滿臉寵愛地看著小楊。「只要看著他，我心裡一點煩心事都沒有，為他做什麼也願意。」

「妳這叫有子萬事足。」林伊回頭總結道，又伸出手點小楊的小鼻子。「小傢伙，現在我娘有了你都不管我了，我要吃醋了。」

林氏拍她一下。「這丫頭說話沒良心，我怎麼不管妳了，這不正在催妳嗎？」

「娘，陸然說我現在年紀小，怕我生產傷身子，等幾年再說。」林伊微紅了臉，湊在林氏耳邊道。

「這孩子，就知道慣妳，什麼事都想著妳。」林氏感嘆道。

這時，小楊見林伊和林氏說話不逗他了，張著雙手急得哦哦叫起來。林伊忙用手去撓他手心，小楊一把抓住林伊的手就要往嘴裡放，林伊忙制止他。「小饞貓，這可不能吃。」

「小手還挺有勁呢，以後肯定也是個大力士，是不是啊，小楊楊？」林伊的手指被小楊用力握著不放，又咿咿哦哦地逗他，小楊高興得笑起來。

「妳這會兒懷上和小楊年紀差不多，到時候還有個伴，還有小慧的孩子一塊兒多熱鬧。妳也別倔強了，瞧瞧人家徐老爺多愛小孩子，看到我們小楊眼睛都轉不開，妳也要為老人多想想。」林氏繼續苦口婆心地勸。

林伊原本不著急，現在她和陸然沒有負擔，說走哪兒就走哪兒。要是生了孩子就有牽掛，為了照顧孩子，至少兩年內得待在家裡。她還沒玩夠呢，有點不願意。

可現在聞著小楊身上好聞的奶香味，看著他白嫩的小臉，心裡軟成一片，不由得想到，生個這樣可愛的小寶寶也不錯啊，也不知道自己和陸然的孩子會是什麼樣，像他還是像自己？是女兒還是兒子？要是生個龍鳳胎就更好了。

在這一世，她有了親人和愛人，要是再有個孩子就完美了。她還不知道當人家的娘是什麼滋味，再想到陸然變成了孩子的爹爹，突然期待起來。

「嗯，我跟陸然提一下。」林伊一直有意識地避開危險期，有了這個打算，便決定順其自然，等待著孩子到來。

另一邊，徐老爺也在和陸然說孩子的事。他原本以為陸然和林伊成了親很快就會有孩子，自己就能當爺爺了，哪想到小楊都快會走路了，他的孫子卻連影子都沒有。

他暗示過陸然幾次，可陸然都裝傻打混過去。眼下聽說東子叔家的小慧也有了身孕，再也忍耐不住，找到陸然明確表示，他該生個娃了。

「我想再等幾年。小伊年紀小，我怕生孩子太辛苦，會傷了她的身子。」陸然也不再躲閃，直接告訴他。「我聽說女人生產就是道鬼門關，年紀小更危險，我不願意冒險。」

他垂下眼低聲道：「我寧願這輩子不要孩子，也不願意小伊有危險。」

「小伊身體那麼好，我那天看她隨便就舉起大石頭，這附近有誰比得上她，你在瞎操什麼心？你娘要是泉下有知，也會希望你早點生子。」

徐老爺簡直不能理解，女人生孩子不是天經地義的事嗎？

「我娘就是因為生我，才會落下病根的。」陸然聲音悶悶的。

徐老爺臉色一僵，本欲出口的話便卡在喉嚨裡，他張了張嘴，最後只發出一聲嘆息。

「爹，你現在年紀也不大，可以再娶妻生子，我不會反對。」陸然誠懇地建議。

想要孩子你可以自己生啊，幹麼非盯著我？

徐老爺不防陸然會說這話，呆了一下，搖搖頭。「不用，自從你娘去了，我對男女之事便沒了興趣，不想費那個神。算了，隨便你們吧，你們不想生就不生，我現在有虎子陪著也挺好。」

說罷站起身，招呼臥在腳旁的虎子。「虎子，回家了。」

虎子站起身，抖了抖毛，對著陸然輕吠，陸然摸摸牠的頭。「虎子乖，好好陪著爺爺。」

虎子搖搖尾巴跟著徐老爺離開了，邊走還邊不捨地回頭看陸然。

陸然看著徐老爺蕭索的背影心裡不好受。其實他也想要屬於他和小伊的孩子，軟軟香香，可可愛愛，可他又不願意小伊受苦，真是糾結。

第九十章

不過這份糾結沒有維持多久，林伊從隔壁回來後，就宣佈要備孕了。

對於陸然的擔憂，她完全不在意，據陸然描述，他娘的身子本來就弱，怎麼能跟身強體壯的自己相提並論？而且林奶奶和林氏都有生產經驗，照著她們說的不會有錯。

不過還是得有一些講究，於是她向陸然要求，備孕期間不能飲酒，不能睡得太晚，不能太勞累，少吃辛辣刺激性的食物，口味儘量清淡。

「這還和我有關？」陸然好奇地睜大眼，這些他從來沒有聽說過。

「當然有關，難不成我一個人就能生出來？」林伊斜他一眼。「這和種地是同樣的道理，你種下什麼，就會長出什麼，種子好結出來的穀子就大。要是爛種子，隨便你們播多少下去都不會長出穀子。」

林伊字正腔圓地給他唱了一句。「栽什麼樹苗結什麼果，撒什麼種子開什麼花。」

陸然被她逗樂了，連連點頭。「有道理，有道理，以後我就不喝酒，照妳說的來。」

當然不只對陸然有要求，她自己更要注意飲食，保持心情愉快。還要多看漂亮的人物，以保證孩子不僅健康，還長得好看。

他們家裡最不缺的就是漂亮人物，連林奶奶都是個慈眉善目的老太太，更不要說眉目如畫的陸然了。
兩人於是憧憬起要生個什麼樣的孩子，要男孩還是女孩？陸然嚴肅表示，只要是自己的孩子，怎樣他都喜歡。
「我想先生兩個兒子，再生一個閨女。這樣我女兒就有兩個哥哥，愛她寵她保護她，沒有人敢欺負她。」
這個時代女子的地位並不能和男子平等，她不願自己的女兒生下來受苦。可她又特別喜歡秀氣漂亮的小姑娘，所以糾結之下，覺得還是先給她生兩個保鏢哥哥比較好。
徐老爺聽了兩人的決定，喜得不知如何是好，親自趕到府城去找名聲好的產婆——多找幾個，必須做到萬無一失！
雖然他很看好林伊，可想到陸然的話，心裡還是難免打鼓。所以決定超前部署，免得臨時抱佛腳。
不過林伊不太信任他的眼光，瞧他找的梳妝娘，現在想起來都是一場噩夢，還是自家親娘、祖祖更靠譜。
不久後，林伊和陸然又發起一場靜仙湖之遊，這次去的人比較多，不僅林氏、良子叔抱著小楊同行，連東子叔、大強、小壯都參加了。
東子叔甚至表示，不能只埋頭幹活，要定期出來看看，長長見識，說不定還能對編織竹器有所啟發。

例如他就用竹器編了些蝦蟹，樸拙可愛，很有意趣。他還編了銀魚樣式的燈具，外表漆成紅色，裡面裝上油燈，掛在屋簷下，特別漂亮喜慶，意頭也好，我家有餘！

回到南山村後，林伊安心備孕，只是這孩子不是很配合，並沒有招之即來。連著失望幾個月後，林伊有點灰心，會不會因為自己是異世來的靈魂，不能在這個世間生兒育女？

陸然見她情緒不佳，忙安慰她。本來兩人就沒打算現在要孩子，如果能來，是意外之喜，沒來也不過照著計劃執行，沒啥可擔心的。

這天，徐老爺從府城提了幾條鱖魚來。自從林伊說她要多吃魚、核桃、水果，孩子才會聰明皮膚好後，這些食物家裡就沒有斷過，徐老爺更會隔三差五提著不易買到的各類鮮魚過來熬燉。

林伊上前接過來準備做松鼠鱖魚，她特別喜歡吃這道菜，這段日子以來口味清淡，真有點饞了。

誰想一聞到魚腥味，林伊心裡一翻，忍不住就要發嘔。徐老爺是過來人，立刻浮想聯翩，忙招手讓陸然扶住林伊。

「小然，快，快扶小伊休息，不要累著。」

林伊的孕事現在是林、陸兩家的重中之重，懷孕後有什麼表現，陸然早就瞭然於心，現在還有什麼不明白，馬上上前攙住林伊的手臂，滿臉喜氣道：「小伊，難道妳有喜了？」

陸然的猜測沒有錯，經胡奶奶診治後，確認她有了身孕，只是月分尚淺，要她多注意休息保養。

兩家一片歡騰，林氏、林奶奶立刻就要給肚裡的孩子做衣服。丫丫更是高興，她馬上要升輩分做小姨了，也要跟著林氏學針線，給小外甥做漂亮衣服。

林氏不住感嘆。「我老是嘮叨妳學針線，就是不肯學，現在倒是主動要學了，看來還是這小寶寶厲害，以後保准是個有本事的。」

「豈止有本事，還不服管教。我等了那麼久他不來，我都灰心了他倒跑來了，等生下來，看我不好好收拾他。」林伊說笑道。

「妳敢！」林氏急了，瞪林伊一眼。

「娘，妳別聽我姊瞎說，真生下來，妳看她捨得動一根手指頭不？再說還有我姊夫看著呢。」

丫丫翻看著小楊的小衣服，打算找一件照著做。

「知我者，丫丫也。」林伊大聲笑道。

「我娘也知妳，只是她樂糊塗了。」

「兩個死丫頭，就知道取笑娘。」林氏嘴裡雖在責備，臉上卻笑容滿面，真的是高興得不曉得怎麼辦才好了。

接下來林伊的日子並不難過，除了起初有點孕吐外，三個月後就跟沒事人似的。人也變得更漂亮，多了成熟溫婉的氣質，惹得村民都說她這胎肯定是個姑娘，因為只有姑娘才會體貼娘親，捨不得讓娘親受苦，就連林氏和林奶奶也這麼說。

民間還有個說法，懷兒子會夢見蛇，懷女兒會夢見花，結果林伊作了個夢，夢見一大片開滿了白色鮮花的山谷裡，臥著一條非常漂亮的綠色小蛇。這讓她頭疼不已，自己這是生兒還是生女？難不成會是龍鳳胎？如果真是這樣就好了，一次完成任務。

陸然完全沒有這方面困擾，自從知道林伊懷了身孕，他每天除了傻笑，就是看緊林伊，不讓她做粗重活，每天陪著她散步，給她敲核桃、削水果、熬魚湯。

他自制力很強，大夫說了孕期最好不要有夫妻生活，他硬是克制住，不肯越雷池一步。有時林伊不忍心，勸他胎象穩了可小心行事，都被他溫聲拒絕，讓林伊忍耐一下。搞得林伊臉紅不已，倒像自己是個急色之人。

九月初一，在金桂飄香的時節，在眾人的期待中，林伊生了。

因為她孕期非常注重營養均衡，孩子個頭不大，加上她持續運動，身體很健康，所以生產並不艱難。

只是陸然聽到產房裡林伊無法抑制痛苦的喊聲，不免心驚肉跳。他心裡慌張，在產房外走來走去，不斷問同樣等在外面的林氏。「娘，怎麼這麼久？小伊叫了半天了，怎麼還沒有生出來？」

林氏忙安慰。「婦人生產都是這樣的，小伊這胎不錯，你聽她的叫聲挺有力氣，不會有事的，你放心吧。」

話雖這麼說，陸然卻沒辦法放下心，他只覺得自己的心被林伊的哭喊聲撕成了碎片。他的小伊什麼時候這樣不管不顧大喊過？肯定是痛得沒辦法了！

想到這裡，他恨透了自己，為什麼要答應讓小伊生孩子？他立刻做了決定，只生這一胎，以後再不能讓小伊受這個苦。

這時林伊聲音突然停了，陸然大驚，連忙轉頭問林氏。「怎麼沒聲音了！小伊怎麼不叫了？」

林氏辨別了一下。「可能在餵她吃東西，生孩子可是個力氣活，不吃飽不行。」

陸然咬緊唇，心裡焦急不已，這還得多久？小伊還要受多久的苦？

不一會兒，產房裡又傳來林伊更加痛苦的叫聲，似乎還在呼喊他的名字，陸然再也忍不住，就要往產房衝。「小伊，小伊！」

徐老爺安排在外候命的兩個婆子衝上去一把拉住他。「少爺可不能進去，您再忍耐一下吧。」

陸然怒極，用力甩開婆子，卻聽產房裡傳出嘹亮的嬰兒哭聲。林氏大喜，雙手合十祈禱。「菩薩保佑，一切順利。小然，沒事了，小伊生了，產婆很快就會抱孩子出來。你再等等，別進去添亂。」

果然不一會兒，產婆就抱著個襁褓出來，滿臉笑意。「恭喜恭喜，夫人生了個小少爺！」

這下輪到大家吃驚了。「是個兒子？」

「是啊，又壯實又漂亮的大胖小子，我接生這麼多年，還沒見過這麼漂亮的小子。」

陸然不等產婆說完，馬上接過孩子，看見的卻是紅紅的皮膚、皺巴巴的臉，還有緊閉的眼，哪裡能看出半分漂亮？

「我看看！」林氏從陸然手中接過孩子，不住讚嘆。

「果然漂亮，比小伊剛出生的時候還漂亮。瞧這眉毛多濃密，瞧這眼多長，以後又是雙大眼睛，還有這皮膚和小伊一樣，又是曬不黑的。你們兩人的優點都在他臉上了，以後長大不得了。」

陸然聽得呆住了，娘是從哪裡看出來的，他怎麼看不出來？

「小伊怎麼樣？她還好吧？」

「夫人好著呢，她年輕，身子又健康，我們收拾的時候就睡著了。待會兒屋子整理乾淨，您就可以進去陪她。」

陸然大鬆口氣，忙將準備的紅包遞給她，產婆立刻喜孜孜地接過，轉身回去收拾。

林伊生兒子的消息很快傳遍了南山村，徐老爺聽了消息立刻趕了過來。他已經跟陸然說定，第一個孩子不論男女都要跟他姓，名字已經想好了，男孩子就叫徐明軒，女孩就叫徐明雅。

現在性別已定，還得再取個順口的小名，這簡單，直接就叫軒軒。

小軒軒只醜了三天，接下來就完全如同林氏所言，越長越漂亮。不過像林伊要多些，和陸然相比更加秀氣，精緻得跟個瓷娃娃一般，讓人都不敢用勁，就怕把他碰著了。

不過軒軒的性子和外貌完全不符，大咧咧的，能吃能睡，高興了就咧嘴笑，不舒服就使勁哭嚎，聲音大得能震穿屋頂。林伊常被他的哭聲震得耳朵疼，不由奇怪──「這麼個小人怎麼能發出這麼大的聲音？」

陸然喜得不行，常常抱著他不放手，對林伊道：「剛生下來像個猴子，怎麼一天一個樣，昨天看著像我，今天又覺得像妳了。」

徐老爺在外屋不方便進來，早就心急如焚，聽了他的話，忍不住吼道：「那就是像你們兩個，快抱出來讓我瞧瞧，別在裡面說傻話！」

陸然被他催得不行，只得抱出去給他看。

徐老爺剛抱在手上，還沒過癮，小軒軒就尿了，只得抱回屋收拾。接著又餓了，吃飽了便要睡覺。結果徐老爺等了半天，只抱得到一會兒，害得他悵然不已。

「你還不如自己生一個，想抱多久就抱多久。」對於徐老爺的煩惱，陸然有話說。

徐老爺瞪他一眼。「再生哪有軒軒好，我就喜歡軒軒。」

那就沒辦法，您老人家只有悵然著了。

俗話說小孩見風長，軒軒很快就會坐會爬會走，五官越發出眾，俊美得出奇。村裡人見了無不驚嘆——「軒軒長得比小姑娘還要俊俏，以後長大了不知道要迷死多少姑娘。」

待到軒軒再長大一點，林伊發現他還極有領導才能，做事又大方豪氣。村裡比他大的孩子，包括小慧的兒子、林氏的兒子小楊，都願意聽他指揮。只是性子太皮，根本坐不住，不喜歡讀書，徐老爺想培養他當狀元的夢想不太可能實現了。

不過林伊的第二個兒子陸明朗倒是滿足了他的要求，這孩子長得酷似哥哥，性子卻截然不同。他極聰慧，特別喜歡看書，過目不忘，理解力又強，徐老爺不住誇他比小時候的陸然還要聰明。

他完全擔起栽培陸明朗的責任，為他延請名師，教他琴棋書畫，誓要把他打造成康朝第一才子。

陸明朗也不負眾望，二十四歲便高中探花，後官運亨通，成為朝庭的中流砥柱。

而徐明軒則喜歡無拘無束的生活，特別喜歡和林伊、陸然出遊。三人踏遍了康朝的山山水水，寫了無數的遊記詩歌、畫了數百幅的山水畫冊，為後人留下珍貴的資料和文化財產。陸然的名字更是留在青史上，成為了著名的旅遊大家，山水畫家。

在徐明軒十二歲那年，三人走水道，沿大運河經香江、譚州南下，登上了本國的最高山峰——東陽峰。

林伊看著四面的蒼峰翠嶽，腳下的茫茫雲海，再看看身旁的丈夫、兒子，想著家裡的親朋好友，心裡滿足得不得了。

在這個異世之國，她得到了夢寐以求的東西，過著幸福的生活，而且未來還會越來越好！

——全書完

2022年2月出版

將軍求娶

文創風 1034

【洞房不寧之三】

系列最終章！
揭開每對冤家間的故事，
這回出場的不靠美男般的顏值，靠的是始終如一的毅力，
還有他寵女人的功力，以及臉皮的厚度……咳咳……

江湖上無奇不有，天后筆下百看不膩／莫顏

楚雄一眼就瞧中了柳惠娘，不僅她的身段、她的相貌，
就連潑辣的倔脾氣，也很對他的胃口。
可惜有個唯一的缺點──她身旁已經有了礙眼的相公。
沒關係，嫁了人也可以和離，
他雖然不是她第一個男人，但可以當她最後一個男人。
「你少作夢了。」柳惠娘鄙視外加厭惡地拒絕他。
楚雄粗獷的身材和樣貌，剛好都符合她最討厭的審美觀，
而他五大三粗的性子，更是她最不屑的。
「妳不懂男人。」他就不明白，她為何就喜歡長得像女人的書生？
肩不能挑，手不能提，只會談詩論詞、風花雪月有個鳥用？
沒關係，老子可以等，等她瞧清她家男人真面目後，他再趁虛而入……
果不其然，他等到了！這男人一旦有錢有權，就愛拈花惹草，
希望她藉此明白男人不能只看臉，要看內在，自己才是她心目中的好男人。
豈料，這女人依然倔脾氣的不肯依他。
「想娶我？行，等你混得比他更出息，我就嫁！」老娘賭的就是你沒出息！
這時的柳惠娘還不知，後半輩子要為這句話付出什麼樣的代價……

重生學得趨吉避凶，意外撿到優質相公／淺語

2022年2月出版

娘子馴夫放大絕

前生瞎了眼睛，選了個負心郎，落得與女兒含怨身死，
這一世她重活了，必得好好為自己打算，先穩了家再談其他；
但待她到了京城以後卻驚覺，怎麼重生回來的似乎不只是自己一人？

文創風 1035 1

楊妧悔了，當初怎就瞎了眼，看上那翻臉無情的前夫，落得與女兒身死的下場，
如今重生回到未嫁的少女時代，許多從前沒看清、不明白的事都瞭然於心；
只是這世卻多了個小妹妹，母親與自己關係也多有不同，
更奇異的是，京城的姨祖母——鎮國公府的秦老夫人來信邀她們幾個晚輩進京，
可怎麼前世待自己客氣有禮的老夫人，現在卻是處處維護、真心疼愛？
為了在國公府安穩度日，她處處小心謹慎，卻依然惹來一堆後宅糟心事，
躲了那些明槍暗箭，她險些忘了自己最該避開的是那個前夫啊！

文創風 1036 2

在鎮國公府的日子過得越來越舒心，雖然多少有些寄人籬下之情，
但秦老夫人待她更似親孫女，時而默默觀察，時而徵求意見，提點一番，
甚至出門作客也帶著她，讓她越來越熟悉京城的人事，不但遇上前生好友，
也學了更多人情世故，更明白前世的自己究竟犯了多少錯，又錯過了什麼……
怪的是，國公府的世子爺、名義上的表哥楚昕這一世卻「熱絡」得很，
要麼是心氣不順就與她作對，要麼是拐彎抹角地為她出頭？

文創風 1037 3

他都把話挑明了，楊妧哪能聽不懂？
可她與楚昕說穿了只是遠房親戚，門戶差得太多，她如何在國公府站穩？
只是老夫人認準了她，楚昕更是硬起了脾氣，磨得她心都軟了；
哪裡想得到曾經愛鬥嘴、鬧事的少年，如今卻能為她如此柔軟？她也不捨啊……
最後宮裡一道聖旨下來，他們便是板上釘釘的皇帝賜婚，誰也阻止不了！
沒想到她處心積慮避開了前世的孽緣，卻逃不過這世的冤家……

文創風 1038 4 完

前世的恩恩怨怨，在這一世似乎既是重演，卻又有著意外的發展……
但她已非長興侯夫人，而是鎮國公府世子夫人，一生所求不過是值得二字，
楚昕愛她、寵她，她自然願意做他堅實後盾，為他打理好國公府；
不過她這廂把家宅治理得穩妥，遠在邊關的楚昕卻不知過得如何，
與其在京城擔心，小娘子乾脆動身尋夫！待她到了邊關總兵府，卻發現——
別人早已瞧上她夫君了，連身邊侍女也動了心眼，只有傻夫君什麼都不知情！

風 文創 1050

和樂農農 3 完

國家圖書館出版品預行編目資料

和樂農農 / 舒奕著. --
初版. -- 臺北市 : 狗屋出版社有限公司, 2022.03
冊 ; 公分. --（文創風 ; 1048-1050）
ISBN 978-986-509-308-2（第3冊 : 平裝）. --

857.7　　111001291

著作者	舒奕
編輯	余一霞
校對	黃薇霓
發行所	狗屋出版社有限公司
地址	台北市104中山區龍江路71巷15號1樓
電話	02-2776-5889～0
發行字號	局版台業字845號
法律顧問	蕭雄淋律師
總經銷	知遠文化事業有限公司
電話	02-2664-8800
初版	2022年3月
國際書碼	ISBN-13　978-986-509-308-2

本著作物由北京晉江原創網絡科技有限公司授權出版

定價260元

狗屋劃撥帳號：19001626

網址：love.doghouse.com.tw　E-mail：love@doghouse.com.tw